王太子妃になんて
なりたくない!!
王太子妃編
4

王太子妃になんてなりたくない!!
王太子妃編4

月神サキ

Illustrator
蔦森えん

リディ
リディアナ・ファン・デ・ラ・ヴィルヘルム。
ヴィヴォワール筆頭公爵家の一人娘。
前世の記憶持ちであり、
王族の一夫多妻制を
受け入れられなかったが、
想いを通わせたフリードとついに結婚、
晴れて王太子妃となった。
フリード
フリードリヒ・ファン・デ・ラ・ヴィルヘルム。
優れた剣と魔法の実力に加え、
帝王学を修めた天才。
一目惚れしたリディだけを愛し続け、
正式に妻として迎えた、
ヴィルヘルム王国王太子。
王太子妃になんてなりたくない!!
王太子妃編
4
CHARACTER

アベル
変装を得意とする情報屋。
万華鏡と呼ばれている。
カイン
赤の死神と呼ばれる、
元サハージャの暗殺者。
リディを主と定め、
契約を結んだ。
レイド
オフィリア・レイド・イルヴァーン。
ヘンドリックの妹である
王女だが、女性的な服装と
口調を嫌い、
変人と言われる王女。
ヘンドリック
ヘンドリック・リヴェイア・
イルヴァーン。
イルヴァーンの王太子で、
過去にちょっとHな婚約祝いを
フリードたちに贈っている。

ウィル

ウィリアム・フォン・ペジェグリーニ。
ヴィルヘルム王国魔術師団の団長。
グレンの兄。

アレク

アレクセイ・フォン・ヴィヴォワール。
リディの兄。元々フリードの側近で、
フリード、ウィル、グレンとは幼馴染兼親友。

グレン

グレゴール・フォン・ペジェグリーニ。
ヴィルヘルム王国、近衛騎士団の団長。
フリードとは幼馴染かつ親友。

これまでの物語

ヘンドリックの頼みを受け、ヴィルヘルムへの留学を拒む
彼の妹オフィリア王女を説得するため、イルヴァーンを訪れたリディとフリード。
オフィリアに気に入られたリディは、城下町でのとある小さな出来事から
彼女が兄と、その妻であるイリヤへ抱く複雑な思いを打ち明けられ心を通わせる。
自分の気持ちといずれ来るイルヴァーンの王位継承に決着をつけるため、
オフィリアはヘンドリックと話し合いの場を持つことを決めるのだが――。

この作品はフィクションです。
実際の人物・団体・事件などに一切関係ありません。

王太子妃になんてなりたくない!!

王太子妃編4

1・彼女と七日目

イルヴァーン王国滞在、七日目。

私は朝からフリードと一緒に、レイドの部屋へと向かっていた。

レイドの招きで集まったのは、私とフリード、ヘンドリック王子とイリヤだ。

まさかイリヤも呼んでいたとは思わず、つい確認するようにレイドを見てしまったが、彼女は黙って頷《うなず》いただけだった。

そのイリヤはといえば、初めて見たレイドの男装姿に目を丸くしている。だが、ただ驚いているだけで、嫌悪などはないようだ。

そんなイリヤの様子を見て、レイドの緊張した面持ちが少し緩んだ。

「皆、集まってくれたな」

護衛を全員追い出し、王族だけになったところでレイドが口を開いた。その彼女にヘンドリック王子が尋ねる。

「話があるからイリヤと一緒に来てくれと言われて来てみれば、フリードやリディアナ妃もいる。オフィリア、一体どういうこと？」

「その必要があるから集まってもらったのです。さて、今日はお互い腹を割って話し合いましょうか、兄上」

「腹を割って？　どういう意味だい？」

ヘンドリック王子が怪訝《けげん》な顔をする。心当たりがないのだろう。本当に分からない様子だ。

レイドはヘンドリック王子を無視し、イリヤに目を向ける。そうして彼女に向かって微笑《ほほえ》みかけた。

「この形では初めましてですね、義姉上。オフィリア・レイド・イルヴァーンです。オフィリアでもレイドでもお好きな方でお呼び下さい」

「……」

イリヤが目をぱちくりさせる。だが、彼女の夫であるヘンドリック王子が小声で、「男装は妹の趣味なんだ」と言うと、慌てて頭を下げた。

「そ、その……ご無沙汰《ぶさた》しております。オフィリア様」

「私たちはあまり会うことがありませんからね」

「は、はい……だから私、分からなくて……どうして……私も、呼ばれたのでしょう……」

不安げにヘンドリック王子の袖《そで》を掴《つか》むイリヤ。そんな彼女をオフィリアは優しい目で見つめていた。

「では、まずはそこから始めましょうか。人払いも済ませたことですし、はっきりと言います。私は、義姉上が獣人だということを知っています」

「え!?」

驚いた声を上げたのはヘンドリック王子だった。咄嗟《とっさ》にイリヤを庇《かば》う。その様子を見たレイドが呆《あき》れたような顔をした。

「しっかりして下さい、兄上。私が義姉上に何かすると思うのですか？」

「い、いや……それは思わないけど……でもどこで？　イリヤのことは秘密にしてきたはずだ」

難しい顔をするヘンドリック王子。秘密がどこから漏れたのか、気になる様子だ。

イリヤも動揺し、泣きそうになっている。夫に縋《すが》り、不安でいっぱいという表情をしていた。

可哀想《かわいそう》だと思うし、元気づけてあげたいとも思うが、私もフリードも今は何も言わない。

レイドが何を話すのかすでに承知しているし、どちらかというと見届け人のような立ち位置を求められていることは分かっていたからだ。

レイドはヘンドリック王子をじとりと見つめ、「自業自得《じごうじとく》ですよ」と吐き捨てた。

「詳細は省《はぶ》きますが、兄上が中庭に義姉上を連れ込んでいたところを目撃した、と言えば分かりますか。何も外で隠していた耳が出てしまうほど、激しく攻め立てなくても。夫婦なのですから、そういうことは寝室でなさって下さい」

「……お前、見て……」

ヘンドリック王子は絶句したし、イリヤは顔を真っ赤にして、卒倒しそうになっていた。

二人とも何を示唆《しさ》されたのか分かったのだろう。分かりやすく動揺している。

「あの場所は私のお気に入りの読書スポットなのですよ。それこそあなたたちが結婚なさる前からの。後からやってきたのは兄上です。責められるべきは私ではなく、そのような場所で迂闊《うかつ》にも事に及んだ兄上にあると思いますが？」

厳しい視線を向けられ、さすがに気まずかったのか、ヘンドリック王子はレイドから目を逸《そ》らした。

「それは……」

「気の弱い義姉上が断れないのは分かりますが、それを良いことに好き放題というのは、王太子がしていいこととも思えません。私以外の誰《だれ》かに見られていた可能性だってあるのです。秘密になさりたいのなら、もっと慎重に行動して下さい」

窘《たしな》められ、ヘンドリック王子は降参するように両手を上げた。

「……ぐうの音も出ないよ。分かった。その件に関しては、完全に僕のミスだ。今後、気をつける。それで……どうして、それをフリードたちにも聞かせたのかな？」

ヘンドリック王子の言葉には責めるような響きがあったが、レイドは平然と言い放った。

「お二人はすでに、義姉上の秘密を知っていらっしゃるでしょう。態度を見ていれば分かります。それに話がこれだけだとお思いですか、兄上。これからが本番ですよ」

「本番？　まだ何かあるのかな」

「ええ」

レイドが笑顔で頷く。そうして己の兄に冷たく告げた。

「私は知っています。兄上がそのうち私に王位を譲ろうと考えていることを。義姉上は獣人ですからね。子供がどちらの血を濃く受け継いで生まれるか分からない以上、兄上は絶対に子を作ろうとはなさらないでしょう。となると、王位を継げるのは私しかいない。私をエドと結婚させて王位を継いでもらおう。そんな甘っちょろい考えをお持ちですよね？　ええ、義姉上が獣人という事実を知っていれば、それくらい簡単に思い至れますとも。兄上は私のことを舐《な》めすぎです」

「オフィリア……」

ヘンドリック王子が目を見張った。何も言い返せない彼に、レイドは更に追い詰めるように口を開く。

「愛する女性と結婚した。その女性が獣人だった。そうだ、それなら妹に王位を継がせよう！　ですか？　あまりにも兄上に都合が良すぎて吃驚《びっくり》ですよ。反吐《へど》が出ますね」

「オフィリア、僕は……」

「それも、相手はエド？　兄上、いつ私がエドのことを好きだなんて言いましたか。私はあの男を何とも思っていません。恋愛感情なんて皆無だ！」

「えっ……」

断言したレイドを、ヘンドリック王子は信じられないという顔で見た。

「本当に？」

「ええ、何とも思っていませんよ。結婚なんて勘弁してもらいたいと思っている相手、第一位とでも言えばお分かりいただけますか？　その相手と兄上は結婚しろと言っているわけです。自分たちの不始末を黙ってこちらに押しつけるくせにね。随分勝手な話だとは思いませんか？」

「オフィリア……」

「自分は愛する女性と結婚し、自由に生きることを選んだくせに、私にはエドと結婚させて王位を継がせようと企《たくら》む。ヴィルヘルム留学もその一環でしょう。分かっていて頷くほど、私は馬鹿《ばか》ではありません」

「……ごめん」

冷たく言い放たれ、ヘンドリック王子は悄然《しょうぜん》と項垂《うなだ》れた。

「王族として政略結婚する覚悟はとうにできています。ですが、兄上にだけは言われたくない。好きな女性と結婚して、自由気ままに生きようとしている兄上にだけはね」

キッパリと告げ、レイドは次にイリヤを見た。イリヤがビクリと震える。

「ごめ……ごめんなさい……」

責められると思ったのだろう。イリヤの口から謝罪の言葉が零《こぼ》れ出た。レイドがピクリと眉《まゆ》を動かす。

「義姉上。誤解しないで欲しいのですが、私は別にあなたに怒っているわけではありません。……義姉上が獣人なのは仕方のないことで、今の我が国では半獣人の国王など受け入れられないでしょうから。子供を作らないという選択は正しいと思います」

「……あ」

イリヤが小さく声を漏らす。レイドは再びヘンドリック王子に目を向けた。

「私が怒っているのは、兄上に対してだけだ。王族の身でありながら、次世代が残せないと分かっている人物を妃《きさき》にするなんて。しかも誰にも相談せず。更にはその後始末を黙って私に押しつけようとする。兄上。兄上がもしきちんと政略結婚をなさっていれば、私もエドと結婚することを受け入れたでしょう。ですが今のあなたにだけは言われたくない。真っ先に責任を放棄したあなたに、『王族としての責任を果たせ』とは言われたくないのです」

「う……」

レイドの非難にヘンドリック王子は何も言い返せない。ただ、「でも」とか「仕方なかったんだ」とか、そんなことを繰り返すだけだ。

言いたいことを言えたのか、レイドはどこかすっきりした顔をしていた。

「私が兄上を無視していた理由、お分かりいただけましたか？」

「……うん。分かった……分かったよ……ごめん」

疲弊しきった様子で、ヘンドリック王子が頷く。キュッと己の袖を握ってきたイリヤに、彼は目を向けた。

「イリヤ。君は悪くないから。オフィリアも言っていたでしょう。僕が悪いんだ。君に恋して、獣人だって分かっていたのに妻にしたいと願ってしまった僕がね」

「殿下……」

「挙げ句、子供が作れないからって、事情も説明せず妹を国王にしようと暗躍を始めた。……うん、言われてみれば当たり前だね。僕だってそんなことをされたと知ったら、口も利きたくなるよ」

力なく笑うヘンドリック王子は「だけど」とレイドに言った。

「それでも。お前に迷惑を掛けているのは分かっていても、僕はイリヤを手放せない。僕はイリヤでないと駄目だから。お前には……悪いと思っているけど」

ヘンドリック王子が言いづらそうに口を開く。レイドは当然のように頷いた。

「兄上が義姉上のことを愛しているのは、もう、分かりすぎるくらいに分かっています。私はあなた方に別れて欲しいと思っているわけではありません。愛妾《あいしょう》を娶《めと》れと言っているのでもない。ただ、私に代わりとなれと言うのなら、黙って暗躍するのではなく、きっちり事情を話して欲しかったと言っているんです。兄上は昔から誰にも何も言わず、勝手に決めて突っ走ってしまうところがあります。それでは困るのです」

「……そうだね。本当、僕なんかよりお前の方が国王に向いているよ」

「兄上」

「悪かったよ」

さすがに今言う台詞《セリフ》ではないと気づいたのだろう。ヘンドリック王子は己の軽口を撤回した。

そうして恐る恐るレイドを窺《うかが》う。

「それでその……僕の提案を受け入れてもらえるのかな？」

「私が国を継ぐしかないというのは最初から理解しています。今回、こうして説明も受けたことですし、それはもう諦《あきら》めましょう。これも王族としての義務です。ですが兄上。私も一つだけ我が儘《まま》を言わせていただきますよ。エドとの結婚、これだけは強要しないで下さい」

王位を継ぐことは受け入れる。だが、幼馴染《おさなじ》みとの結婚は嫌だとはっきり告げたレイドに、ヘンドリック王子は真顔になって聞いた。

「それ、さっきも言っていたけど、本当にエドワードのこと、何とも思っていないの？」

「しつこい男は嫌われますよ。エドには幼馴染みという事実以外の感情を持っていません。これからも持つとは思えませんね」

「そう……なんだ」

嫌そうに顔を歪《ゆが》めるレイドを見て、彼女が本心から言っているのだと納得したのだろう。ヘンドリック王子は頷いた。

「分かった。それくらいの願いは叶《かな》えないと、さすがに寝覚めが悪すぎるからね。約束する。父上と母上にもエドワードを婚姻候補から外すよう伝えておくよ」

「ありがとうございます」

「……その他《ほか》だったら、誰でも良いんだね？　この際だ。お前に好きな男性がいるのなら僕も協力を……」

ヘンドリック王子の精一杯の譲歩だったのだろうが、レイドは首を横に振った。

「いりません。それに好きな男性などおりませんので。ええ、エド以外であるのなら誰とでも。たとえ八十の男に嫁げと言われても頷きましょう」

「そんなことを僕たちが言うはずないじゃないか……。今回だって、お前がエドワードを好きだと思っていたからこそ進めていた話なんだ」

「とんだ勘違いですね。誰よりも結婚したくない相手です」

「分かったから、それ以上はやめてくれ……」

疲れたように言い、ヘンドリック王子は「あれ」と首を傾《かし》げた。

「おかしいな。それならあれは何だったんだろう。実はエドワードから秘密裏に、お前が彼への思いを綴《つづ》ったという日記を見せてもらったんだ。だから僕たちはお前がエドワードを好きなんだって思っていたんだけど」

「日記ですか？　そのようなもの、書いた覚えがありませんが。大体、もし本当に日記だったとしたらとんでもない話ですよ。人のプライバシーを勝手に暴いたということになるのですから」

　渋い顔をしたレイドに、ヘンドリック王子もさすがに気まずそうな顔をした。

「それが分かっていたから、今まで黙っていたんだよ。僕だって、お前のプライバシーを侵害するつもりはない」

「でも、私の日記と思っていたのに読んだんですよね？」

「……エドワードが、『オフィリア様は、絶対に私のことがお好きです。その証拠《しょうこ》をお持ちしました』なんて言うから。何かと思ったら、お前の日記だと言うんだからこっちだって吃驚だよ」

「……エド」

　頭痛がする、というようにレイドが自らのこめかみを押さえた。

「ちょうどその頃《ころ》、僕は父上たちとお前の結婚相手を探していたんだ。で、エドワードがお前の日記だというものを見せてきて。筆跡もお前のものだったから疑う余地はなかった。だから僕たちはお前が彼のことを無自覚ながらも想っているんだろうと、それならば彼と、と思うに至ったんだよ」

「私の筆跡？　本当に？　全く身に覚えがないのですが」

「僕がお前の筆跡を見間違えるとでも？」

　きっぱりと言うヘンドリック王子に、レイドが難しい顔をする。

「それはそうでしょうが。……兄上、その日記の詳細は覚えていますか？　具体的な内容を教えて下さい」

「え？　ぼんやりとなら覚えているけど……そうだね、確か、幼い頃から一緒にいる彼が如何《いか》に素敵な男性か、というのを綴ってあったかな。好きだとは一言も書いていなかったし、多分、無自覚なんだろうけど、でも読めば日記の主が、その彼に恋心を抱いているのが良く分かるような甘酸っぱい内容だったよ。あと気になったことが一つ。書かれているのは日記帳ではなく、原稿用紙みたいな紙だった。日記として使うにはあまり適さないのではと思ったから覚えている」

内容を思い出しながら、ポツポツと告げていくヘンドリック王子。

それを聞き、私は「あれ？」と思っていた。

ヘンドリック王子が今言った内容をつい最近、どこかで見たことがあると思ったからだ。

どこだっただろう。あれは確か——。

「そうだ！　あの小説！」

「え？」

「あ、本当だね」

私の言葉にレイドは怪訝な顔をし、逆にフリードは納得したように頷いた。

フリード以外が、説明を求めるように私を見てくる。それに応じ、口を開いた。

「少し前、レイドからプレゼントしてもらった小説。その中に書かれていた台詞とよく似ているなと思ったの。ヒロインが幼馴染みのヒーローへの思いを日記に綴るシーンがあるんだけどね。まだ彼女は自分の思いに気づいていなくて、でも好きなんだろうなというのがよく分かる内容だったの。照れ隠しなのか、わざと相手が分からないように名前は書かないんだけど。そういうところも幼い恋心を表現しているみたいで可愛《かわい》いなって思ってた」

つい最近読んだばかりだから、さすがに詳細まで思い出せる。

レイドが書いたヒーローとヒロインの幼馴染みものの話。その序盤の展開だ。

まだヒロインはヒーローに対し、明確な恋心を抱いていない、というか気づいていない。だけどその気持ちは、時折作中に出てくる日記を読めば明らかで、読んでいる方は「さっさと気づきなよ。そして告白しちゃいなよ」と言いたくなるのだ。

その日記は、彼女が自分の気持ちに気づくシーンに使われるのだが、初めての恋に翻弄《ほんろう》され、ツンデレ状態になってしまうヒロインがとても可愛かった。

そういうことを順を追って説明すると、フリードも同意した。

「私も読んだが、リディが今言った話で間違いない。確かにヘンドリックの言った内容と被《かぶ》る気がする」

「フリードリヒ殿下も⁉　殿下もあれをお読みになったのですか？」

レイドが驚きの声を上げ、さっと私を見た。その視線は、「あれは女性向けの話なのに何故《なぜ》？」であろう。申し訳ないと思いつつも、彼が読んだのは本当なので頷く。

そう、私が出てくるヒーローが格好良いと言ってしまったばかりに、レイドの本は彼の厳しい検閲を受けることになったのだ。

——ご、ごめんね。レイド。

申し訳ないという気持ちを込めつつ、彼女を見る。それまでただヘンドリック王子にしがみ付いているだけだったイリヤもそっと手を挙げた。

「そ、その本、わ、私も持ってます。大好きな作者で……集めてるから」

「えっ……」

まさかの発言に、レイドがイリヤを凝視した。イリヤは恥ずかしそうにしながらも口を開く。

「素直になれないヒロインの気持ちが良く分かるなって……ええ、確かにリディが言ったシーンはあったわ。私も覚えているもの……」

「義姉上……まさかあなたもなんて。いや、今はその話をしている場合じゃない。……兄上」

「何？」

レイドがヘンドリック王子に視線を向ける。そうして彼に言った。

「兄上が読んだ日記、もっと具体的な内容を言うなら――このような内容ではありませんでしたか？」

そうしてレイドが語ったのは、まさに本に書かれてあった手紙の内容そのままだった。作者だから内容もしっかり覚えているのだろう。さすがだ。

ヘンドリック王子が頷く。

「そうだよ。そんな感じだった。お前の筆跡だったし、内容が分かるということは、やはりあれはお前が書いたものなんだね？」

「……エド。あいつめ……」

レイドが憎々しげに舌打ちをする。彼女は身を翻《ひるがえ》すと、背の高い書棚についている引き出しを開け、中身をひっくり返し始めた。

すぐに目的のものを見つけたのか、引っ張り出す。

出してきたのは、分厚い紙の束だった。彼女はそれをめくり、あるところでピタリと止めた。

「やっぱり……ない」

その言葉を聞き、私も全《すべ》てを理解した。

多分だけどエドワードは――。

「オフィリア、さっきからお前は何をしているんだ？」

レイドの突然の奇行が気になったのだろう、ヘンドリック王子が妹に問いかける。

レイドはとても渋い顔で兄を振り返った。

「兄上。確かにその文面は私が書いたもので間違いありません。ですが決して日記でも、エドへの無自覚な恋心を綴ったものでもないのです。それは――私の原稿でしょう」

「原稿？」

分からないという顔をするヘンドリック王子。

彼女は葛藤《かっとう》しつつも、口を開いた。

「兄上には知らせておりませんが、実は私は作家業を営《いとな》んでおります。本も何冊か出していましてね。もちろん本名ではなく、王女という身分を隠し、ペンネームで出版しているのですが、その本の中の一冊、その一部が、先ほどリディが言ったものなのです」

「え……？」

言いたくなかったというのが一目で分かる顔で告げたレイドをヘンドリック王子が唖然《あぜん》と見つめる。その隣ではイリヤも「嘘《うそ》……」と呟《つぶや》いていた。

フリードも短く私に問いかけてくる。

「リディ？」

「……うん。そうなの。だから、読んでいたんだけど」

「なるほどね。そういうことか」

フリードも何が起こっているのか理解したのだろう。眉を寄せつつも頷いた。

一人、まだ分かっていない様子のヘンドリック王子に、レイドはできるだけ事務的な口調を心掛けながら言った。

「原稿は、紙に直筆で書きます。詳細は省きますが、編集者にできたものを渡し、本になったあと、原本は作者である私に返却されます。これはその原稿。今、確認しました。リディたちが言った手紙のシーンが書かれた原稿が抜き取られている。……犯人はエドでしょうね」

「……」

「そして見本誌の余りがこれです。三十二ページをご覧下さい。……そのシーンです」

レイドが書棚から本を一冊引き抜く。確かにそれは、数日前、私が彼女にプレゼントしてもらった本だった。

レイドから本を受け取り、訳が分からないという顔をしつつもヘンドリック王子がページを開く。

「あ……」

「どうです、兄上。兄上が見たという日記と内容は一致しませんか？」

「一致も何も、そのものだよ！　見ればさすがに分かる！　間違いない！」

「やっぱり……」

ヘンドリックの答えを聞き、レイドが心底嫌そうな顔をした。

「あいつ、いつの間に人の原稿を盗んで……いや、そんなことよりも兄上」

「何？」

「こちらもご覧下さい。兄上が見た、日記に適さない紙とはこれではありませんでしたか？　原稿が二枚、足りません。なくなっているのは、兄上が見たという例のシーンです」

「……」

レイドから原稿の原本を受け取ったヘンドリック王子が愕然《がくぜん》とする。

さすがにここまで証拠を見せつけられれば、信じるしかないと分かったのだろう。震える手で用紙を確認したあと、彼は眉を寄せつつも頷いた。

「……分かった。僕たちが見せられた日記とは、お前の創作物のことだったわけだね？」

「はい。エドは側付《そばつ》きということもあり、私が作家業を営んでいることを知っています。戻ってきた原稿を抜き取って、兄上に見せたのでしょう。ちょうどこの部分にはヒーローの名前も、ヒロインの名前も書かれていませんからね。ただ、内容を読めば、幼馴染みに無自覚に恋しているものだということは分かる。利用するにはうってつけだと思いますよ。私の筆跡であることは一目瞭然《いちもくりょうぜん》なわけですし」

「……」

突きつけられた事実に、全員、黙り込むしかなかった。

エドワードはレイドの創作物を使い、彼女が自分を好きなのだとヘンドリック王子たちに思わせた。それは何故だったのか。もちろん、彼が彼女のことを好きだからに違いないのだけれど、普通の手段とはとても思えない方法を使ったエドワードが気持ち悪いと思った。

「……歪んでる」

普通に「好き」だと本人に伝えるのでは駄目だったのだろうか。

こんな騙《だま》すような真似《まね》をして結婚相手に収まっても、彼は満足だったのだろうかと真面目《まじめ》に考えてしまう。

「あ、でも……」

エドワードは、誰よりもレイドの側《そば》にいた。だからレイドが結婚を『王族の義務』だと割り切ってることだって知っていたはずだ。国王たちさえ丸め込めば、レイドは自分と結婚して妻になる。その事実に気づくことができたのだ。

だから、どんな手段でも良かった。本当にレイドが彼を好きではなくても、国王が彼と結婚しろと一言言えばそれで良い。そのために、彼はレイドの原稿を利用したのだ。

彼女は自分のことが好きだ。だから、彼女と結婚させて欲しい、と。

娘に幸せになって欲しい親ならその言葉に揺れるだろう。特にエドワードは国王の信頼篤《あつ》い騎士で、身分も問題ない。それなら彼と結婚させてやろう。そう国王たちが思うのも無理はなかった。

「しかし……まさかエドワードがそんなことをするなんて……」

まだ信じられない様子でヘンドリック王子が首を横に振っている。

フリードが彼に言った。

「ヘンドリック。実は私も部下からランティノーツ卿はかなりの要注意人物ではないかという報告を受けている。言ってもお前は信じないだろうから黙っていたが、大分歪んだ執着をオフィリア王女に向けているようだ、と」

その言葉にギョッとした。思わずフリードを見ると、ヘンドリック王子も驚いた様子で彼を凝視する。

「……フリード。それ、いつの話？」

「リディとオフィリア王女が町に出かけた日だ。私の部下のアレクから報告を受けた。アレクはあの日ずっとランティノーツ卿と行動を共にしていて、かなり言動が危なかったと言っていた。行きすぎた執着を感じる、とな」

私とレイドが出かけた日。あの日は確かに兄はエドワードと行動を共にしていた。

兄が何を見たのか私は知らないが、フリードに報告するくらいだ。かなりおかしかったのだろう。

一瞬、兄と一緒にいたのに、カインはどうして私に教えてくれなかったのかなと思ったが、基本的に彼は私に関係あることしか報告しない人だということを思い出した。

だって彼は私の専属忍者。護衛なのだ。

エドワードがいくら危険でも、彼にとっては私に矛先さえ向かなければどうでも良いことでしかない。

彼はフリードの部下ではない。ヴィルヘルムに仕えているわけではないのだから。

とはいえ、聞けばちゃんと教えてくれるのは分かっているので、時間があったら話を振ってみるのも良いかもしれない。具体的にどんな感じだったのか、気になるからだ。

フリードの話を聞いたヘンドリック王子は難しい顔をしていたが、やがて疲れたように息を吐いた。

「そう……そうなんだね。どうしてその時言ってくれなかったって……いや、フリードの言う通りだ。僕たちはきっと信じなかったと思う。僕たちから見たエドワードは、品行方正《ひんこうほうせい》で真面目一辺倒というイメージだったから」

「アレク曰《いわ》く、ランティノーツ卿は、夢見がちに『オフィリア様は私のもの』と呟く、なかなか危ない男だそうだ」

「うわっ……」

私も気持ち悪いと思ったが、ヘンドリック王子も思いは同じだったようだ。

あからさまに顔を歪めた。

「何それ、気持ち悪い」

「そうだな、私もそう思う」

この二人にだけはエドワードも言われたくないと言うのではと少しだけ思ったが、前提条件が違うなと考え直した。両想いと一方的な片想いという差は大きい。

「ええ……？　でも、どうして君の部下たちの前では取り繕わなかったんだろう。僕たちの前では、そんな姿見せたことがないのに」

「もう一人のリディの護衛の話によれば、ランティノーツ卿の奇行が報告されても、ヘンドリックたちが信じるわけがないと高を括《くく》っているからだそうだ。だから特に隠そうとしなかったのだろうと。

……私もその意見に賛成だ」

「……うん。今となれば僕も頷くしかないよ。……この短期間で、エドワードの印象が随分と変わったなあ。オフィリアを任せるに足る、素晴らしい騎士だと信じていたんだけど、どこでおかしくなったんだろう」

ぼやくように言い、ヘンドリック王子はレイドに向き直った。深々と頭を下げる。

「オフィリア。悪かった。どうやら僕たちはエドワードの都合の良いように動かされていたみたいだ。お前の話を聞いた後では、僕もとてもではないけどエドワードをお前の夫に、なんて思えない。このあとすぐにでもエドワードを呼び出し、話をすると約束する。お前を諦めるように言うよ。それで許してもらえないかな」

「……兄上」

「一つだけ聞かせてくれ。お前には、エドワードの真実の姿が見えていたのか?」

「……いいえ。さすがにそこまでは分かりませんでした。ですが――」

言葉を句切り、レイドは嫌そうな顔になる。

「気持ちの悪い口説き文句なら山ほど言われましたね。全部無視してきましたが、あれがエドの真実の姿だったのだと言われれば、ああ、なるほどと納得できます」

「……」

レイドの言葉にその場にいた全員が顔を歪めた。

その中でも特にヘンドリック王子は、頭痛でもするのか、グリグリと指でこめかみを押さえつけている。

「……本当に、どうしてエドワードをオフィリアの婿にしようと思ったんだろう。今、少し話を聞いただけでも、とてもではないけれど王配として認められないよ……」

「この件に関して私が口出しできることは何もないが、それでも友人として、やめておけ、と一言くらいは言いたくなるな」

「うん……」

フリードの慰めにもならない言葉に、複雑な顔でヘンドリック王子が頷く。

「妹の原稿を盗んで、己への無自覚な恋心を綴った日記だ、なんて言う男だもんね。僕だって知っていたら、その瞬間、話はなかったことにって言ったよ。……でも、オフィリア。まさかお前が作家をしていたなんて知らなかった。イリヤもお前の作品を読んでいたらしいし、僕も読んで構わないかな？」

最後の言葉をワクワクとした様子で言ったヘンドリック王子に、レイドは目を見開いて拒絶した。

「絶対にやめて下さい！」

「どうして？　フリードだって読んだんだろう？　この中で読んでないのは僕だけ！　仲間はずれなんてずるいじゃないか！」

「知らずに読んだのなら仕方ないと思えます。ですが、作者が私だと分かった上で、しかも兄上に読まれるのは駄目です。絶対に読ませません」

断固として言うレイドを、ヘンドリック王子は悔しげに睨《にら》み、次に何かを思いついたような顔をした。

側にいる妻に問いかける。

「……イリヤ。そういえば君、オフィリアの書いた本を持ってるんだよね？　僕に貸してくれる？」

「えっ……それは……ええと、私は構いませんけど……」

チラリとレイドの様子を窺うイリヤ。いくら夫の頼みとはいえ、さすがに作家本人が嫌がっているのに貸しても良いものか悩んだのだろう。

視線を向けられたレイドが、イリヤに言った。

「義姉上。兄上には一切読ませないで下さい。そう……そうですね。確かあなたは私のファンだとおっしゃって下さいました。もし、兄上に本を貸さないでいて下さるのなら、今度初版本にサインを入れてプレゼントさせていただきます」

「えっ……！」

イリヤの目があからさまに輝いた。

そうして申し訳なさそうに目を伏せると、夫に言った。

「その……殿下。ごめんなさい」

イリヤの天秤《てんびん》が、見事にレイドに傾いた瞬間だった。

好きな作家のサイン入りの初版本とはそれくらいの価値があるものなのだ。

己の妻のまさかの裏切りに、ヘンドリック王子が激しく吠《ほ》え立てる。

「卑怯《ひきょう》だよ！　オフィリア！」

「使える手段を使ったことの何が卑怯なのです。義姉上、よろしければこれを機に、私と仲良くしてはくれませんか？　リディから聞きました。義姉上も私と親しくなりたいと思って下さっていると か」

「わ、私でよろしければ……！」

頬《ほお》を染め、イリヤが何度も首を縦に振る。その表情は本気で嬉《うれ》しそうだった。

レイドが恭しく、彼女に向かって手を差し出す。その手をイリヤは陶然としながら取った。

「すごい……嘘みたい」

「嘘ではありません。現実です。もし夢なら、目が覚めた私はきっと絶望してしまうでしょう。せっかくあなたと仲良くなれたと思ったのに、と」

「わ、私もです……。リディ、ありがとう！　リディが私のことをオフィリア様に伝えてくれたから……！」

イリヤの顔はすっかり夢見心地だ。

私としてもイリヤとレイドが仲良くなってくれれば良いと思っていたので、この展開は意外だったが、素直に祝福したいところだ。その気持ちのまま彼女に言った。

「結局私は何もしていないから、お礼を言われても困るかな。でも良かったね、イリヤ」

「ええ！」

まさかのレイドが書いた小説のファンだった、から仲良くなるとは思いもしなかったが、事実は小説よりも奇なりとはまさにこのこと。

いつもは自分は獣人だからと遠慮がちなイリヤが素直にレイドの手を取り、喜んでいる姿は、見ているだけで幸せな気持ちになれた。

……たった一人を除いて。

「……なんか、イリヤが僕といるより楽しそうなんだけど……」

ヘンドリック王子が、鬼のような形相でレイドを睨んでいた。

なんだかどこかで見たことのある光景だなあと思っていると、レイドがふふんと見せつけるようにイリヤの手の甲に口づけた。

「あっ！」

悲鳴のような声を上げたのはヘンドリック王子だ。レイドはその声を無視し、柔らかい笑顔をイリヤに向ける。

「友好の証《あかし》です。受け取って下さいますか、義姉上」

「……もちろんです。すごい……オフィリア様、素敵……」

「おや、嬉しいことを言って下さいますね。リディの言った通りだ」

「え？」

イリヤが私の方を見る。

何の話か分からなかったので首を横に振ると、レイドが言った。

「リディは、あなたならこの姿の私を見ても、偏見を持たないだろうと言っていたのです」

「そ、そんな……よくお似合いなのに。それに私こそ獣人です。獣人が義理の姉なんて……それこそオフィリア様はお嫌ではないのですか？」

「まさか。このこじれた面倒くさい兄を引き受けて下さった方を嫌だと思うはずがありません。兄上に関しては、くだらない真似をしたなと怒り心頭に発しましたが、あなたには何も関係ありませんから。単なる兄妹げんかだと思って下さると有り難いです」

さらりと告げたレイドの言葉には嘘はないように思えた。

レイドは言っていた。

差別してしまう己が嫌だと。自分を変えたいのだと言っていた。

きっとこれは、彼女なりの第一歩なのだろう。

恋をした兄から離れ、獣人であるイリヤに笑いかけるレイドを見ていると、私も頑張らないといけないなという気持ちになってくる。

――レイドは頑張ってる。

有言実行《ゆうげんじっこう》する彼女が格好良いと思った。

「……なんで……イリヤが……オフィリアに……駄目だ。イリヤは……僕のなんだ……」

イリヤとレイドが親交を深める中、一人闇《やみ》落ちしたかのような顔と声を出すヘンドリック王子。

そんな彼を見てイリヤは困った顔をしたし、レイドは鼻で笑った。

「妹に嫉妬《しっと》とは、実に情けないですね、兄上。少し義姉上を取られたくらいで心の狭い」

「情けなくて良いよ！　もう……確かにイリヤとオフィリアが仲良くなれればと思ったこともあるけど、何だよこれ！　いきなり仲良くなりすぎだろう！」

「兄上、うるさいです」

しっしと邪魔者を追い払うかのように手を振るレイド。

気の毒に思ったのか、優しいイリヤが己の夫に声を掛ける。

「殿下。その……オフィリア様は女性ですし……私、オフィリア様と仲良くなれて嬉しかったのですが……駄目、でしたか？」

「駄目じゃない、駄目じゃないんだよ、イリヤ。でも……ああああああああ!!」

頭を抱え、叫び出すヘンドリック王子。それまで黙っていたフリードがぴしりと言った。

「うるさい、ヘンドリック」

「他人事《ひとごと》だと思って!!」

今度はフリードがせせら笑った。

「もちろん、他人事だからな」

そんな彼にヘンドリック王子は「君にだけは言われたくないよ。ここにいる誰よりも独占欲が強いくせに！」と言い返していた。

◇◇◇

「大変だったね」

レイドとヘンドリック王子の話し合いは無事……というのも微妙だが無事終わり、私たちは貸し与えられた自室へと向かっていた。

結局、午前中いっぱいを話し合いに使ってしまったが、思っていたより有意義に過ごすことができたのではないだろうか。

ヘンドリック王子は随分と憔悴《しょうすい》していたが、誤解が解けたレイドはすっきりとした顔をしていたし、イリヤも嬉しそうだった。

疲れ切った様子ながらも、彼はこれからさっそくエドワードを呼び出し、『証拠』の出所を問い詰めると共に、レイドとの結婚はないと伝えると言っていた。

「……無事、ランティノーツ卿との話し合いが終わると良いんだけど。……彼、結構危ない人なんでしょう？」

私は気づかなかったが、兄が嘘を吐《つ》くとは思っていない。たった一日とはいえ、彼と行動を共にした兄が、『危ない男』だと認識したというのなら、きっとそうなのだろう。

「危ないというか、オフィリア王女に対しての執着がね、尋常じゃないって」

フリードが訂正する。それに頷いた。

「うん。だから結婚できないって聞いたランティノーツ卿が何かしでかさないかなって心配になったりもするんだけど」

「それは私たちの考えることじゃないよ。私たちはあくまでもイルヴァーンの客人でしかない。イルヴァーンの問題はイルヴァーンが解決しなくちゃ。それはリディも分かるよね？」

「うん」

「だから私たちは、いつも通り過ごそう。そうするしかないと思う」

「そうだね」

フリードに窘められ、反省した。

ここはヴィルヘルムではない。

もし、彼らが助けて欲しいと言ってきたら、その時に手を差し伸べるのは構わないが、勝手に動くわけにはいかないのだ。国の問題に、他国の人間が横入りするなど許されない。

求められない限りは動けない。当たり前のことだ。

「……上手《うま》くいくと良いのになあ」

せっかくレイドとイリヤも仲良くなったのだ。

結婚の問題も、あっさり解決してくれるといいのに。

エドワードがヘンドリック王子の言葉に素直に頷いてくれれば話は済むことで、私は是非それを期待したいと思った。

もちろんあくまでも願望でしかなく、その通りに動くわけがないのだけれど。

――次の日、それを心底思い知ることになろうとは、今の私たちは知るよしもなかった。

2・彼女と八日目

イルヴァーン滞在八日目の朝、私はフリードと一緒に朝食をとっていた。

ロングソファに二人並んで腰掛け、テーブルの上に並べられた朝食を楽しむ。マンゴージュースに手を伸ばした。

「……美味《おい》しい」

すごく濃い。栄養が身体《からだ》に染み渡っていく気がする。

平たく焼いた、ほんのり塩味のきいたパンを囓《かじ》る。中には細かく刻んだベーコンとチーズが入っていてかなりのボリュームだったが、とても美味だ。食事をしつつ、二人で今日の予定について話していると、突然ノックもなく扉が開いた。

「え……」

「フリード!!」

大声に吃驚《びっくり》して、パンを取り落としそうになってしまった。

やってきたのはヘンドリック王子だ。全力疾走してきたのか、王子は息を乱し、何かあったと一目で分かる様子だ。咄嗟《とっさ》にフリードに目を向けると、彼は周りにいた護衛や女官たちに短く告げた。

「下がれ」

フリードの鋭い視線を受けた彼らは、黙って頭を下げ部屋を出ていく。その場には私とフリード、

そしてヘンドリック王子だけが残された。

「で？　一体なんの騒ぎだ。こんなに朝早くから」

苛々《いらいら》している様子を隠しもせず、フリードがヘンドリック王子に尋ねる。彼は泣きそうな顔をしながら口を開いた。

「……オフィリアとエドワードがいないんだ」

言われた言葉を理解し、思わずギョッと彼を見る。

「レイドがいないって、どういう意味ですか!?」

大事な友人に何か起こったと知り、顔色を変えてソファから腰を浮かせる私をフリードは逆に抱き寄せてきた。

「リディ、落ち着いて。ヘンドリック、それだけでは分からない。最初から順序立てて説明しろ。あと、何故《なぜ》私たちのところへ来たのかも、だ」

落ち着いた声音に、ヘンドリック王子も冷静さを欠いていたと気づいたのだろう。我に返った様子で、パチパチと目を瞬かせた。

「ごめん。そうだね……僕も気が動転して……。実はついさっき、オフィリアの部屋を訪ねたんだ。早朝だということは分かっていたけど、妹に早く報告してやりたくて。昨日はエドワードを説得するのに真夜中まで掛かって、結果を教えてやれなかったから……」

「真夜中……」

そんなに掛かったのか。

驚く私たちに、ヘンドリック王子は頷《うなず》く。

「思いのほか、時間を取られたんだ。僕がエドワードを妹の結婚相手として考えていないと告げたら納得できないいって食い下がってきて。例の日記の話もしたよ。あれはお前に当てたものではなかった。単なる創作物だと言ったら、『いいえ。あれは絶対にオフィリア様の内なる本心を綴《つづ》ったものです』と返ってきてね。原稿を盗んだことに対しても『自分たちが結ばれるには、ああするしかなかった。彼女の隠された本心を殿下に知っていただくには、日記を見てもらうしかなかった』の一点張りだ。あいつがあんなに言葉の通じない男だとは知らなかった」

「……うわあ」

予想以上のエドワードの言動に、思わず顔が引き攣《つ》った。フリードを見る。彼もさすがに驚いているようだ。

「それでも何とかエドワードに妹はやれないという旨を伝えて、話を終わらせた。その結果を早く知りたいだろうとさっき部屋を訪ねたら……部屋はもぬけの空。側付《そばつ》きであるエドワードもいなくなっていたというわけさ」

「……オフィリア王女が自発的に出ていったという可能性は？」

フリードの疑問は当然のものだったが、ヘンドリック王子は首を横に振った。

「それはないと思う。オフィリアは今まで一度だって、黙って外に出たりはしなかった。出る時は必ず一筆したためたものを机の上に置いていた。例外はない。それがどこにもなかったのだから、オフィリアの意思とは思えない」

「……」

いつもはある置き手紙がない。そしてレイドと一緒にいなくなっているのは、彼女の側付きの騎士。導き出される結論は、どう考えても一つだ。

ヘンドリック王子を見ると、彼は苦い顔で頷いた。

「そうだよ。十中八九《じっちゅうはっく》、エドワードがオフィリアを連れて逃走したと僕は思っている。昨日、あいつが見せたオフィリアに対する執着は、確かに異常だった。諦《あきら》めた、分かったと答えてはいたけど、あれは嘘《うそ》だったんだろう。オフィリアと結婚できないと知ったエドワードは妹を連れて逃げたんだ」

「……外部犯という可能性もゼロではないだろう？」

フリードの問いかけに、ヘンドリック王子は「ないね」と断言した。

「オフィリアの側《そば》には、イルヴァーン一の騎士であるエドワードが常に側に控えているんだよ？　夜だって彼は扉の前に陣取って、妹を守っている。オフィリアの助けを呼ぶ声が聞こえたら、いの一番に駆けつけるに決まってる。彼の遺体が妹の部屋にあれば外部犯だと僕だって思っただろう。オフィリアとエドワードが一緒に誘拐される可能性なんて、万に一つもあり得ない。彼は真実、国一番の騎士なんだ」

「そうか。だがヘンドリック。言わせてもらうなら、危険と分かっている人物をオフィリア王女に近づけたままにしておくのはどうかと思うぞ。お前の失策だ」

フリードの冷静な指摘に、ヘンドリック王子は痛いところを突かれたという顔をした。

「……返す言葉もないよ。でも、僕も昨夜は疲れていたんだ。真夜中まで彼を説得して疲労だって限界だった。……そこまで考えが及ばなかったんだよ。言い訳にもならないと分かっているけど」

素直に自分のミスを認め、ヘンドリック王子は悔しげに顔を歪《ゆが》ませた。

「さっき空になったオフィリアの部屋を見て、しまったと、やってしまったとようやく気づいたんだ。慌てて何事もなかったかのように部屋を出たよ。ここに来たのは、君たちの力を借りたいから。大ごとにしたくない。できれば誰《だれ》にも知られないうちに、オフィリアを救い出したいんだ」

「私たちの？」

フリードの言葉にヘンドリック王子が頷く。

「誰もエドワードがオフィリアを連れ去ったなんて信じない。昨日、僕たちと話をした君たちくらいしか、真実のエドワードの姿を知らないんだ。それに誘拐されたなんて知れたら、オフィリアはきっと今まで以上に皆に叩《たた》かれる。……嫁げない身体にされたのではないか、とかね。僕は、妹がそんな噂《うわさ》で苦しむところを見たくないんだ」

「……」

ヘンドリック王子の懸念は尤《もっと》もだった。

女性が誘拐されると、貞操の無事を疑われるのはどの世界でも同じ。

私も以前サハージャの手の者に誘拐された時、国王や父たちにより、かなり念入りに情報規制をされたのだと聞いている。私が誘拐されたことは今も限られた人間しか知らないし、トップシークレット扱い。

すでにフリードと何度も身体を重ね、王華《おうか》が身にある私ですらその扱いだったのだ。

まだ婚約者もいないレイドなら、もっと慎重に動かなければならないだろう。でなければ、どんな噂を立てられるか。

男装していても、彼女はれっきとした女性なのだ。その彼女が酷《ひど》い噂に苦しむことになったら……想像だけでも許せない。

だから、ヘンドリック王子の判断は正しいと思った。

思わずフリードの方を見てしまう。

私としては友人のためにいくらでも協力したいところだが、私の夫はフリードで最終判断を下すのは彼だ。勝手なことはできない。

「……フリード」

それでも縋《すが》るように彼の名前を呼んでしまう。彼は私の目を見て頷いた。

「分かってる。大丈夫だよ、リディ。オフィリア王女はリディの大事な友人で、ヘンドリックの妹だ。協力しないわけがない」

フリードが不安を吹き飛ばすように力強く返事をしてくれる。それに心底ホッとした。

ヘンドリック王子も、安堵《あんど》の表情を見せる。

「ありがとう、助かるよ。他国の人間だというのは分かっていたけど、オフィリアのことを考えると、君たちしか頼れる人がいなくて――」

「礼は見つかってからでいい。それよりヘンドリック。ランティノーツ卿が向かいそうな場所に心当たりはないのか?」

「ここに来るまでに色々考えてみたけど、全然。今となれば、エドワードが何を考えているのか、本当に僕たちは何も知らなかったんだなって思うよ……」

「手掛かりはなし、か……」

項垂《うなだ》れるヘンドリック王子と、どうしようか考え込むフリード。その二人を焦《じ》れた気持ちで見つめていた私は、ハッと気がついた。

手掛かりのない人探し。だけどもそれにちょうど良い人物が今、イルヴァーンにはいるではないか。

しかも、求職中で！

「フリード！　ねえ、アベルは!?」

ソファから立ち上がり、かの人の名前を出す。フリードも気づいたのだろう。私の目を見て頷いた。

「そうだね。彼に依頼するのが一番確実な手段だろう。リディ、悪いけど、カインにアベルの宿に行ってもらうよう頼んでもらっていいかな？」

「もちろん！」

私の返事とほぼ同時に、ヘンドリック王子から待ったが掛かった。

「ちょ、ちょっと待って。その、アベルって誰なんだい？　協力してもらってなんだけど、このことを知るのはできるだけ限られた人数にしたいんだよ」

ヘンドリック王子の懸念は尤もだった。フリードも立ち上がり、手早く説明する。

「元サハージャの情報屋だ。少し前、私たちも大分彼に苦しめられた。今はサハージャから追手が掛けられていてイルヴァーンに逃げてきている。彼の腕は確かだ。手掛かりが何もないのなら、彼を頼るのが早いと思う」

「情報屋？」

フリードの説明を聞き、ヘンドリックの目の色が変わった。

「ああ。それも二つ名がつくほど凄腕《すごうで》の。私たちは、一分一秒でも早くオフィリア王女を見つける必要がある。違うか？　手段を選んでいる場合ではないと思うが」

フリードの問いかけに、ヘンドリック王子は覚悟を決めたように首肯した。

「分かったよ。君の推薦なら間違いないだろうし。……よろしく頼む」

フリードと私に向かい、ヘンドリック王子は深々と頭を下げた。それにしっかりと頷き、私はカインを呼んだ。

「カイン」

「……おう」

ヘンドリック王子がいるから気を遣ってくれたのだろうか。カインはいつもとは違い、天井からではなく、バルコニーから無難に登場した。

朝の風が気持ち良かったので、窓は開けていた。そこから中に入ってきたカインは、フリードとヘンドリック王子を無視し、私を見た。

「なんだ、姫さん」

「お願い、カイン。アベルに依頼をして欲しいの。レイドが行方《ゆくえ》不明。犯人はおそらく側付きの騎士。犯行時間は昨日の真夜中から早朝の間。手掛かりはない。これくらいしか情報がなくて申し訳ないんだけど」

手早く最低限必要な情報を伝えると、カインの眉《まゆ》が中央に寄った。

「側付きの騎士って、あのヤバイ奴《やつ》だろ。姫さん、アベルに情報料、いくらくらいなら払える？」

私は即座にカインに答えた。

「言い値で。どんなに高くても構わないから、レイドを見つけて。見つけてくれたら、更に成功報酬を上乗せしてもいい」

きっぱりと告げると、カインが驚いた顔をした。

「言い値でって……良いのかよ。あいつ、きっとふっかけてくるぜ？」

「交渉している時間が勿体《もったい》ないの。私、友達を助けたい。お金で解決するならいくらでも出す。だから、お願い。最速でって頼んでくれる？」

「……分かった。姫さんがそうしたいって言うなら、その通り伝える」

「お願いね」

カインが頷き、その場から姿を消した。

フリードが私の側にやってくる。

「リディ、心配しないで。費用は私が全部持つから」

気を遣ってくれたのは分かっていたが、私は首を横に振った。

「いい。レイドは私の友達だもの。友達を助けるお金を出してもらおうなんて思わない」

「いや、僕が出すよ」

私たちのやり取りに口を挟んできたのはヘンドリック王子だった。

「掛かった費用は全《すべ》てこちらが持つ。いや、持たせて欲しい。妹を助けてもらうんだ。当たり前だよ。もちろん、いくら掛かっても構わない」

「ヘンドリック殿下……分かりました」

妹を助けるためにと言うヘンドリック王子に頷いた。私が彼の立場でも、自分で払いたいと思うからだ。

フリードがヘンドリック王子に言う。

「あとは……そうだな。ヘンドリック。私とお前の今日の予定を変更できるか。内容は、王都の視察で、お前が私を案内する、とでもしておいてくれ。あと、オフィリア王女は、今日一日、リディと一緒ということにしておけ。そう言っておけば、しばらくの間は持つだろう」

「うん、そうだね。そうさせてもらうよ。リディアナ妃、君の名前を使わせてもらうけど、ごめんね」

「大丈夫です。私、元々今日は用事がなかったから」

頷くとヘンドリック王子は、早速部屋の外へ出ていこうとした。それをフリードが呼び止める。

「ヘンドリック」

「何？　急いでるんだけど」

「悪いが私の側近、アレクにも事情を話すぞ。今日の予定を変更した分が、全てアレクに掛かってくる。さすがに説明しないと納得しないだろうし、事情を知っていれば、私たちがオフィリア王女を救出するために外に出た時に、上手《うま》く誤魔化してくれるだろう。あいつはそういうことが得意だ」

フリードの話を聞いたヘンドリック王子が納得したように頷く。

「分かった。確かに王宮の中に一人くらい協力者がいないと、それこそオフィリアがいないとバレてしまうからね。了解したよ」

ヘンドリック王子はそう言い、今度こそ部屋を出ていった。

フリードと二人になる。私はフリードの腕をキュッと握り、彼にぴたりとくっついた。

不安で仕方なかったのだ。

「まさか、レイドが誘拐されるなんて……」

のんびり朝食を食べていたさっきまでが嘘みたいだ。だけどこれは現実。

レイドは誘拐され、現在は行方知れず。彼女がどこにいるのか見当もつかない。

友人の無事を心から祈っていると、フリードが言った。

「リディ。心配なのは分かるけど、こういう時ほどしっかりしなくちゃ」

「……うん」

フリードの言う通りだ。

ここで私が嘆いていても、レイドの助けにはならない。私に今できることは、いつでも外出できるよう、準備を整えておくくらいではないだろうか。

ただ待つというのはとても辛《つら》い。

私はカインが出ていった窓を見つめ、小さく息を吐いた。

「……アベルがレイドを見つけてくれると良いんだけど」

何の手掛かりもない絶望的な状況。

レイドのことを考えれば、少しでも早く彼女を見つけ出す必要がある。

今は、アベルがレイドの場所の特定をできることを期待するしかなかった。

３・死神ともう一人のヒユマ一族（カイン視点）

姫さんの命を受け、オレは複雑な気持ちでアベルが泊まっている宿へと急いだ。

全く手掛かりがない状態での、特定の人物の捜索。

オレでもどうしようもないと思うこの依頼を聞いたアベルが、どんな返事をするのか妙に気になっていた。

彼が泊まっている宿は分かっている。大通りに面した場所にある、如何《いか》にも金を持っている人間が使いたがりそうな高級店。その中に入り、店主に声を掛ける。いくらか握らせた上で、アベルを呼び出して欲しいと頼むと、店主は黙って彼の部屋へと向かってくれた。ほどなくして、上の階から目的の人物がのんびりとした動きで下りてくる。目を擦《こす》り、眠そうに欠伸《あくび》をしていた。

「眠い。夜、全然寝てないんだけど……一体、誰《だれ》が何の用だよ」

「……アベル」

「お？」

彼はオレに気づくとパチパチと目を瞬かせた。

「死神さんじゃん？　今日はどうしたんだ？」

「単刀直入《たんとうちょくにゅう》に言う。姫さんから、お前に依頼だ」

「え、依頼？　王太子さんじゃなくて、王太子妃さんから？　マジで？」

「ああ」

驚いたように目を見張ったアベルに肯定を返す。アベルは「やっぱい、オレ、大人気じゃん。花丸急上昇中?」と呟《つぶや》くと、手招きしてきた。

「上で聞く。こんなところでする話でもないだろ」

「……そうだな」

招きに応じ、階段を上る。アベルの部屋は二階の角部屋。

遠慮なく部屋の中に入り、勧められるままソファに座る。同じく目の前のソファに座ったアベルが「で?」と言った。

「王太子妃さんからの依頼って、言ったよな。詳細を聞かせてくれ」

「分かった」

姫さんからの依頼内容を告げる。

イルヴァーンの王女が、己の騎士に誘拐されたという話をし、最後に報酬は言い値で構わないと告げると、アベルは大きく目を見張った。

「マジで? ふっかけても構わないってこと?」

「王女を見つけられるのなら好きにしろよ。オレは何も言わない」

どうせそう言うだろうとは思っていたが、想像通りアベルは『言い値で』という部分に食いついた。

彼はソワソワと、とても嬉《うれ》しそうにしている。

「すげえ……王太子妃さん、超太客じゃん……言い値とか最高。オレ、いっそのこと、王太子妃さんに専属で雇ってもらおうかな。こんな楽しい気分で仕事できるなんて初めてだ……」

「そう言うってことは、引き受けると見て構わないんだな？」

「ああ！　喜んで引き受けるぜ！　こういうのは得意分野なんだ、任せとけ！」

躊躇《ちゅうちょ》なく頷《うなず》き、アベルはソファから立ち上がった。オレを見て尋ねてくる。

「その探して欲しいお姫様の容姿は？　できるだけ詳しく教えてくれ」

「……どうやるんだ？」

純粋に興味があって尋ねると、アベルは「見ていれば分かる」と言った。それに頷き、オフィリア王女の容姿を説明する。

ついでに誘拐犯と見られるエドワードの特徴も伝えると、アベルはふんふんと頷いた。

「よし、分かった。犯行時刻は昨日の真夜中から今朝に掛けて、で間違いないんだな？」

「ああ」

「よし、じゃ、あいつらに尋ねてみるか」

言いながらアベルは窓際に近づき、窓を開け放った。腕を伸ばす。すぐにその腕に一羽の鳩《はと》が止まる。どこにでもいるような、小ぶりの灰色の鳩だ。

「鳩？」

鳩を一体どうするのか。首を傾《かし》げていると、アベルはその鳩に話しかけた。

「リッキー、頼む。お前の力を借りたい。人を探しているんだ。お前の仲間たちの誰か、今から言う人間を見なかったか聞いてくれないか。時間は昨日の真夜中から今朝に掛けて。――ああ、頼む」

「ポッポー」

まるでアベルの言葉が分かるかのように返事をし、鳩が飛び去っていく。それを呆然《ぼうぜん》と見送った後、オレははっと我に返った。

「いやいやいや！　何、鳩に話しかけてるんだ！　おかしいだろ！」

オレの叫びに、アベルはキョトンとした様子で答えた。

「ん？　リッキーのことか？　実はさ、オレ、鳥の言葉が分かるんだよ。向こうもオレの言葉が分かるみたいで、情報収集は主にそれでやってる。鳥なんてどこにでもいるだろ？　誰も注意なんて払わないから、やりたい放題だぜ」

「……鳥の言葉が分かる？　は？　お前、それ本気で言ってんのか？」

正気の沙汰《さた》とは思えない発言だ。だが、アベルはあっさりと頷いた。

「オレもこうなった最初は、気が狂ったんじゃないかって焦ったけどな。実際、あいつらはオレの言葉を理解してくれるし、オレもあいつらの言うことが分かる。あ、別にヒユマの技とは関係ないぜ。オレの場合は単なる遺伝。あと、信じる信じないはご自由に」

あっけらかんと告げられる。

何でもないように言われた言葉を聞き、直感的に彼が言っていることは嘘《うそ》ではないのだと理解した。

アベルは、彼が言うように『鳥の言葉』が分かるのだろう。

そしてその能力を利用して、情報屋をしている。

アベルが凄腕の情報屋と言われる理由の一端が分かった気がした。

「……どうしてオレに言ったんだ。そういうのは普通秘密にしておくものだろう。オレに言えば、姫さんに話はいくぜ？　お前、それくらい分かっているだろう」

「ん？　別に困らないし。報告したけりゃ勝手にどうぞ。だってこれは完全にオレの特殊能力によるものなんだ。誰にも真似《まね》できないんだから、知られても困らない」

「そうかよ」

確かに鳥の言葉が分かるなんて聞いても、どうしようもない。聞かれたくない会話をする時、せいぜい近くに鳥がいないか気にするくらいだ。

アベルが残念そうに言う。

「この力さ、便利ではあるんだけど、すっごく中途半端だなって思うのが、あいつらが、オレの言葉しか分からないってところ。オレ以外の人間が何を言っているかまでは理解できない。ほんと、なんでオレだけ？　って思うよな～」

全部分かってくれたら情報収集がもっと楽になるのに、と嘆かわしげに言う男を見る。

三十分ほど窓の外を睨《にら》んでいたアベルだったが、やがて彼はニヤリと笑った。

「リッキーが帰ってきた」

「……あれはお前の飼っている鳩なのか？」

リッキーなんて名前を付けているくらいだ。サハージャ時代からの相棒かと思いきや、アベルは否定した。

「いんや。三日ほど前に会ったばかり。話してみたら、ここらのボスっぽい立ち位置みたいだったから、頼んで協力してもらってる」

「……」

「あ、ちゃんと報酬は渡してるぜ？　これは対等な関係による契約だからな。食料を一日一回……あと、たまにおやつを……」

鳩ときっちり契約関係にあると突拍子もないことを言うアベルに「そうかよ」としか言えない。

……なんだろう。

姫さんのところに来てからというもの、知り合う皆が皆、常識からかけ離れている気がする。

オレは自分が壊れているという自覚はあるが、皆と付き合っていくうちに、実はオレが一番常識人じゃないのか？　なんて思えてくるから不思議なものだ。

特にこのアベルはヒユマ一族だ。ヒユマ一族の中に、こんな変な奴《やつ》がいたかなと真面目《まじめ》に悩みたくなってきた。

鳥の言葉を理解する男。

父さんからもそんな男の存在、聞いたことがない。

遺伝と言っていたが、彼の父か母が、同じようなことができたのだろうか。

複雑な気持ちでアベルを見ていると、鳩を己の腕に止まらせた彼は、その鳩とよく分からない不思議な会話をしていた。

アベルは普通に鳩に話しかけているのだが、鳩がそれに相槌《あいづち》を打つように「ぽっぽー」と鳴くのだ。

その姿は確かに会話をしているように見えて、なんだかすごい光景だなと思ってしまう。

「死神さん」

「……なんだ」

いきなり話を振られて、ちょっと焦った。アベルが真剣な顔でこちらを見ている。

「リッキーの仲間が早朝、あんたの言う容姿の人物を抱えた男が、王宮から出ていくのを見かけたそうだ。あと、今、潜伏している場所も分かるって。案内してくれるらしいから今から行くけど、ついてくるか？」

「当たり前だ」

慌てて頷いた。

思ったよりあっさりと依頼が達成されて驚いたが、姫さんのためにはその方が良い。

アベルの腕から鳩が飛び立つ。

オレはアベルと一緒に、急いで宿を飛び出した。

◇◇◇

鳩が案内したのは、王都の港。外国からの荷物が集められている倉庫の一つだった。

かなり大きな倉庫だ。おそらくは食糧倉庫として使われているのだろう。

三階建てくらいの高さがある建物は頑丈そうで、搬入用の大きな出入り口以外に侵入できそうなところはなかった。

「……この中か？」

「だってさ。……あ、ラッキー。上に窓がある。あそこからなら中が見えそうじゃねえ？」

「本当だ。……様子を見てくる」

アベルの視線を追い、彼が言う窓を発見した。

距離的に十分跳べる。そう判断したオレは秘術を用いて、窓のある場所まで移動した。曇《くも》った窓を覗《のぞ》き込むと、小麦が入った袋がうずたかく積み上げられているすぐ側《そば》に、緑色の髪の人物がぐったりと横たわっているのが見えた。

どうやら気を失っているようだ。後ろ手に縛られている様子から、合意でないのが一目瞭然《いちもくりょうぜん》だった。両足も縛られている。

「……見つけた」

一見男性にしか思えないこの人物が、姫さんの友人であるオフィリア王女だ。その隣には、誘拐犯と見られるあの危なすぎる護衛がいて、うっとりとした目で彼女を見つめていた。

――こわっ！

完全に目がイっている。

前まではギリギリ保っていた理性が、犯罪を犯したことで、切れてしまったのだろう。

今の彼はどこからどう見ても危ない男だった。

オフィリア王女をもう一度見る。

今のところ彼女に乱暴された形跡はない。衣服も乱れていなかったし、他《ほか》に仲間もいなさそうだ。

それを確認して、オレはアベルの隣へ飛び降りた。どんな状況であっても足音は立てない。暗殺者の基本だ。いや、オレは元なのだけれども。

「よっと……」

「どうだった？」

「いた。とりあえずは無事みたいだ。……あのさ、オレ、今から姫さんたちを呼んでくるから代わりに見張りをして欲しい。そう頼もうとしたが、アベルが先に言った。

「見張りをしとけってことだろ？　分かってる。さすがに見つけたから終わり、って真似はしないって。太客は大事にしないといけないからな。恩は売れる時にたっぷり売っておかないと！」

「お、おう……。あのさ、姫さんがいいって言ってるから構わないけど、あんまりふっかけんなよ」

どんな金額を言われても、姫さんなら顔色一つ変えずに支払うだろう。それは分かっていたが、主《あるじ》に迷惑を掛けられるのが嫌で、つい言ってしまった。

アベルがオレの顔を見る。意外にも真剣な表情だった。

「分かってるって。ちゃんと正規の報酬しか要求しないつもりだよ。ここで欲を出したって、碌《ろく》なことにならないだろうってなんとなく分かるから。それに多分あの王太子夫妻とは、今後もいい付き合いができる。そう思う客の印象を悪くするようなことはしない」

「そうか、なら良いけど……」

「支払いが良い分、無茶を要求されそうな気はするけど」

「……」

黙り込んでしまった。姫さんには確かにそういうところがあるからだ。

しかもあまり無茶だと思っていない。当然、できると思ってこちらに話を振ってくる。

微妙な顔をするオレに、アベルはしたり顔で頷いた。

「あの王太子夫妻、本当お似合いだよな。つーか、無敵？　なんかあの二人が揃《そろ》ってて、ヴィルヘルムが負けるところとか全然想像できないんだけど」

「それはオレも同じだ。……刃《は》向《む》かっても勝てる気がしないだろ」

「おう」

アベルが重々しく頷く。

中和魔法こそ使えるものの、姫さんは基本、特別なことができるわけではない。だけど吃驚《びっくり》するくらい強運なのだ。いや、本当。信じられないレベルでついている。

元々、人間かと真面目に問いかけたくなるほど強い王太子。その側に姫さん。

実力と運が揃っているヴィルヘルムに喧嘩《けんか》を売るなど、愚かとしか言いようがないと思う。

「ま、そういうわけで、我が身が可愛《かわい》いオレとしては、擦り寄る方向でいきたいの。オレはこの通り使える男だから、是非、今後もよろしくってね。つーわけだから、見といてやるし、人質の方に何かあれば助ける方向には動くから、今の内に王太子さんたちを呼んでこいよ」

「分かった」

アベルの言い分には説得力があった。納得したオレは、アベルにその場を任せることに決め、王宮へと急ぎ、跳んだ。

4・万華鏡《カレイドスコープ》の過去（アベル視点）

王宮へと急ぐカインを見送ったオレは少し考えたあと、ヒユマの秘術を使い、上手《うま》く食糧倉庫の中へと侵入した。秘術を使えば、忍び込むことなど造作ない。それはあのヒユマの跡継ぎも同じなのだろうけど。

気配を殺し、二人に近づいていく。誘拐した男は国一番の騎士らしいが、気づかれるようなへまをするつもりはなかった。

そうして様子を窺《うかが》える位置に移動したオレは、聞こえてきた声にドン引きした。

気絶する王女の手を握った男が、うっとりとした声で言ったのだ。

「オフィリア様。もうすぐ船が出る時間です。そうしたら上手く紛れ込んで、一緒に外国へ行きましょう。そこで二人きりで生きるんです。王女でも側付《そばつ》きの騎士でもなく、ただの夫婦として。ああ、オフィリア様。どんな危険からも私があなたをお守りいたします」

――こわっ！

顔が引き攣《つ》った。

誘拐した男のやばさは、先ほど死神さんに聞いて分かっていたつもりだが、聞きしに勝るとはまさにこのことだ。

乗船して外国に行くとか言ってるし、早く王太子妃さんたちを連れてきてくれないと困ったことになるぞと思いながら、死神さんが戻ってくるのをひたすら待つ。

だけど、とふと思った。

考えてみれば、おかしな話だ。

ヒユマをとうに捨てたオレが何故《なぜ》か今になって、ヒユマの次期……いや、現当主と一緒に行動しているのだから。

もちろん彼の主《あるじ》からの依頼だからであって、互いに望んで共闘しているわけではないが、人生は不思議なものだと思ってしまう。

イルヴァーンで情報屋として働いていた時は、まさかこんなことになるとは露ほども考えていなかったというのに――。

◇◇◇

今から十八年ほど前、オレはヒユマ一族の父と、ヒユマとは全く関係のない母との間に生まれた。

当時の色合いは、もちろん、黒髪に赤目。

ヒユマとしての色を濃く受け継いだオレを、父も母もとても大切に育ててくれた。

父はいつも母の尻《しり》に敷かれていたが、母に惚《ほ》れきっており、とても幸せそうだった。

母も父を深く愛していて、よく母は小さなオレを膝《ひざ》の上に乗せながら、話してくれたものだ。

「お母さんはね、お父さんがいるから、ここで頑張っていこうって思うようになったの」

母には帰るべき家がない。

ある日、森の中で呆然《ぼうぜん》と座り込んでいる母を見つけた父が、一族の住む村へと連れ帰って、世話をしたのが始まりだと聞いている。

黒髪黒目の二十歳くらいの小柄な娘。

父に拾われた母は、当初口を利かなかったらしい。父が話しかけても返事もしない。ずっと悲しげな顔をしていて、もしかして話すことができないのではと心配していたのだが、ひと月ほど経《た》って、急に母は父に声を掛けてきたというのだ。

「ここはどこ?」

言葉を話せないと思っていた母がいきなり話し始めたことに驚きつつ、父は母に求められるまま説明した。

そうして話を聞いた母は、酷《ひど》く絶望したそうだ。

どうやら母は、父たちが住む場所とは全く違うところからやってきたらしい。母の言う国の名前を父は聞いたことがなかったし、こちらの世界について母は何一つ分からなかったからだ。

「もしかして私、もう、元の場所に帰れないの?」

その嘆きがあまりに悲しそうで、父は思わず母を抱き締めてしまったらしい。母は涙を流し、またひと月ほど、何も話さなくなってしまった。

まるで、全《すべ》てを拒絶するかのように。

そんな母のことを、父は黙って世話をし続けた。父が見も知らぬ母を世話したのは、同情からではなかった。母がヒユマ一族の赤目を見ても気味悪がらなかったからだと言っていた。

目を見ても、忌避しなかった。化け物と、呪《のろ》われた一族だと言わなかった。

母は、ヒユマ一族のことなんて知らない。だから何も言わなかったのだと分かっている。

だけど父にとってはそれで十分だった。母を世話する理由となり得たのだ。

ある日、父が母の様子を見に、いつもいる部屋を覗《のぞ》くと、部屋の中は空っぽだった。

慌てていなくなった母を探しに父が外に飛び出すと、そこにはウサギや鳥と戯れる母の姿があった。

「……心配した」

安堵《あんど》の息を吐く父に、母はウサギの頭を撫《な》でながら言った。

「……不思議。この子たちが何を言っているのか分かるの。あなたの言葉もある日突然、分かるようになった。最初は何を言っているのか全然分からなかったのに」

「……何はともあれ言葉が通じるなら良いではないか」

「……そうね」

母は、ありとあらゆる生き物と会話することができた。

それがいつからかは分からない。何故、そうなったのかも。だけどそのおかげで、生き物皆が自分を励ましてくれたおかげで、前を向いて生きていこう。生きていかなければならないと思えるようになったと、そう言っていた。

そして生きることに前向きになった母は、それから半年ほどして、父にプロポーズされた。

自分の瞳《ひとみ》を厭《いと》わない母に惚れたのだと。動物たちと楽しげに会話をする母の姿に惚れたのだと。自分の側《そば》から離れて欲しくない。ずっとここにいて欲しいのだと、父は母にそう告げたのだ。

父のプロポーズを、母は悩んだ末に受け入れた。母も父のことを好きになっていた。いつの間にか森にいた不審者である自分を助けてくれ、側にいて心の支えになってくれた父を、母もまた深く愛するようになっていたのだ。

二人は結婚し、オレが生まれた。

オレは両親が大好きで、父がヒユマの仕事で外に出ている時は、いつも母と二人で父の帰りを待っていた。

父にヒユマとしての修業をつけてもらいながら過ごす、温かくも幸せな日々。オレはすくすくと育ち、十歳になり——そしてあの悪夢の夜がやってきた。

「……起きなさい、アベル」

長期の仕事が入り、父は留守。真夜中、ぐっすり眠っていたところを、オレは母に叩《たた》き起こされた。

「……何？　母さん」

「動物たちが騒いでいる。よくないものが来る。アベル、今すぐ逃げるのよ」

「逃げるって、どこへ？」

切羽詰まった母の声に、眠気はすぐに吹っ飛んだ。母がオレの手を引く。家の外に出た母は、言い含めるように言った。

「アベル、お父さんを呼びに行ってちょうだい。お父さんは、この道をずっと下った先にある町で仕事をしているから」

「お母さんは？」

「お母さんは行けない。あなたと違って、ヒユマの修行を何も受けていないから、あなたの足手まといになってしまう。お母さんは家で待っているから、お父さんを呼んできて。お願いよ」

「……分かった」

本当は嫌だと言いたかった。だけど母の浮かべた表情がそれを許さなかった。母はオレの頭を愛おしげに何度も撫でた。

「あなたとお父さんがいたから、私はこの場所でも生きていこうと思えたの。帰れなくてもいいと思えるようになったの。私は後悔してない。私はここに来て愛する人に会えて、アベルを産めたことを本当に嬉《うれ》しく思ってる。今、日本に帰れるって聞いたって、私はきっと『帰らない』って言うわ。それが私の答え。私の生きる場所はここなの」

「お母さん……」

意味の分からないことを言う母がなんだか酷く怖いもののように見えた。

母がオレの背中を押す。

「さあ、行って」

「……でも」

「行きなさい。お父さんを呼んできて。そして、お母さんを助けて」

「……うん」

頷《うなず》き、真っ暗な道を駆け下りた。振り返りたかったが、そうしては駄目なのだろうとなんとなく分かっていた。

　だからオレは夜通し駆け、父が仕事をしている町へとひた走った。オレが帰るには、一分一秒でも早く父を連れて戻る。それしかなかったからだ。

「アベル、どうしたんだ!?」

「お父さん！　お母さんが!!」

　目的地に着いたのは、次の日の昼前だった。父の場所が分からず道の真ん中を彷徨《うろつ》くオレを、父の方が見つけてくれた。

　赤目の子供が真っ昼間に町中を彷徨けば酷く目立つ。父は慌ててオレの腕を掴《つか》み、誰《だれ》もいないところへ連れていった。

「何があった!?　お前一人でこんなところまで来て！」

　緊急事態が起こったのだと理解した父が状況を尋ねてくる。

　オレは父の胸の中に飛び込み、母を助けて欲しいのだと訴えた。

「お母さんが、良くないものが来るって……だからお父さんを呼びに行って欲しいって……」

　母から聞かされたことを父に必死に伝える。

　父は頷き、すぐに村に戻ると言ってくれた。

　父には仕えるべき主がいなかったから、ヒユマの秘術を使えない。父はオレを抱え、飛ぶように駆け、ヒユマの村へと戻った。

　そこでオレたちの見たものは――。

「あああああああああああ!!」

生き残ったものが誰一人いない、地獄絵図、そのものだった。

「あ、あ、あ……」

嘘《うそ》みたいな光景が目の前に広がっていた。

ヒユマの一族が、皆、死んでいる。村は火を放たれたのか、家という家が焼けていた。火は収まっていたが、焦げた嫌な匂《にお》いが鼻を突く。戦ったあとがあちこちに残っており、男たちが武器を握ったまま倒れていた。

「何、これ……」

喉《のど》が引き絞られるような声が出た。どうしてこんなことになっているのか、訳が分からなくてブルブルと震える。

そんな中、父は血相を変え、家へと走った。置いていかれたくなくて、必死に父の後を追う。

「お母さん……」

オレたちが目にしたのは、動物に埋もれた母の遺体だった。

きっと動物たちが身を挺《てい》して母を守ってくれたのだろう。母の上に折り重なるように、鹿《しか》が、ウサギが、猫が、犬が、様々な動物たちが死んでいる。

一番下にいた母は、小さな鳩《はと》を抱えたまま亡くなっていた。

大小様々な傷がある。そして背中に大きな切り傷があった。斜めに走ったその傷は、きっと剣で斬《き》られたのだろう。どうやらそれが致命傷となったようだった。

父が母を抱きかかえると、潰《つぶ》されては堪《たま》らないとばかりに鳩が飛び立った。唯一生きていた鳩は名残惜《なごり》しげにクルクルと空を大きく旋回《せんかい》した。

「……」

何も考えられなかった。

何が起こっているのか分からなかった。

どうして母が亡くなっているのか、傷だらけになっているのか本当に分からなかった。

昨夜、オレを見送ってくれた母は少し怖かったけど元気で、顔色だって悪くなかった。

だけど今、動物たちと共に眠る母の顔色は土気色で、いくら声を掛けても揺すっても、目を覚ましはしない。

「……」

「ああああああああああ!!」

「お父さん……!」

呆然と母を抱きかかえていた父が、突如、獣のような咆哮《ほうこう》を上げた。

母を強く抱き締め、大声で泣く。その様は本当に母を愛していたのだと分かるもので、そんな父を見ていると、オレも我慢していた涙が零《こぼ》れてしまった。

「お母さん……お母さん……」

亡くなった母に取り縋《すが》る。母はゾッとするほど冷たく、死んでしまったのだと嫌でも理解せざるを得なかった。

「……」

やがて父は立ち上がり、庭に母や動物たちを埋めるための穴を黙々と掘り始めた。オレも父に倣《なら》い、慣れないながらも手伝った。

それが全部終わると、今度は父は村の様子を見に出かけた。一人残されるのが嫌で、オレも父の後を追う。

「……酷い」

改めて見ると、本当にそこは地獄としか言いようのない場所になっていた。

誰も生きているものがいない死の世界。焼かれた家の中にはいくつもの遺体があったが、焼け焦げていて誰のものなのかも分からない。

男性も女性も子供も、年老いた者も。ヒユマの村に住む皆が死んでいた。

ちょうど仕事の入りにくい暇な時期。出ていたのは父くらいで、ほぼ全員が村にいた。運が悪かった。

いつもなら、半数以上が外に出ていたのに。

父とオレは全ての家を見て回り、できる限りの埋葬をした。そうして全ての作業が終わってから村を出た。

その間、父は一言も喋《しゃべ》らなかった。

「――アベル」

その日の夜。ようやく父がオレに声を掛けてきた。

オレたちは、村の近くにある森の中で野営をしていた。たき火を囲み、フクロウの声をぼうっと聞いていたオレは、父の呼びかけに反応し、顔を上げた。

「何？」

「ヒユマを襲ったのは、サハージャの国王だ。あいつは、ずっとオレたちを自分の配下にしたがっていた。それが叶《かな》わなかったから排除した。多分、そういうことだと思う」

「サハージャの国王。王様がオレたちを？」

仇《かたき》となる人物の名を告げられ、オレは戸惑いつつも父を見た。

「ああ、間違いない。サハージャの国章が入った武器がいくつも村の中に落ちていた。襲った兵士たちが落としたものだろう」

「……お母さんも、その人たちに殺されたの？」

「……ああ」

「ヒユマは……皆は負けたの？」

「……ああ。おそらくかなりの人数を投入されたんだろう。この村にいた者たちは、誰も主を持っていない。人数に差があり、更にはヒユマの力の殆《ほとん》どを封じられた状態で勝てるほどサハージャの兵たちは甘くなかったと、そういうことだ」

　父の説明を聞き、そうか、と腑《ふ》に落ちた。

　きっと昨夜、母は動物たちから、サハージャの軍が村に近づいているのを知ったのだろう。そして、自分が一緒では足手まといになると、オレ一人を安全な、父のいる場所へと逃がしたのだ。

母が言う通り、鍛えていない母の足は遅い。万が一、どこかで兵に見つかったら、逃げることはできなかっただろう。母は、それを恐れたのだ。

母は自分が死ぬと分かっていた。それなのに母は何も言わず、オレだけを逃がした。共倒れになる可能性を防ぐために。

オレを、生かすために。

「ごめ……ごめんなさい……」

オレがいたから、母は逃げられなかった。それに気づき父に謝ると、父は首を横に振った。

「どうしてお前が謝る。母さんは、お前を守ったんだ。お前は、母さんの分まで生きなければならない。分かるな？」

「……うん」

「ヒユマで生きているのはもう、オレとお前だけだ。長《おさ》も……リュクスすら失った。これからオレたちは生涯《しょうがい》この目を隠し、生きていかなければならない」

「うん……」

父の言葉に頷く。

サハージャ国王に、ヒユマが生きていると知られれば、きっと狙《ねら》われる。オレたちは人目を避け、生きていくしかない。

泣きそうになるオレに、父は「これから二人で頑張って生きていこう」と言った。

オレは頷き、涙を拭《ぬぐ》った。父がいるのなら頑張れる。

母を失い、生きる場所を失い、どうしようもない状態だけど、父がいてくれるのならと。

そう無理やり自分を納得させ、眠りについた。

だけど現実はどこまでも残酷で。

――次の日の朝、父の姿はどこにもなかった。

◇◇◇

「父さん！　父さん！」

父の姿が見えない。オレは半狂乱になりながら、必死で父を探した。幸いにも父は置き手紙を残しており、すぐにその行方《ゆくえ》を知ることができたのだが、そこに書かれていたことにオレは顔色を失った。

『オレは、どうしてもお母さんを殺したサハージャ国王が憎い。彼を殺す。殺さなければならない。あいつを片付けたらきっと戻る。だからどうか、生きてくれ。それが、オレと母さんの願いだ』

あろうことか、父は一人でサハージャ国王に復讐《ふくしゅう》をしに行ったのだ。

森の中に、息子であるオレを一人置いて。昨日、あれほど二人で生きていこうと誓ったのに。

「どうして……？」

言いながらも、本当は分かっていた。

父は、母を深く愛していた。その母を失ったのがどうしても耐えられなかったのだ。元凶となった相手を殺さずにはいられなかった。だから、行ったのだと。

「……」

オレは一人、森の中で父を待った。

幸いにも父にはヒユマとしての修行をつけてもらっており、森で暮らすくらいは朝飯前だ。

そして一人で過ごすようになった頃《ころ》から、オレは鳥類限定ではあるが、母と同じように、何故かその言葉が分かるようになっていた。

『どうしたの？　元気出して！』

明らかに、ポッポーとしか言っていないのに、突然脳裏に響いた声に、最初は本当に驚いた。頭がおかしくなったのかと思った。だけど母という前例がある。すぐに理由は分かった。

きっと元々あった遺伝的な素養が、何らかのきっかけで目覚めたのだろう。

オレは確かに母の血を引いていた。そういうことなのだ。

母との繋《つな》がりを、母が残してくれたものを確かに感じ、オレはその日、森の中で一人母を思って泣いた。

ふるさとに帰れないのだといつも嘆いていた母。

だけど父と会ってオレを生んで、もう帰る気はないのだと、オレたちと一緒にいたいのだと言ってくれた優しい母を思い出して泣いた。

オレの側には、それから常に何らかの鳥がいて、ひとりぼっちのオレを慰めてくれた。

本当に一人で過ごしていれば、きっとオレはどこかで耐えきれず、狂っていただろう。オレがオレのままで父を待つことができたのは、鳥たちのおかげだ。母がくれた能力がオレを助けてくれたのだ。

だけど、森の中で過ごすこと、半年。

一向に帰ってこない父。その結末を予想するのは、容易だった。

――父は、失敗したのだ。

一国の国王を何の情報もなく、一人で殺すのはほぼ不可能。父だってきっと分かっていた。それでも行かずにはいられなかったのだ。そして行って……おそらくは返り討ちにあったのだろう。下手《へた》をすれば、標的の下にさえたどり着けなかった可能性だってある。

何せ、父は主を持っていなかった。ヒユマの力を十全に使うことができなかったのだから。

「……」

それでもさらに半年、オレは待った。

もしかして、と一縷《いちる》の望みにかけたのだ。だが父が戻ってくることはなく、オレはついに重い腰を上げ、一人森を出て町へと降りた。

胸の中には隙間《すきま》風が吹いている。

抵抗すら碌《ろく》にできず、殺されてしまった母。

復讐しに行って、結局果たせなかった父。

もう、何もかもが虚《むな》しかった。

父に倣って復讐しようなんて気はなかった。あの父ですら不可能だったのだ。オレが挑んだところで二の舞になるに決まっている。

オレは、ただ、生きたかった。

母に生かされた命。父に生かされた命。

ヒユマなんてどうでも良い。ただこの両親に守られた命を繋ぐことだけがオレの全てになった。

生きるためには、どうすれば良いか。

それを考えた時、ヒユマの左目が封じられていることが問題だと思った。

ヒユマの秘術の中には、生きていくのに便利なものがいくつもある。それは主を持ち、契約をした後でなければ使えない。だけどオレは主を持とうと思わなかったし、そもそもヒユマだとアピールするような生き方もしたくなかった。

ヒユマの赤目は、ヒユマ一族にとっては誇り。

父や他《ほか》の村の人たちからも聞いて、オレもそう思っていたけれど、今は煩《わずら》わしいだけだった。この目のせいで自由に動くことすらできない。行動が制限されるのが堪《たま》らなく嫌だった。

だからオレは、人伝《ひとづて》に聞いた魔女を頼った。

世界に七人いるという魔女の一人。彼女を見つけ出し、ヒユマの枷《かせ》を解いてもらった。赤目を金色に変えてもらった。

その代わり――対価として、オレは己の右目を魔女に差し出した。

魔女は喜んだ。意味は分からなかったが、異界と繋がった珍しい瞳《め》だと、これなら十分対価になり得ると、色々とオマケまでしてくれた。

右目があった場所には魔女の手で大きな黒い宝石が嵌《は》められ、オレはその上に眼帯を掛けた。

鏡を見る。見慣れない黄金の目がオレを見つめていた。左目だけで世界を見るのは違和感があったが、それもすぐに慣れた。

そんなことより、人々がオレを奇異の目で見ないことの方が大事だったのだ。

右目という代償は払ったけれども、オレはこの取引に大いに満足していた。

魔女のおかげで抱えていた問題を片付けたオレは、生きていくために、情報屋になった。

オレには解放されたヒユマの力があるし、なんといっても鳥たちがいる。オレの情報屋としての信頼度は瞬く間に上がり、オレは裏ではそこそこ知られた人物になった。

オレは一人だ。

誰にも頼れない。

そのオレが生きていこうと思ったら、どうしたって金がいる。

金はオレを裏切らない。金があれば大抵のことはどうにかなる。

結果としてオレは、金に酷く執着した。金持ちの貴族の依頼を積極的に受け、大金を儲《もう》けた。

もちろん儲けた金は貯金したが、使うことも躊躇《ためら》わなかった。

だってオレは知っている。人間、いつどこで何が起こるか分からないのだと。

その時、後悔して死ぬことだけはしたくないと思っていたからだ。

だからオレは金を貯《た》めながらも、楽しめるだけ楽しんだ。

やりたいことは全部やる。

そう決め、刹那《せつな》に生き、人生を謳歌《おうか》した。

父や母ができなかったこと。

オレがヒユマのままではできなかったことをしていた。

そんな、端から見ればどこまでも自由であろうオレには、どんなに金を積まれても絶対に引き受けないことが二つあった。

一つは、殺しの依頼。

人が死ぬのは嫌だ。その技量があったとしても、人を殺すなんてオレにはできない。

母の死を見、帰らない父を待ち続けたオレは、気づかないうちに『死』というものに大きなトラウマを抱えてしまっていた。

そしてもう一つ、オレは、サハージャ王家からの依頼も決して受けはしなかった。

有名になれば王族からも依頼は来る。それこそ目も眩《くら》むような報酬を用意されて。

だが、どんなに報酬が良くても引き受けなかった。

理由は簡単だ。

父と母はサハージャに殺された。ヒユマなんてもうどうでもいいと思っているオレだが、それでも両親が死んだ直接の原因であるサハージャ王家のために働こうとは思えなかったのだ。

不殺。そしてサハージャ王家とだけは付き合わない。

それらはヒユマであることを捨てたオレの、ある意味最後の矜持《きょうじ》だったのかもしれない。

そうして時は流れ、オレはある時、ヒユマの長であるリュクスの系譜が生きていたことを偶然知った。

その人物は何の因果か、サハージャの暗殺者ギルド『赤』に所属し、『赤の死神』の二つ名で呼ばれているのだという。

遠目から見た彼は、赤い目を堂々と晒《さら》し、確かにヒユマとして生きていた。

「ああ……」

思うところがないわけではない。

だって同じヒユマだ。

だけど、その生き方はオレとはあまりにも違った。

一方は呪われた一族だと蔑《さげす》まれながら人殺しの頂点に立ち、もう一人はその証《あかし》を捨て、殺しを拒絶した。

なのに、どちらも裏の世界で生きている。

少しだけ、自分を曲げない生き方を選んだ彼が眩《まぶ》しいと思った。だけど、オレにはできない生き方だから。

彼のことは気になるけれども、オレはとうにヒユマであることを捨てた人間だ。

だからお互い生き延びられれば良いな、くらいにしか考えていなかった。

そんな彼とまさか会うことになるだけでなく、共闘する羽目になるとは、本当に人生は分からないなとそう思う。

◇◇◇

「いっけね……」

少し、ぼんやりとしすぎていたようだ。

仕事中に昔のことを思い出すなんて、今までなかった。

サハージャを離れ、オレも少し気が緩んでいるのかもしれない。

仕事中だ。気を引き締めなければ。

思考を払うように首を振り、対象に視線を向ける。

どうやらちょうど王女が目を覚ましたところらしく、彼らの会話が聞こえてきた。

「……エド」

「殿下。オフィリア様。お目覚めになられましたか」

「……ここはどこだ。今すぐ縄を解け」

「それはできません」

王女の命令を、エドと呼ばれた男はうっとりとした顔で拒絶した。

「殿下はこれから私と、外国へ逃避行するのです。向こうに着いたらすぐにでも夫婦として暮らしましょう。大丈夫です。私があなたを養いますから。あなたは私の妻として側にいてくれればそれで——」

「ふざけたことを言っていないで縄を解けと言っている。私はイルヴァーンの王女だ。その責務から逃げるような真似《まね》はしない！」

縛られ、動けない状態ながらも毅然《きぜん》と告げる王女は男装していても美しかった。

思わず、感嘆の息が漏れる。

王女は地に伏しながらも己の騎士を睨《にら》み付けた。

「どうしてこのような真似をした。兄上はすぐに気づくぞ。そうすればお前は捕まる。何故、こんな短絡的なことを。お前らしくもない」

「私らしくない？」

吐き捨てるように言った王女に、男は狂気じみた笑みを向けた。

「では、何が私らしいのか、殿下にはお分かりになりますか？　殿下は私の何をご存じで？　何も知らない。ずっとお側にいても、私のことなんて何も知ろうとなさらなかったくせに！」

男の慟哭《どうこく》を王女は気にもしなかった。

「興味がなかったからな。だが、お前が気持ちの悪い男だということだけは理解している」

「ははっ……！　確かにその通りですね！」

笑いながら頷き、男は王女を陶然と見つめた。

「私は昔からずっとあなたが好きだったんですよ。だからヘンドリック殿下にお願いしました。あなたと結婚させて欲しいと。殿下は頷いてくれたのに、協力してくれると言ったのに、昨日殿下は急にその意見を翻《ひるがえ》したのです！」

「……それはお前が嘘を吐《つ》いたからだろう。私の原稿を勝手に盗み出し、お前への想いを綴《つづ》った日記だと嘘を吐いた。そんなことをしでかしておいて、よく私と結婚できると思ったな」

死神さんから話は聞いていたが、改めて聞くととんでもない男である。

　顔を引き攣らせていると、男はきょとんとした顔をした。

「え？　あれは私への秘めた恋心を綴った日記で間違いないでしょう。それにああしてヘンドリック殿下にお見せしたからこそ、殿下は私を結婚相手として認めて下さったのです。あれは正しい行為ですよ」

　男の表情に嘘はない。間違いなく本気で言っている。

　話が通じないと分かったのだろう。王女は顔を歪《ゆが》めたし、オレもかかわりたくない部類の男だと心底思った。

「馬鹿《ばか》な。あれは単なる創作物であって、断じてお前に宛《あ》てたものではない。勝手な妄想《もうそう》をするのも大概にしろ。私がお前を好きだったことなど一度もない！」

　男を睨み付け、王女が断言する。それを聞いた男が目を丸くした。

「……私を好きではない？」

「ああ、そうだ」

　頷く王女に、男は分からないと首を傾《かし》げた。

「何を言っているんです？　ああ、もしかしてまだ自覚されていないのですか？　困ったな。あんなに熱烈な日記を書いておいて、私への思いを認められないなんて」

「いい加減、目を覚ましてくれ、エド。お前を側付きの騎士以上に思ったことはない。結婚相手として考えたことは更に輪をかけてない。昨日兄上に、お前との婚約などあり得ないと話したのも私だ」

「嘘だ!!」

王女の言葉を打ち消すように男が叫んだ。

「嘘だ、嘘だ、嘘だ!!　殿下は私を愛してくれている。殿下は気づいていないだけ。それが真実なんだ!!」

「エド、話を聞け！」

「嫌だ!!」

獣の咆哮のように叫び、男は王女に馬乗りになった。そうして狂乱した様子で彼女の首に手を掛ける。

「嘘だ。殿下は私を愛して下さっているんだ。だってあの日記にはそう書いてあった。ねえ、嘘ですよね、殿下。嘘だと言って下さい。私を愛していると」

「エド、やめろ!!　エド!!　ぐうううう……！」

「ほら、早く言って下さいよ……！　早く……気づいて。……私を愛してると言え！」

狂気を露《あら》わにした男が、王女の首を絞める。それを見た瞬間、全ての感情が飛んだ。

「……ふざけんなよ」

ゆらりと立ち上がる。

彼らに見つかることになろうがどうでもよかった。

脳裏に死んだ母の姿が過《よぎ》る。男が王女の首を絞め続ければ、きっとあの日の母と同じ姿になるのだろう。それはどうしても許せなかった。

オレは全力で駆け、王女の首を絞めている男の身体《からだ》を思いきり蹴《け》り飛ばした。

「オレの目の前で、人殺しなんてさせるかよ！」

ああ、そんなことさせない。許してたまるものか。

オレはあの日、父と母を失った時、もう誰も死なせないと誓ったのだ。

あんな空虚な思いは二度としたくない。

敵も味方も関係ない。オレの目の前で、命を消すことは絶対に許さない。

「ぐあああ！」

いくら男が鍛えた騎士であろうが、オレだってヒユマの一人で、情報屋として長い間裏の世界に身を置いてきた人間だ。無防備なところを思いきり蹴り飛ばされれば、さすがに咄嗟《とっさ》には動けない。

「うぐぅぅ……！」

急所に当たったのか男が地面を転がり、肩口を押さえながら呻《うめ》く。オレは王女を庇《かば》うようにその前に立った。

後ろで王女がゴホゴホと咳《せ》き込んでいる。

――ああ、良かった。生きている。オレは、間に合ったのだ。

「オフィリア!!」

少し遅れて、倉庫の扉が開け放たれる。

振り返れば、そこにはヴィルヘルム王太子夫妻と、王女の兄、そして彼らを連れてきた死神さんの姿があった。叫んだのは王女の兄であるヘンドリック王子だ。彼は咳き込んでいる妹を見て、顔を青ざめさせ、こちらに駆け寄ってくる。

「……はあ。遅いって。勘弁してくれよ」

前髪を掻《か》き上げる。

身体から力が抜けた。全身からドッと汗が噴き出る。

やってきた面々を見て、オレはようやく自分の役目が終わったことを悟った。

5・彼女と救出劇

「姫さん！　王女のいる場所が分かった！」

焦る気持ちはあっても何もできない。ただ、急《せ》く思いを抑えつけながら部屋で、フリードとヘンドリック王子との三人で待っていると、カインがベランダから飛び込んできた。

その言葉を聞いて、全員が一斉にソファから立ち上がる。

「レイドは無事なの？」

真っ先に出た問いがそれだった。私の悲痛な叫びに、カインが頷《うなず》く。

「無事だ。姿も確認したぜ。縛られてはいたが、怪我《けが》をしている様子はなかった。今はアベルが見張ってくれてる。場所は港の方だ。案内する！　外で待っているから来てくれ」

「分かった！」

カインの言葉に、心底安堵《あんど》した。

レイドが無事見つかったこともそうだが、カインの口調から乱暴された形跡もなかったと判断できたからだ。フリードやヘンドリック王子も、ホッとしたのだろう。少しだけ緊張が解けた様子だった。

——とりあえず外に出なければ。

カインが消えたのを確認し、私も部屋を出ようとしたが、何故《なぜ》かヘンドリック王子が私を止めた。

「リディアナ妃。君はここに残った方が良いのでは？」

「え……」

足が止まる。当然ついていくつもりだった私に彼は言った。

「協力はすごく有り難い。だけど君は女性だから。その……これから行くのは、言うならば誘拐犯のいる現場。君は戦いの心得があるわけでもないし、王宮に残っていた方が安全ではないかと思って」

「あ……」

ヘンドリック王子が、私の身を案じてくれているのが分かる。

確かに彼の言うことには一理あり、どう返せば良いのか、一瞬思考が止まった。

そんな私の手を握り、フリードが言う。

「いや、リディは連れていく」

「フリード？　君、大事な奥さんを誘拐犯のいるような場所に連れていって平気なの？」

ヘンドリック王子が信じられないという顔をする。それにフリードはキッパリと断言した。

「まず言っておくが、先ほどのカイン。アレはリディを主人としていて私の指揮下には入っていない。リディがいなければ、案内は望めないだろう」

「え……」

目を丸くして、ヘンドリック王子が私を見る。

続けてフリードが言った。

「もう一つ。さすがに戦争にまで連れていく気はないが、基本的にリディは私の側《そば》から離さない。それは何故か。王宮にいるより何より、私の側が一番安全だからだ。特に他国でリディを一人になど絶対にさせない。リディは私が守る」

「でも、護衛もいるし……」

ヘンドリック王子の言葉にフリードは厳しく反論した。

「それは私にとってリディを残していく理由になり得ない。可能な限り、側に置く。もし目を離して、彼女に何かあったらどうする。後悔するのは二度とごめんだ」

フリードが言っているのは、私がサハージャに拐《かどわ》かされた時のことだろう。

それは分かったし、あの時のことが彼の傷になっているのかなと気にはなったが、それ以上にきっぱりと言い切った旦那《だんな》様のあまりの格好良さに、思いきりときめいてしまった。

脳内にいる全私が一斉にスタンディングオベーションをし、『おおおー』と涙を流して割れんばかりに拍手している。もちろん、本体である私も参加だ。

どうしよう。私の夫が素敵すぎるんだけど。

そんな場合ではないと分かっているのに、どんどん顔が赤くなっていく。

――ああ、私の旦那様がこんなにも格好良い……。

ドキドキしつつ夫を見つめる。フリードは私と目を合わせ、にこりと笑った。

「リディ。私と一緒に来るよね？」

「行く……どこにでもついていきます……」

真っ赤な顔でコクコクと頷く私を見たフリードが満足そうな顔をする。

そんな私たちに、ヘンドリック王子が目を瞬かせながら言った。

「……自分の側が一番安全だなんてフリード、君だからこそ言える台詞《セリフ》だよね。そしてその言葉を否定できる要素がどこにもない。確かに王宮で護衛に守らせるより、君といる方がリディアナ妃は安全だろう。……分かった。僕の方が考えなしだったようだ。リディアナ妃、申し訳なかったね。君の身は君の夫が守ってくれるそうだ」

「はい……」

声がちょっと弾んでしまった。ヘンドリック王子が微妙な顔をする。

「……僕が言うのもなんだけど、リディアナ妃、君、随分と嬉《うれ》しそうだね」

「えと、嬉しいので、はい」

正直に告げると、彼は参ったという顔をした。

「……本当に仲が良いね」

「羨《うらや》ましいだろう」

フリードが自慢げに笑う。ヘンドリック王子は真顔で頷いた。

「否定したいところだけど、心底羨ましい。……って、そんなこと言っている場合ではないね。急ごう」

「はい」

確かに彼の言う通りだ。気を引き締め、ヘンドリック王子の先導で王宮を出る。

先に王都の視察に出かけると広めておいたおかげか、私たちが外に向かっても誰《だれ》も不審に思わなかった。レイドは先に行っていると告げる。彼女が町に出るのはいつものことなので、こちらも特に咎《とが》められることはなかった。

護衛については何人かに尋ねられたが、ヘンドリック王子が「外で待たせている」と答えていた。

もちろん実際は連れていかない。どこからレイドが誘拐されたことが漏れるかも分からないからだ。私たちだけで全《すべ》てを終わらせるのが理想。

エドワードが抵抗したとしても、こちらにはフリードとカイン、そしてヒユマ一族と判明したアベルもいる。ヘンドリック王子がどの程度使えるのかは分からないが、これだけのメンバーが揃《そろ》っていて負けるはずがない。勝算が十分にあるからこそできることだった。

今から大変なのは、一人、連絡役として残された兄だろう。

先ほどフリードに、あとは適当に誤魔化しておけと言われて頭を抱えていたから。

だけど兄は本当にこういうことが得意なのだ。なるほど、フリードの側近として取り立てられているだけはあるなと、妙に納得してしまう。

そしてこうなってくると、兄を連れていくようにと言った父の言葉が正しかったということになる。

別に私が問題を起こしたわけではないが、兄がいなければやはり少しは困ったことになっただろうから。

――兄さん、ごめんね。頑張って！

心の中でエールを送り、私たちは外で待っていたカインと無事、合流を果たした。

◇◇◇

私たちがカインに案内されたのは、王都の港近くにある食糧倉庫だった。

人気《ひとけ》がない。なるほど、一時的に身を隠すにはぴったりだと思っていると、倉庫の中から言い争うような声が聞こえてきた。

ヘンドリック王子が顔色を変え、食糧倉庫の扉を開く。幸いなことに鍵《かぎ》は掛かっていなかった。私もフリードと頷き合い、その後に続く。

「オフィリア!!」

小麦が入った袋がたくさん積まれている食糧倉庫。その中に、レイドと誘拐犯であるエドワード、そしてアベルがいた。

両手両足を縛られたレイドは、苦しいのか咳《せ》き込んでいる。エドワードはといえば、無様な姿で床に転がり、肩を押さえていた。

レイドを庇《かば》うように立つアベルが、エドワードを睨《にら》み付けている。

中で何が起こっていたのかは分からないが、状況からして、おそらく彼がレイドを助けてくれたのだろうと理解した。

「オフィリア!!　大丈夫か!?」

ヘンドリック王子がレイドに駆け寄り、彼女の戒めを解く。レイドは身体《からだ》を起こし、荒い呼吸を繰り返していた。そうしてなんとか呼吸を整え、自分に寄り添う兄へと目を向ける。

「兄上……」

「遅くなって悪かった。無事だね？」

「ええ、もちろんです」

言いながら、ハッとしたようにレイドは辺りを見回した。その途中で彼女と目が合う。

「レイド」

声を掛けると、レイドは目を瞬かせた。

「リディ。それにフリードリヒ殿下まで……というか、うちの兵は？　兄上、兵は誰も連れてこなかったのですか？」

「お前が誘拐されたことはここにいる面子《めんつ》と、王宮に残してきたあと一人以外は知らない。嫁入り前なんだ。変な噂《うわさ》が立つのはお前だって本意ではないだろう」

「……ありがとうございます」

ヘンドリック王子の言葉に、レイドがあからさまにホッとした顔をした。心ない噂がどんなに傷つくものなのか、彼女が一番知っている。先ほど咄嗟《とっさ》に周りを確認したのも、ヘンドリック王子が連れてきたであろう兵を気にしていたからだろう。

「エドワード……」

ヘンドリック王子が立ち上がり、エドワードを睨む。その目は怒りと憎しみに燃えていた。

「まさかお前が、このような真似《まね》をする男だとは思わなかった」

聞いたことのない冷たい声に、ゾクリとする。

いつも柔らかい空気を醸し出しているヘンドリック王子の普段とは違う声音から、如何《いか》に彼が怒っているのか窺《うかが》い知れた。

ヘンドリック王子は、エドワードをどうするつもりなんだろう。そう思っていると、多少は回復したのかレイドも立ち上がった。そうして兄の肩を叩《たた》く。

「兄上。申し訳ございませんが、ここは私に任せて下さい」

「オフィリア？」

ヘンドリック王子が眉《まゆ》を寄せる。レイドは冷たく笑っていた。

「……さすがに今回の件については、私も腸《はらわた》が煮えくりかえっていますので。……ええ、本当に、まさかこのような愚行を犯す男だとは思いませんでしたよ」

「お前」

「信頼していた己の騎士に裏切られるとはね。兄上、これは私のミスです。私がエドの手綱をもっとしっかり握っておけば良かった」

声に深い怒りを感じた。

レイドを見たヘンドリック王子が頬《ほお》を引き攣《つ》らせ、後ろに下がった。

彼女の横顔が見える。レイドの表情は酷《ひど》く冷徹で、ゾッとするような怒りを内包していた。

幼い頃《ころ》から側にいた己の騎士が、自分を裏切ったことを許せないのだろう。

彼女はまだ肩を押さえ、呻《うめ》いていた騎士の前に堂々と立った。

「エド」

「……でん……か」

「これが、お前の企《たくら》みの顛末だ。実に愚かな結末だな」

「わ、私は……ただ、殿下をお慕いして——」

「気持ち悪い」

「ぐっ……」

レイドが容赦なくエドワードの頭を己の足で踏みつけた。突然の痛みにエドワードが呻く。レイドは眉一つ動かさず、今度は彼の顎《あご》を思いきり蹴《け》り上げた。

レイドが鍛えていると言っていたのは嘘《うそ》ではなかったのだろう。大の男の身体が一瞬ではあるが浮き上がり、私は思わず「え」という声を漏らしてしまった。

エドワードは一切抵抗しない。無様に転がりながら、涙目で己の主《あるじ》を見上げていた。

「オフィリアさま……」

「お前が気持ち悪い男だということは分かっていたさ。だがまさか、私の書いた原稿を利用してまで、私と結婚しようと企むとは思わなかった。そこに思い至らなかったのは私のミスだ。お前は国一番の騎士で、幼馴染《おさなじ》み。お前さえ側に付けていれば、両親も兄上も何も言わない。お前を無視すれば済むだけと、軽く考えていた私に今回の事件の責任はある」

「殿下……」

「うるさい、黙れ」

冷たく言い放ち、レイドはエドワードを蹴り飛ばした。

「私がお前を好きになることは、一生涯《いっしょうがい》あり得ないとここに断言しておこう。私はお前を顧《かえり》みない。

お前は私の騎士ではあるが、それ以上には決してなり得ない。それを脳裏に刻みつけろ」

「……」

「私は、お前とだけは結婚しない」

キッパリと断言したレイドは、酷薄な表情でエドワードを見た。そんな彼女に、何故かエドワードは大きく目を見開き、まるで何か大変なことに気づいたかのような顔をした。

「あ……！　あ……」

「なんだ、気持ち悪い。喘《あえ》いでいないで言いたいことがあるなら言ってみろ」

レイドが眉を顰《ひそ》め、彼に言う。

私はドキドキしながら事の次第を見守った。

今回のことで完全にレイドに振られてしまったエドワード。

そんな彼は、一体彼女に何を言うのだろう。皆が緊張し、エドワードの一挙手一投足を窺っていた。

「……」

息を潜め、エドワードの出方を待つ。

彼はプルプルと身体を震わせていたが、何故か甘い吐息をゆっくりと吐いた。

「オフィリア様……ああ、素敵だ……」

「は？」

その場にいた全員の心の声が一致した瞬間だった。

今、彼は一体なんと言ったのだろう。思わずエドワードを凝視する。彼は恍惚《こうこつ》とした様子で己の主人を見つめていた。

「やはり……やはりあなたはこうでないと。どこまでも孤高で、決して私を顧みないあなた。ああ、どうして忘れていたのだろう。私は、私の思いを踏みにじってくれるあなたにこそ惚《ほ》れたのだというのに……」

「……ひっ」

咄嗟に近くにいたフリードの服を握った。

エドワードの言っていることを理解したくない。とにかく気持ち悪かった。

彼はうっとりとした目でレイドを見つめ、何度も甘ったるい息を吐く。

「そうだ、そうだった。私は、私の気持ちをどこまでも無視するつれないあなたに惚れたのだった。先ほどあなたに蹴り上げられた時に思い出しました。私は、あなたに虐《しいた》げられたいのです。それがどうしようもなく興奮する」

「……」

とんでもない性癖を自ら晒《さら》したエドワードに、ここにいる全員の顔が引き攣った。

レイドに至っては、ずささっと一メートルくらい後ずさっている。

分かる。だって、すごく気持ち悪いから。

「想いを返して欲しいなんて願っていなかった。私はただ、あなたの足下に跪《ひざまず》かせてもらえれば、それだけで満足だったんだ。それがどうして……ああ、そうだ。あれを読んでしまったからだ。あなたも私を愛してくれていると知り、それならと欲が出てしまった」

ふるふると震えながら語るエドワードを見ているレイドの目には嫌悪が浮かんでいた。

「……あれは原稿であって、お前へ当てたものではない。何度言えば理解するんだ」

「あんなにも幼馴染みに対して、切々とした思いを綴《つづ》っていたのに？」

どうやらエドワードは、レイドの原稿を本気で自分への恋心を綴ったものだと信じ込んでいたようだった。

世の中には色んな人がいるということは分かっているが、まさか大衆に向けた小説を自分へのものと読み解くような男性がいるとは思わなかった。吃驚《びっくり》だ。

レイドもおぞましいものを見るような目でエドワードを見ている。

「現実と小説を混同するなと言っている。大体どうして私が、お前のような気持ちの悪い男を好きになると思うのだ。あり得ない」

「ええ、ええ。冷静に考えればそうなのだと今は分かります。私も、そんなあなたに惚れたのですしね。だけどあの時の私は本当に嬉しくて。殿下を妻にいただけるのではないかという欲が出てしまったのです。あとは心のままに、殿下を自分のものにできるようにと働きかけました。少々小ずるい手も使いましたが仕方ありませんよね。そうしなければ、殿下を手に入れることができないのですから。ふふ、我ながら愚かなことです。だけど恋する男などそんなもの。ああ、ずっと夢を見ていた気持ちです。そして今、ようやく目が覚めた。現実はやはり甘くありませんが……だからこそ夢よりも興奮する」

幸せそうに微笑《ほほえ》むエドワードを、全員が気味悪いものを見るような目で見た。

おかしい。徹頭徹尾《てっとうてつび》、最初から最後まで彼は全てがおかしかった。

——なんなの、この人。

訳が分からなすぎて、誰も会話に口を挟めない。エドワードが夢見るような瞳《め》でレイドを見つめる。

「殿下、私は目が覚めました。ええ、殿下に愛してもらおうなどとはもう二度と考えません。妻にいただこうなんて恐れ多いことを望みもしません。それより私はあなたにどこまでも杜撰《ずさん》に扱われたい。襤褸《ぼろ》雑巾《ぞうきん》のようになるまでこき使われて、そして使い物にならなくなった暁《あかつき》にはあなたの手で捨てられたいと思うのです」

「……」

なんだこれは。嫌悪感がすごすぎて、酷い悪夢のようにしか思えない。

全員がドン引きする中、エドワードがレイドに取り縋《すが》る。

「殿下、殿下、お願いです。もう一度、私を蹴って下さい。頭を踏みつけてもらっても構いません。ああ、もしよろしければ、股間《こかん》の辺りをグリグリとこう……」

「気持ち悪い!!」

本気で叫んだレイドに、エドワード以外の全員が心底同意した。

エドワードの歪《ゆが》んだ性癖に涙が出そうだ。蹴られたいとか、捨てられたいとか……まさか彼がこんな人だったなんて思いもしなかった。いや、元々そういう気はあったのだろうけど!

「ああ……殿下の本気の嫌悪……痺《しび》れます……」

レイドに全力で拒絶されているのに、それを喜ぶ変態。

その変態はレイドに芋虫《いもむし》のように擦り寄り、「蹴って下さい」と懇願していた。

「うわ……無理……」

フリードにしがみつく。彼も私を抱き寄せてくれた。

「大丈夫。私がいるからね」

「うん……」

こんな時、頼りになる夫を持つとほっとする。私の夫はまともで本当によかった。

「ああもう！　私に近づくな!!」

本気で気持ち悪かったのだろう。レイドが足に縋り付いてきたエドワードを一切の遠慮なく振り払った。エドワードの身体は近くにあった小麦の袋に叩《たた》きつけられたが、彼は呻きながらも幸福に満ちた顔をしている。うふふとか言っているのが聞こえ、とても怖い。

彼はレイドに蹴られた場所を愛《いと》おしげに押さえ、一人悦に入っていた。

「……エドワードがこんな変態だったなんて……」

ヘンドリック王子が呆然《ぼうぜん》と言う。彼は片手を額に当て、信じられないと目を見開いていた。ワナワナと震えている。

「これが将来の王配とかあり得ない。絶対に、絶対にエドワードだけは婚姻候補から外さないと……」

それは全くその通りだと思う。

エドワードを見る。彼はすっかり箍《たが》が外れた様子で、己の性癖を全面に押し出していた。

普段はストイックに見えるだけに、そのギャップに呆然としてしまう。

レイドが虫を追い払うかのように手を振る仕草をしたが、それすら彼を喜ばせるだけだった。

「まさか、お前がここまで変態だとは思わなかった」

「目が覚めたと申し上げたでしょう？　ようやく本来の自分が解き放たれた心地です。殿下……お慕いしております。どうか私の思いをお受け取り下さい」

「断る」

「ああああ……！　冷たい殿下のお声。堪《たま》らない……！」

断られたのに、何故かエドワードは身体を震わせ己の身体を抱き締めた。

ビクンビクンとしているのが気持ち悪い。

ヘンドリック王子が怖気《おぞけ》を振り払うように言った。

「とにかく、だ。お前がしたことは重罪だ。自国の王女を誘拐するなど許されることではない。お前をオフィリアの護衛の任から解く。沙汰《さた》があるまで自宅で蟄居《ちっきょ》しているように」

「っ！」

護衛の任を解くと言われ、エドワードがヘンドリック王子を唖然《あぜん》と見た。

「まさか！　嘘、ですよね？」

「何が嘘なものか。僕の妹を誘拐しておいて、今まで通りオフィリアの側にいようなんて調子がよすぎる。僕だって、お前のような変態を大事な妹の側に近づけたくない」

「それはそう……でしょうが、ああ、殿下、どうかお考え直し下さい。もう二度とこのような真似はいたしません。オフィリア様の側から離れる以外の罰ならば、どんな罰でも受け入れます。ですから！」

縋るように見つめてくるエドワードに、ヘンドリック王子は首を横に振った。

「駄目だ」

「そんな……」

絶望の表情を浮かべるエドワード。

「……オフィリア様のお側にいられないなんて……死んだ方がマシだ」

そうしてがっくりと項垂《うなだ》れた。最早《もはや》ピクリともしない。よほどショックだったようだ。

「はぁ……」

ヘンドリック王子が疲れたように息を吐く。前代未聞《ぜんだいみもん》の誘拐騒ぎはこれで解決（？）したわけだが、あまりにも予想外の結末に、全員が何とも言いがたい気持ちになっていた。

そんな誰もが動けない中、レイドが少し離れた場所で様子を見ていたアベルの側へと近づいていった。

「？　なんだ」

関係ないと思っていた自分のところにレイドが来たのが不思議だったのだろう。アベルが訝《いぶか》しげな顔をする。レイドは姿勢を正すと生真面目《きまじめ》な表情で彼に向かって頭を下げた。

「エドに首を絞められた時、助けてくれたのはあなただろう？　どなたか存じ上げないが、助かった。感謝する」

「うえっ、やめてくれよ。別に助けようと思って助けたわけじゃないって」

「そうだとしても、あなたが私を助けてくれたのは事実だ。是非、礼を言わせてくれ。ありがとう」

「……」

頭を下げられたアベルは、微妙な顔をしていた。その顔のまま、私に目を向ける。

「……あとで依頼料はたっぷり請求するぜ。それで良いよな？」

「ええ、もちろん」

頷くと、ヘンドリック王子が口を挟んできた。

「今回の依頼料は僕が払う。請求は僕に回してくれ。成功報酬も上乗せしてくれて構わない。妹を助けてもらったんだ。それくらいはさせて欲しい」

アベルがチラリとこちらを見る。私が頷くと、彼も納得したように言った。

「……分かった。じゃ、今回はイルヴァーンの王子様に請求させてもらうことにするよ」

「あと、エドワードを彼の屋敷に運んでもらったりはできないかな？　他《ほか》の人間に見られたくないんだよ。変な噂が立つのは困るからね」

「……そりゃあできるけど。別料金が発生するぜ？」

アベルの答えを聞いたヘンドリック王子は、自らの服の袖《そで》についているカフスボタンを無造作に引き千切り、彼に手渡しながら言った。

「もちろんそれで構わない。彼の屋敷についたら、家の者には僕の命令だと伝えてくれ。エドワードを決して家から出さないようにと。これを渡してくれれば彼らは間違いなく信じる。王家の紋章が刻んであるからね」

「分かった」

カフスボタンを受け取り、アベルは頷いた。そうしてまだ呆然としているエドワードの側に寄り、その首根っこを掴《つか》む。エドワードは特に抵抗せず、大人《おとな》しいものだった。

アベルがチャッと片手を挙げる。

「じゃあ、そういうことで。オレは先に退散するぜ」

その場が赤い光に包まれる。次の瞬間には、二人の姿は消えていた。おそらくヒユマの秘術を使ったのだろう。

「残念だな。もう少し、彼とは話してみたかったのに」

レイドががっかりしたように呟《つぶや》く。私はフリードから離れ、彼女の側に駆け寄った。

「レイド！　大丈夫だった？」

声を掛けると、彼女は私に笑顔を向けてきた。

「ああ、私は大丈夫だ。エドには……まあ、少し首を絞められた程度で済んだから、被害は最小限と言えるかな」

「最小限なんて……！　でも、無事で良かった……」

ヘンドリック王子やフリードもやってくる。

「オフィリア……ごめん。昨日、エドワードと話した後、あいつを捕まえておくべきだった。これは僕の責任だ」

「いいえ、兄上。私が、エドの気持ちを知っておきながら無視していたから。今回はそのつけが回ってきただけなのでしょう」

「違う。僕が、僕たちが、エドワードの言葉を鵜呑《うの》みにして、お前がエドワードを好きだと思い込んだことがそもそもの始まりなのだと思う。お前は一度もエドワードを好きだなんて言っていなかったのにね。それが今回の凶行に繋《つな》がった。お前には、本当になんて謝れば良いのか……」

項垂れるヘンドリック王子に、レイドは言った。

「お気になさらないで下さい、兄上。幸いにも私は無事でしたし。ただ、できればその……今回の話、大ごとにはしたくないというのが私の希望なのですが」

レイドの言葉に、ヘンドリック王子の目が光る。

「分かってる。お前に傷がつくようなことはしない。今回のことは極秘に処理するつもりだ。その……エドワードの処分についてだけど、彼についてはお前の希望を最優先にするよ。お前が望むなら、地方に追いやっても良いし、二度と顔を見ないで済むよう手配もする。僕たちも責任を感じているんだ。それくらいはさせてくれ」

「処分はしなくて結構です。兄上。あれは、私が管理すると決めましたから」

「え……」

レイドのキッパリとした言葉に、ヘンドリック王子も私たちも驚いた。

「言った通り、今回の件は、私があいつの手綱をきちんと握れていなかったため起こったものだと考えています。二度と、アレを自由にさせる気はありません。処分は結構。私は今まで通り、あいつを護衛として使います」

「レイド……良いの？　その……レイドも気持ち悪いって言ってたのに……」

さすがに側に置きたくないのではと思ったのだが、レイドは首を横に振った。

「気持ち悪いとは今も思うが、それとあいつが腕の立つ男だということは別問題だ。あれがイルヴァーン一の騎士というのは紛れもない真実なんだよ。それにな、リディも知っているだろうが、私は王宮内では嫌われているんだ。今更新たな護衛を任じるのも面倒だし、嫌々仕事をされるのも腹が立つ。エドは私に襤褸雑巾のようになるまでこき使われたいのだろう？　それならその通りにしてやろうと思ってな」

「いやいやいやいやいや……それ、ランティノーツ卿が喜ぶだけだからね？　彼に何の罰も与えないというのはどうかと思うけど……」

私の言葉に、ヘンドリック王子も同意した。

「僕もそう思う。お前の希望は叶《かな》えてやりたいけどさすがにそれはどうかと思うし、何と言っても危険すぎる……」

ヘンドリック王子は良い顔をしなかったが、レイドは退《ひ》かなかった。

「兄上、大丈夫ですよ。あれは真性の変態のようですから。引き続き護衛を任せても問題ありません。ですが……そうですね。もし次に何らかの罪を犯すなり、失態を犯すなりすれば、その時は、私と一生会えないようになるとでも言ってやって下さい。そう言えばあれは誠心誠意《せいしんせいい》、私に仕えるしかなくなりますから。先ほどのエドの様子を見ればご納得いただけるはずです」

「……狂った彼に殺されてからでは遅いんだよ？　エドワードにはそういう狂気を感じるというか……何より一度裏切った者を、もう一度信じるというのはとても難しいことだと僕は思う」

ヘンドリック王子の言葉に、レイドは微笑みながら答えた。

「おや、兄上は、私に王位を押しつけようとなさっているのでしょう？　これくらいの問題を片付けられないようでは、国王になる資格はないように思いますが？」

「オフィリア……」

レイドの言い分に、ヘンドリック王子が目を丸くした。

「私に、国王になってもらいたいのでしょう？」

念を押すように言われ、ヘンドリック王子は降参するように両手を上げた。

「……それを言われたら僕に返せる言葉は何もないよ。だけど本当に良いんだね？」

「ええ。エド一人使いこなせないようでは、国王になどなれませんから。試練の一つだと思うことにします。せいぜいこき使ってやりますよ」

レイドの表情に迷いは見えなかった。渋々ではあるが、ヘンドリック王子も頷く。

「分かった。……本当、オフィリアの方が僕なんかよりよっぽど王の素質があると思うよ。自分を害そうとした男を使い続けるなんて真似、僕にはできない決断だ」

「アレは何かと便利ですから」

使えるものは使うとはっきりと告げるレイド。

そんな彼女を見ていると、フリードを思い出す。彼も私情を抜きにし、使えるものは使う決断をするタイプだ。やはり国王になろうという人間は、そうでないといけないのだろう。

自分を害そうとしたものさえ使うと告げるレイドはとても格好良くて、思わず見惚れてしまう。

「……レイド、格好良い」

「リディ？」

「はい、ごめんなさい」

無意識に出た言葉に、フリードが光の速さで反応してきた。私も反射で謝ったが、これ……謝らないといけなかったのだろうか。

「……あのね、フリード。レイドは女の子なんだけど」

一応、釈明しておこうと思い告げると、フリードは不満げに言った。

「分かってるけど、リディに格好良いと言われるのは私だけでありたいんだ」

「フリードが一番って知ってるのに？」

「そう言ってくれるのは嬉しいけど、どうせなら唯一になりたいよ。リディが私以外の存在に少しでも興味を引かれるのは腹立たしいから」

「わあ……」

相変わらずの独占欲である。

嫌ではないが、ついに女性相手でも堂々と嫉妬《しっと》してきたかと思うと、頭痛がする。

「フリードって、本当に私のこと好きだよね……」

「？　何、当たり前のこと言ってるの？　リディ以外なんてどうでも良いっていつも言ってるでしょう？」

不思議そうに答えられ、「うん、そうだったね」と返すしかなかった。

本当、なんでここまで惚れられているんだろう。嬉しいけど、時折、本気で疑問に思う。

首を傾《かし》げていると、ヘンドリック王子が皆の注目を集めるように手を叩いた。

「さて、僕たちは王都の視察という名目で外に出てきたわけだけど。さすがにこのまま帰ると早すぎるし、何をしてきたか聞かれても答えられない。というわけだから、どこか適当な場所で休憩してから帰ろうか。多少、話のネタになることをしておいた方が良いと思うんだよね」

ヘンドリック王子の台詞から状況を察したレイドが「それなら」と言う。

「何度か通ったことのあるカフェがこの近くにあります。そこで時間を潰《つぶ》すというのはどうでしょうか。あとは帰りに市場を覗《のぞ》いていけば、それなりに格好がつくと思います」

悪くない案だが、私はレイドの体調の方が気になった。

カモフラージュも大切だけど、彼女が辛《つら》いのなら、早めに帰った方が良いのではと思ったのだ。何せ、レイドは誘拐されるという恐ろしい目に遭ったのだから。

「私はすぐにでも王宮に戻った方が良いんじゃないかって思うけど。だってレイド、疲れているでしょう？」

「こういう時だからこそ、きっちりとしておきたいんだ。それにカフェや市場で姿を晒しておけば、視察をしていたという証明にもなるだろう？」

「それは……うん。レイドがそれで良いなら、私は構わないけど」

一瞬、護衛はどうするんだと言おうとして、カインがいるから大丈夫かと思い直した。

ヘンドリック王子が柔らかく微笑みながら言う。

「じゃあ、話は決まったことだし行こうか。だけどオフィリア、お前が無事で本当に良かったよ。フリード、リディアナ妃。君たちのおかげで、騒ぎを起こさず、迅速《じんそく》にオフィリアを発見することができた。僕一人では到底無理だっただろう。心から感謝するよ」

ヘンドリック王子が頭を下げる。レイドも彼に倣《なら》った。

「他国の方々にご迷惑をお掛けしました。助けていただいたこと、心より感謝いたします」

「いいえ。ご無事で何よりです」

フリードが答える。私も言った。

「友達を助けるのは当たり前ですから。レイド、本当に無事で良かった」

アベルの存在を思い出せて良かった。

彼がいてくれたから、レイドを見つけることができたのだ。

——運が良かったなあ。

カインだけでは、もしかしたらレイドを見つけることができなかったかもしれない。事前に彼と知り合えておいて、依頼の話を聞いておけてラッキーだったと心底思う。

「じゃ、行こうか」

ヘンドリック王子が私たちに笑顔を向けてくる。

私たちは食糧倉庫を出て、まずはレイドお勧めのカフェに向かうことにした。

6・兄の憂鬱（書き下ろし・アレク視点）

フリードから留守番を命じられた俺《おれ》は、彼の部屋で一人、減らない書類と戦っていた。

ソファに座り、テーブルに書類を広げているのだが、量がありすぎて捌《さば》ききれない。うんざりしていると、また来客を知らせる連絡があった。

気分的にはいないと言ってやりたいところだがそれもできない。溜息《ためいき》を吐《つ》きつつ、声を掛けてきた護衛に入室の許可を出した。

「……どうぞ」

やってきたのは、イルヴァーンに来てからというもの、毎日のように顔を合わせている国王の侍従だった。

彼は部屋を見回し、不思議そうに俺に尋ねてくる。

「おや、フリードリヒ殿下は如何《いかが》なさいましたか？」

やはりフリードを探してここまで来たようだ。急な予定変更だったから、情報が行き渡っていないのだろう。それは分かったが、五回目ともなると少々苛々《いらいら》もする。

そう、五回目。

俺が留守番を命じられてからもう五回もこのやり取りをしているのだ。

——落ち着け。こいつが悪いわけじゃない。

深呼吸をし、息を整える。

別にフリードがいないことを怒っているわけではない。

事情を説明してくれたこともあり、俺も納得して彼らを送り出した。

――護衛による、オフィリア王女の誘拐。

前代未聞《ぜんだいみもん》の大事件だ。

彼らが大ごとにしたくないのは分かるし、ヘンドリック王子がフリードたちに助力を求めるのも正解だと思うけど、ここまで尋ね人が多いと、どうしたって苛々してくる。

何とか表情を作り、侍従に言う。

「実は今朝方、殿下は急遽《きゅうきょ》予定を変更し、ヘンドリック殿下と共にお忍びで王都の視察へお出かけになられたのです。残念ながら私は留守番ですが」

事情を説明すると、侍従は大袈裟《おおげさ》なほどに目を見開いた。

「そうでしたか！　本当に急な変更ですね。そういえば、リディアナ妃の姿もお見かけしませんが」

キョロキョロする侍従に、次はそっちかよ！　と心の中で文句を言ってから答える。

「王女殿下と仲良くなられたようで、妃殿下も王都へ。もしかしたら、殿下方と合流なさっているかもしれません」

すでに妹がオフィリア王女と親交を深め、その行動の殆《ほとん》どを彼女と共にしていることは王宮内に知れ渡っている。

侍従は納得したように頷《うなず》いた。

「さようですか。護衛は付けておられるのでしょうな?」

「ええ、もちろん。心配には及びません」

「そうですか。いえ、それなら良いのです。ところで、フリードリヒ殿下にお渡しするものがあったのですが」

ようやく本題に入ってくれたことにホッとした。

「それなら私が受け取っておきましょう。留守を任されておりますので」

「お願いします。ああ、そうだ。申し訳ないのですが返事は今日中にお願いできますか?」

「……ええ、分かりました」

ピクンと頬《ほお》が引き攣《つ》ったが、何とか堪《こら》え、返事をした。

侍従が手渡してきた書類は分厚く、すぐに確認できるようなものではなかったからだ。だが、嫌だとも言えない。俺が書類を受け取ったことに満足し、侍従は足早に部屋を出ていった。

「畜生……」

フリードは帰ってこない。

帰ってくる時間も当たり前だが不明だ。

つまりはこの書類を捌くのは俺になるということなのだが――。

「……なんだろう。最近、リディとは関係なく、貧乏くじを引かされている気がする」

いや、妹も一緒に行ったということを考えれば、無関係ではない。

基本、何らかの騒動の中心近くにいるのが俺の妹なのだ。

大体、イルヴァーンへの同行者が俺になったのも、妹の手綱を握っておけと言う父の命あってのことだし……と思い出し、ハッと気がついた。

「やっぱりリディの奴《やつ》、かかわる事態がどんどんでかくなってねえか？」

王太子妃になってから、町全部を巻き込んだ和カフェ対決に、フリードの偽者騒動。今回は、イルヴァーンの王女誘拐と、妹がかかわる事件が多種多様《たしゅたよう》すぎる。

そしてその全《すべ》ての後始末に俺が奔走する羽目になっていることを思えば、俺が頭を抱えたくなっても仕方ない。

今回もある意味、後始末というか、つじつま合わせというか、一番面倒な立ち位置を押しつけられている。

「いや、まあ、俺しかいないのは分かってるけど」

理解はしていても、増え続ける書類に溜息しか出ないのだ。

「あーあ、早く帰ってこないかな」

フリードとリディが行った以上、王女の無事は確信している。だから俺が思うのは、できるだけ早く戻ってきて欲しいということだけだ。

一人で捌くには限界がある。

「失礼します。宰相の使いがお見えです」

「……お通ししてくれ」

――また、人が来た。

宰相の使いだと言われれば断れない。
今度は何を持ってきたのか。
また、返事を要求されるような内容でなければ良いけれど。
チラリと時計を見る。まだ時間は昼過ぎ。今後も人はやってくるだろう。
フリードは、リディはと聞いてくるだろう。
それを上手《うま》く誤魔化しつつ、仕事も進めなければならない。
「なんだこの地獄……」
終わらない仕事を抱え、一人嘆く。
今日ほど、俺の助手であるシオンが恋しいと思ったことはなかった。

7・彼女と八日目の夜

食糧倉庫を出た私たちは、レイドお勧めのカフェへと入り、その後は堂々と顔を晒《さら》して市場を視察した。

イルヴァーン王族であることを示す『緑の髪、紫色の瞳《ひとみ》』はすこぶる目立つ。しかもレイドとヘンドリック王子の二人がいるものだから、道行く人は皆ギョッと振り返ったし、更に私たち、正確にはフリードを見て「ヴィルヘルムの……」と呟《つぶや》いていた。

イルヴァーンの王子、王女と一緒にいる男女など、それくらいしか思い当たる節がなかったのだろう。護衛をお願いしたカインは、私たちから少し離れてついてきていたが「何だこれ……めちゃくちゃ目立つ……近寄りたくねえ」と嘆いていた。

分かる。

私とレイドだけではそれほどでもなくても、フリードとヘンドリック王子まで集まると、とにかく目立って仕方ないのだ。

二人とも特徴的な髪と目の色だし、とんでもない美形。

確かに、これは視察をしていたという証拠《しょうこ》になるなと思ってしまうほどの注目度だった。

フリードやヘンドリック王子は慣れているのか、全く気にした様子もなかったが、基本のんきに王都を彷徨《うろつ》き回ることが殆《ほとん》どな私やレイドは落ち着かなかった。

レイドなんかは私の隣に来て、捕れた魚を視察している二人を見ながら「あの二人があんなに目立つとは思わなかった。いっそ私たちだけで逃げ出さないか？」と誘ってきたが、全くもって同意見だ。

実際、レイドと示し合わせて逃げようとしたのだが、あっさりフリードに捕まってしまった。

「リディ、私を置いて、どこに行くのかな？」

首根っこを掴《つか》まれた私は、あからさまに怒った様子のフリードに正直に答えた。

「えと、レイドと二人で別の場所に出かけようかなって……」

「二人で？　誘ってくれればいいじゃないか。どうして私を置いていくの？」

「だってフリード、目立つもん」

ズバリ言った私に、フリードは「私のせいじゃないよ」と反論した。

「目立つのは、ヘンドリックのせいだよ。あの緑の髪はものすごく！　目を引くからね。あいつがいなくなれば、視線も随分マシになるんじゃないかな」

「美形は足し算ではなく掛け算だということを知って欲しいの」

「そうか。それならやっぱりあいつは放《ほう》っておこう。リディ、私と二人で市場を視察しようか。イルヴァーンの王都でデートしたいって言ってたし、ちょうど良いよね」

「え？」

フリードが私の背中を押す。そのまま腰に手を回し、ヘンドリック王子がいるのとは別の方向に歩き出した。

「ちょ……勝手なことしたら、困るんじゃゃ……」

「時間を決めて、あとで集合するようにすれば問題ないよ。それともリディは私とデートしたくない？」

「したいに決まってる」

即答した。

だってもう今日でイルヴァーン滞在は八日目となる。あと二日で帰らなければならないのだ。フリードと二人で町をデートする機会はないと言っていいだろう。

でも——。

「今日はレイドと一緒にいたいの。……駄目かな」

誘拐され、怖い目に遭ったレイドを一人にはしたくない。そういう思いで告げると、フリードも察したように頷《うなず》いた。

「そうだね。じゃあ、ヘンドリックを置いて三人でどこか別のカフェで休憩しようか。あいつがいなければ大分、マシだろうし。あいつが注目されている間に私たちだけで楽しもう」

「君、そういうところあるよね！　僕一人置き去りってどういうこと？」

ヘンドリック王子が、いつの間にかこちらに来ていた。文句を言う彼に、フリードが面倒そうに答える。

「お前が無駄に目立つのが悪いんだろう」

「君にだけは言われたくないよ。キラキラと、それこそ無駄に輝いてるくせに！　なんなの、その髪。眩《まぶ》しすぎるんだけど！」

「無駄とはなんだ。リディには綺麗《きれい》な髪だといつも好評なんだぞ」

「僕だって、イリヤに『殿下の髪の毛は懐かしい草原の色』って言ってもらってる！」

「なるほど。つまりは草色か」

「そういう言い方、やめてくれる？」

突っかかってくるヘンドリック王子をフリードが適当にいなしている。それを見ていたレイドが感心したように言った。

「……本当に兄上とフリードリヒ殿下は仲が良いんだな」

それに私も同意する。

「うん。言いたいことが言い合える友達って良いよね」

「そうだな」

「おかげで、さっきより目立っちゃったけど」

二人の王子が気兼ねなく言い合いをしている姿が珍しいのだろう。野次馬がどんどん集まってきた。

レイドが苦笑する。

「さすがにこれ以上視察というのは無理そうだな。王宮に帰るか」

「そうだね。フリード、帰ろう」

袖《そで》を引くと、フリードも頷いた。

「確かにそろそろ潮時かな。ヘンドリック、もう良いか？　さすがに十分だと思うぞ」

「ま、そうだね」

ヘンドリック王子も帰ることに同意した。というか、どうも目立ったのはわざとだったらしい。

「これで皆、僕たちが視察に行っていたと信じてくれるだろう」

安心したように呟くヘンドリック王子。

アリバイ工作はしっかりと。

どうやら彼は、意外と慎重派みたいだ。

◇◇◇

何食わぬ顔をして、私たちは王宮へと戻った。

兄が上手《うま》く広めてくれたのだろう。皆、私たちが視察に出ていたと疑っていないようで、廊下を歩いていると、兵たちが笑顔で話しかけてきた。

「町で合流なさったのですか？」

「途中で会ってね。せっかくだから一緒にお茶をしてきたよ」

ヘンドリック王子が答える。

レイドがエドワードによって誘拐されたことは知られてないようだと分かり、心底ホッとした。

「……僕たちは今から父上たちに報告に行くよ。今日は本当にありがとう」

「ああ、分かった」

私たちの部屋近くまで送ってくれたヘンドリック王子が硬い声で言った。当たり前だが国王に報告しないわけにはいかないのだろう。レイドを見ると、彼女も苦い顔で頷いた。

「さすがに父上たちに黙っているわけにはいかないからな。だが、結末は君たちにも教えると約束するよ。助けてもらっておいて、あとは教えない、なんてことはしないから。……そうですよね、兄上」

「ああ、もちろん。恩人に対して、そんな失礼なことはしないし、できないよ。じゃあまた。明日にでも話そう」

二人が揃《そろ》って王宮の奥へと歩いていく。それを見送ってから、私たちは与えられた部屋へと戻った。

扉の前で、最後まで護衛を務めてくれたカインにお礼を言って別れ、中に入る。

「あれ？」

無人だと思ったのに兄がいた。

兄はソファに座り、鬼気迫る顔で書類と戦っている。

「えーと、兄さん？」

「……ようやく帰ってきた。おっせえんだよ！」

声を掛けると、兄がガバッと顔を上げた。その目が血走っている。……怖い。

兄は苛々《いらいら》と髪を掻《か》きむしりながら言った。

「今日に限って、次から次へと書類を持ってきやがって。返事がいるものも多いし！　フリード、仕事だ！　そこへ座れ!!」

「……やれやれ」

兄の様子に、さすがに文句を言えないと思ったのだろう。比較的素直にフリードは兄の言葉に従った。私に目を向け、苦笑しつつも言う。

「リディは着替えておいで。疲れただろうから、甘いものでも女官たちに持ってきてもらえばどうかな」

「うん、そうする。えと、私、ここにいない方が良い？　落ち着くまでもう一つの部屋の方にいようか？」

執務室と化してしまったこの部屋で、一人ぼんやりしているのも申し訳ない。そう思い尋ねると、フリードは首を横に振った。

「すぐに終わらせるから、ここにいて。リディがいる方が効率が上がるし」

兄もフリードの言葉に同意した。

「そうしろ、そうしろ。今日だけはイチャついてても良いから、ここにいてくれ。本気でスピード勝負なところがあるんだ。フリードの仕事の速度が少しでも上がる方が良い」

「じゃ、じゃあ、そうする」

私がいることで役に立つというのならそうしよう。

兄の用意した書類にサインを始めたフリードを横目に見つつ、私は女官たちを呼び、とりあえず着替えを済ませることに決めた。

◇◇◇

フリードの仕事が片付いたのは、夕食前ギリギリといった時間だった。

兄が部屋を出ていくのを見送る。書類を片付けながらぼやいていたが、かなりの人数がフリードを探してこの部屋まで来たらしい。その度に兄は「ヘンドリック王子と視察に行った」と繰り返し、変則的な質問にも上手く対応してくれたようだ。本当に、兄が残っていてくれて良かった。

レイドのことが広まっていないのも、兄が尽力してくれたおかげだと思う。

その兄は、疲労困憊《ひろうこんぱい》状態でフラフラだった。休憩していけばどうかと声を掛けたが、「一分一秒でも早く、自分の部屋に戻りたい」というので、引き留めるのは諦《あきら》めた。

戻ったらきっと、バタンキューだ。間違いない。

「お疲れ様」

二人きりになったので、フリードに声を掛ける。

凄《すさ》まじい集中力で書類に向かっていたフリードだったが、さすがに彼も疲れたようで、ソファの背もたれに身体《からだ》を預け、ぐったりとしている。私はそんな彼の後ろに回り、肩を揉《も》み始めた。

「リディ？」

「あまり上手くないけど。肩揉み」

王宮に戻った直後は疲れたと思っていたが、着替えてお茶を飲み、のんびり二人を眺めているうちに疲労は取れた。だから次はフリードの番だと思い、肩を揉もうと画策したのだが、何故《なぜ》か彼はクスクスと笑い始めた。

「フリード？」

「擽《くすぐ》ったいよ、リディ」

「ええ？」

力を入れているのに、擽ったいとは何事か。

気合いを入れ直し、親指に力を込める。渾身《こんしん》の力を振り絞ったのだが、フリードはまた笑い出した。

「ふふっ……だから、擽ったいって……あははは っ」

「もう！　擽ってないんだって！」

どうやら私にマッサージセンスはないようだ。せっかく癒《い》やしてあげようと思ったのに台無しである。

ムッとしつつ、指を放すとフリードが振り向いた。

「ありがとう、リディ。十分癒やされたよ」

「……私、まだ何もしていないんだけど」

マッサージしようとして、笑われただけである。

だがフリードはそうは思わなかったようで、優しい顔で私を見つめてきた。

「リディが私のために頑張ってくれてるって思うだけで癒やされるんだよ。可愛《かわい》いリディが私のためにマッサージしてくれてると思うとね。それだけで元気が湧《わ》いてくる」

「そんな、お手軽な」

「知らなかった？　私はお手軽な男だよ」

絶対嘘《うそ》だ。

フリードほど面倒な男はいないと断言できる。

信用できないという顔で彼を見ると、フリードは「リディ限定でね」と笑った。

「お手軽にも面倒にもなる。だって、私はリディを愛しているんだから」

「それは私もだけど」

「つまり、そういうこと」

「どういうこと？」

さっぱり分からない。

首を傾《かし》げていると、いつの間にかソファから立ち上がっていたフリードが私の側《そば》にやってきた。腰に手が伸びる。

「フリード？」

「ところで、リディ。疲れには湯船に浸《つ》かるのがいいっていうのを知ってる？」

「知ってるけど、いきなり何？」

常識である。

この世界では湯をたっぷり使うことは贅沢《ぜいたく》で、皆、基本的には魔法で身体を清めるのだが、湯船に浸かることが身体に良いとは知られている。だから、贅沢品として高位貴族の屋敷には大抵浴室が設置されているし、ヴィルヘルムの王城にも王族専用の浴室、なんてものが存在するのである。

どうして今更そんなことを聞いてくるのかと不思議に思いながらフリードを見る。彼はニコニコと笑いながら私に言った。

「今日は私もリディも疲れたから、一緒にお風呂《ふろ》に入るのはどうかと思ってね。ね、リディ、久しぶりに良いよね？」

「久しぶり？」

フリードの口から聞き慣れない言葉が飛び出してきた。

久しぶり、久しぶりとは一体どういう意味だっただろう。

少なくとも、十日ほど前には一緒にお風呂に入ったという記憶があるのだけれど。

真面目《まじめ》に久しぶりの意味を考えていたのだが、彼はＯＫと勘違いしたのか、非常に上機嫌な様子で私を浴槽《よくそう》のある方へ連れていった。

どうやら本気で一緒にお風呂に入ろうとしているようである。

「……フリード。入っても良いけど、しないからね？」

普段からよく一緒にお風呂に入っているので、今更嫌だとは言わないいし、恥ずかしいとも思わない。だけど他国の、しかも浴室でエッチに傾《なだ》れ込むのはさすがに避けたいと思うのだ。

「その……もしするのなら、ベッドに移動してね？」

真顔で忠告する私に、フリードは笑顔で頷いた。

「うん、分かってるよ」

「本当かなあ」

いまいち、信じがたい。

基本的にフリードの言うことは信じるけど、エッチ関連だけは信用ならないのがこの男だからだ。

二回したいと言えば五回になるし、あともう少しが、一晩中になる。そういう人なのだ。

とはいえ、大好きな夫に求められて嫌だと言えない私にも非があることは分かっている。

だって仕方ない。男の色気を全面に押し出されて、「好きだからもう一回したい」と強請《ねだ》られて、断れるか？　私には無理だ。

「……」

フリードを見上げる。愛《いと》おしげに微笑《ほほえ》んでくる彼を見て、私はもうなるようになれと思った。

◇◇◇

浴槽は、衝立《ついたて》の奥にある。

洗い場はなく、高い場所に窓があり、換気ができるようになっている。浴槽の中で泡を立てて身体を洗うタイプで、私も何度か泡風呂を楽しませてもらったが、香りが良く、すごくリラックスすることができるのだ。

とはいえ、浴槽は二人で入るには少し狭い。ヴィルヘルムの私たちの部屋にある浴槽は大きめに作られているからゆとりがあるのだが（当然のごとく一緒に入ると思われている）、こちらは一人用のもの。窮屈《きゅうくつ》になるのは仕方がなかった。

「やっぱりやめない？　ちょっと狭いと思う」

改めて浴槽を見て、フリードに訴える。だが、彼は気にした様子もなく、ご機嫌に服を脱ぎながら言った。

「大丈夫。十分二人で入れるよ。狭ければくっつけば良いんだ」

「……まあ、良いけど」

ここで簡単に頷いてしまうあたり、私はかなりフリードに毒されている。

大人《おとな》しくドレスを脱ぎ、泡立てた浴槽に二人で入る。思ったより狭くて困ったが、フリードが私の身体を引き寄せ、自分の上に乗せた。後ろから抱き締められているような格好になる。

「こうすればあまり狭さも感じないでしょう」

「そうだね」

フリードの肌の感触がダイレクトに伝わってくる。男らしい筋肉質な腕は触ると硬く、彼が鍛えていることが分かる。

私はペタペタと彼の腕に触れた。

「リディ、何してるの？」

「ん？　男の人だなあと思って」

自分にはない硬い感触は珍しく、触っているとわりと癖になる。

腹筋も大好きだが、基本、彼に触れることを好む私は、気が向いた時、好き放題触り倒す気がある。

フリードの肌は滑らかで心地よく、いつまでだって触っていられる。

フリードもそれをやめさせない。何故か。私が彼の嫁だからである。

そういうわけで、今日も嫁の特権を遠慮なく行使していると、フリードが私の首筋に唇を寄せなが

ら言った。

「男に決まっているじゃないか。だって私はリディの夫だからね」

「知ってる。でもほら、私の腕と全然違うなあって」

泡の中から自分の腕を出してみせる。フリードの手が伸び、二の腕辺りをするりとなぞった。

「リディの腕は折れそうに細いから。力を入れると怪我《けが》をさせそうで心配になる」

「そんなに脆《もろ》くないよ。でもこうやって比べると、改めて違うんだなあって思うの」

「リディは全部が柔らかいからね」

「フリードは意外と硬い」

振り向き、ぺしぺしと彼の胸を叩《たた》く。鍛えられた胸板は厚く、私が少々叩いたくらいではビクともしない。彼のたくましい身体に包まれていると、ものすごく安心する。

「フリードって着痩《や》せするタイプだよね。外からじゃこんな身体してるって絶対に分からない。私はすごく好きだけど」

フリードと付き合うまで知らなかったが、私は軍服フェチだけでなく、筋肉フェチなところもあるのだ。一番好きなのは腹筋だが、鎖骨のラインとかも好きだし、筋張ったところに指を這《は》わせるのも大好きだ。

つーっと、フリードの鎖骨のラインを指でなぞる。彼は擽ったそうに笑った。

「擽ったいって。でも、リディの好みにあったようで良かったよ」

「結局、フリードなら何でも良いんだけどね」

たとえフリードがひょろひょろの体つきだったとしても、腹が出ていたとしても、私はきっと気にもしなかっただろう。

好きな人が好みとはよく言ったもので、まさに私はそれを地で行っていた。

「フリードなら全部好き……」

「リディ」

フリードの目が細まる。それに合わせて私は瞳《め》を閉じた。思った通り、唇に熱が触れる。

「んっ……」

目を開くと、私の大好きな青い瞳が私を見ていた。

「リディ、愛してる」

「私も……」

フリードの手が頬《ほお》に触れる。湯で温められた温度に、ほうっと息が漏れた。もう一度と言うように、唇がまた寄ってくる。応《こた》えるように目を閉じると、下唇を食《は》まれた。何度か甘噛《あまが》みされ、声が出る。

「んっ……もう、フリードってば……」

「リディ、口を開いて？」

「……ん」

強請るような声に、素直に従う。口腔《こうこう》に彼の舌が入ってきた。粘膜の熱さにうっとりする。舌は私の舌に絡まり、淫《みだ》らな水音を立てた。浴槽の中だからか、余計にいやらしく聞こえる。

「んっ……んんっ……」

舌先が上顎《うわあご》を擽るのが気持ち良い。どんどん自分の声が甘くなっていくのが分かる。フリードの指が胸に触れた。ピクリと身体を揺らすと、キスをしていた彼はクスリと笑い、悪戯《いたずら》を始める。

指の腹が乳輪を擦《こす》る。その瞬間、とろりとしたものが蜜《みつ》口から零《こぼ》れ落ちた。

「あっ……んっ……」

乳輪をなぞる動きは優しく、酷《ひど》く焦《じ》れったい。小さく身体を震わせると、彼が先端部分にそっと触れた。一番感じる場所を刺激され、思いきり身体を揺らしてしまう。

「んあっ……んんんっ」

フリードが執拗《しつよう》にキスを続けてくる。互いの唾液《だえき》を吸う濃厚な口づけは頭がクラクラするほどに気持ち良い。だけどその状態で乳首を弄《いじ》るのはやめて欲しかった。下腹から愛液が染み出る。身体は彼に与えられる快楽に震え、我慢できなくなってくる。

「はあ……ああんっ」

フリードがようやくキスをやめ、顔を離してくれた。その瞬間、大きな声が出てしまう。それを恥ずかしいと思う暇もない。フリードが、今度は花芽の方に悪戯を仕掛けてきたからだ。

「ひゃっ……」

胸を弄られたせいで自己主張し始めていた陰核を彼の指が優しく擦る。押し回されると、全身に愉悦が湧き、甘ったるい声が出る。

「フリード……ああっ、そこ、駄目……」

「駄目？　リディ、こんなに気持ち良さそうなのに？」

「あ……だって……気持ち良すぎて、すぐにイっちゃうからぁ。あああんっ」

少し強めの力で上下に擦り立てられ、身体の奥が熱くなった。じんとしたものが、腹に溜《た》まる。浴槽の中で何をしているのだとも思うのだが、それ以上に気持ち良くて、何も考えられない。

「フリード……フリード……」

フリードに縋《すが》り付く。興奮で熱くなった身体に縋り付くのは幸せで、私は彼の首元に顔を埋め、蕩《とろ》けた声で啼《な》いた。

彼の指は相変わらず私の弱い場所を刺激し続けている。尿意にも似た感覚が迫《せ》り上がり、我慢できなくなってしまう。

「ふあ……あっ……ああっ……」

腰を浮かせる。頭の中が白くなっていく。このまま彼の指に身を任せていれば、絶頂に至れる。そう思ったところで、フリードの動きが止まった。

「え……」

どうして止めるのだろう。

もう少しでイけたのにという思いで彼を見つめる。フリードは私に軽く口づけ、意地悪い顔で言った。

「リディ、イかせて欲しい？　でも、お風呂でしちゃ駄目って言ってたよね……このまま続けたら、きっと私は我慢できなくなると思うんだ。だからここでやめるのが正解だと思うんだけど」

「あ……」

どうやらフリードは、先ほど約束させたことを根に持っていたらしい。

ここまでしておいて、お預けだと言う彼を思わず涙目で睨《にら》み付けてしまった。

「意地悪」

「意地悪じゃないよ。だって、リディが言ったんじゃないか」

「フリードが悪戯しなければ良かったんじゃない」

「リディと裸で触れ合っているのに、何もしない私なんて、その方がおかしいと思わない？」

「……」

それはその通りだと思うが、自分で言わないで欲しかった。

憮然《ぶぜん》とすると、フリードが情欲に満ちた目で私を見つめてくる。

「どうしたい？　私に約束させたのはリディなんだから、リディが決めてよ。これで終わりにするか、それとも続きをして良いのか。私はリディに従うよ」

「……私がなんて答えるか分かってるくせに」

全く酷すぎる二択である。

これだけ人の身体を弄っておいて、しっかり火をつけておいて「どうする？」なんて。

大体、フリードに開発されきった身体は、彼の愛撫《あいぶ》に簡単に反応してしまうのだ。すでに蜜口は熱く疼《うず》き、早く肉棒が欲しいと訴えているような状況。これで「おしまいにして」と言えるようなら、私は絶倫を誇る夫との夜に付き合えていない。

「……して」

「ん？」

聞こえているくせに、聞き返してくるフリードはやっぱり意地悪だと思う。

私はもう一度、今度ははっきりと聞こえるように彼に言った。

「続き、して。私に火をつけたのはフリードなんだから、ちゃんと責任取ってよ」

「して、良いんだね？」

「うん……んんんっ」

頷いた次の瞬間、フリードは噛みつくように口づけてきた。激しい触れ合いが心地良い。フリードがキスをしたまま、私の体の向きを変えさせる。彼の身体を跨《また》ぐような体勢になった。

「んっ……」

蜜口の中に指が侵入してきた。陰核を弄られたせいですっかり解《ほぐ》れていた蜜孔《あな》は、それをあっさりと受け入れる。無数の襞《ひだ》が収縮し、喜ぶように彼の指をきゅうっと締め上げた。蕩けた蜜道を彼は更にグチグチと広げる。時折お湯が入ってくるのが気になったが、それよりも与えられる快感の方が大きくて、すぐにどうでもよくなった。

「あっ……フリード……気持ち良い。中っ……もっと……！」

指で膣《ちつ》壁を擦られると、中がヒクヒクと痙攣《けいれん》する。フリードの指は的確に私の弱いところを攻め、私を高みへ押し上げようとしてくる。

「はあ……あああ……」

フリードに自らの身体を押しつけ、ふるふると震える。もう少しでイってしまいそうだと思ったところで彼が指を引き抜いた。

「フリード？」

「イくなら私のモノでイって」

「あっ……」

フリードが私の腰を浮かせる。蜜口に熱いものが当てられた。それに気づき、自らも腰を落とすと、剛直が身体の内部に押し入ってくる。

「はあああああ……っ！」

蕩けた蜜道は肉棒を容易に受け入れる。

気持ち良すぎて、肉棒に擦られた感触だけで軽く跳んでしまった。

身体を捩《よじ》らせる私を、フリードが陶然とした瞳で見つめてくる。

「感じてるリディ、すごく可愛い……」

「フリード……もっと、欲しい……んんっ」

強請るように腰を揺らすと、彼も腰を突き上げてくれた。膣奥を肉棒で押し上げられる感覚に、子宮が痺《しび》れる。

「んあああああ……！」

癖になる。彼とのセックスはいつだって気持ち良すぎて、身体全部が喜んでいるような気がする。

「ああ……気持ち良いな……」

フリードのうっとりとした声に、更に腹がずくりと疼いた。大好きな男に喜んでもらえているのが嬉《うれ》しい。私は腰を上下に揺すり立てた。

「んっ、あっ……あっ……」

浴槽から湯が溢《あふ》れ、泡と一緒に流れていく。フリードと目が合った。私は自分から唇を近づけ、キスを強請った。

「フリード、キスして」

「リディ、愛している」

愛の言葉が落とされ、望んだものが与えられた。肉棒は私の中にぴったりと嵌《は》まり、一分の隙《すき》もなく収まっている。それが膣壁を擦り、途方もない快感を生み出していた。

「フリード、大好き」

キュウッと彼に抱きつく。甘えるように彼の頬に顔を擦り寄せると、フリードが笑った気配がした。

「リディ、甘えてるの？　可愛い」

「だって、好きなんだもん」

彼と肌を合わせることに、私の全部が喜んでいる。身体の奥深くに入り込んだ肉棒は熱く強く自己主張していた。それを意識的に締め付けると、フリードが顔を歪《ゆが》める。

「リディ、何してるの。痛いんだけど」

「ふふっ、意地悪してる。でもね、こうするとフリードの形をはっきり感じるから」

「私を感じてくれてるの？」

「うん……あっ……！」

フリードが腰を突き上げてきた。肉棒が更に深い場所へと潜り込んでこようとする。硬い先端が子宮の入り口を叩いていた。

「あっ……！　あっ……！　そこ、ひあああっ！」

途方もない快楽に包まれ、私は背中を反らせた。

同じ場所をフリードが執拗に突き上げる。湯に浸かっているとは思えないほどスムーズな動きだ。

フリードに刺激された場所が切なく疼く。絶頂感が這い上がり、息が乱れていく。

「はあっああっああっ……ああっ、フリード……私、もう……！」

何も考えられない。奥を叩く肉棒が気持ち良くて、迫り上がってくる絶頂を早く解放したくて、自らも腰を揺らす。

肉棒は蜜道の中で更に太く硬くなり、膣壁を圧迫していた。擦れる感触が心地よくて堪《たま》らない。熱い塊に身体の奥を容赦なく叩かれるのがどうしようもなく気持ち良くて、私は涙を流して悦《よろこ》んだ。

「ああっ……、もう駄目……フリード……イかせて……！」

「はっ……良いよ、一緒にイこうか……」

「んんんんっ！」

ずん、と一際強く突き上げられ、頭の中が真っ白になった。

身体が熱い。押し上げられたものが弾《はじ》けるのと同時に、熱い精が放たれるのを身体の奥に感じた。

「んん、んん……」

白濁が噴射される感覚に酔いしれる。熱い飛沫《しぶき》は肉棒さえ届かない場所に運ばれ、私の中に広がっていく。それが嬉しくて堪らない。子種を全て搾り取ってやるとばかりに、無数の襞が屹立《きつりつ》にしゃぶりついていた。

「はあ……ああ……んんっ」

甘い余韻に酔いしれていると、フリードが唇を重ねてきた。それに応じ、舌を絡める。未《いま》だ白濁は私の中へと吐き出されていて、腹の奥が温かなもので満たされていた。

「んっ……フリード……」

「リディ、大好きだよ。愛してる」

「私も……」

最後の一滴まで私の中に注ぎ、フリードがうっとりとした顔で私を見つめてくる。

腰に回っていた彼の手が乳房を掴んだ。絶妙な力加減で揉みしだかれ、また、甘い声が出てしまう。

「ああんっ……」

「ここ、あんまり可愛がってあげられなかったなと思って」

「ひうっ……」

フリードが身体を少し曲げ、赤く尖《とが》った先端に吸い付いた。敏感な場所を舌で舐《な》めしゃぶられ、身体の中に招き入れた肉棒をキュッキュッと締め付けてしまう。

「ふあっ……舌……気持ち良いよう……」

ザラザラした舌の感触に感じ入ってしまう。強く乳首を吸い立てられると、また新たな愉悦が湧き上がってきた。

「はあ……ああ……あんっ、噛んじゃ駄目っ……」

フリードが乳首に歯を立てた。チクリとした感覚に、じゅんと蜜が溢れる。私が悦んでいるのが分かっているのだろう。フリードは声を出さずに笑い、舌で乳首を押し回し始めた。

「はあんっ……」

ビクンビクンと震えている内に、また腹の奥が切なくなってくる。堪らず私は再び腰を揺らし始めた。フリードが嬉しそうな口調で言う。

「リディ、腰が動いているよ。もしかしてもう一回、したい？」

「最初からそのつもりだったくせに。こんな意地悪されたら、したくなるに決まってるもん」

「意地悪って？」

「分かっているくせに……んっ、ねえ、フリード、動いてよ……」

キュッキュッと肉棒を締め付けながら強請ると、フリードが蕩けるような表情で私を見つめてくる。

「もっと私が欲しいの？」

「欲しい。だから、ね？　意地悪しないで」

「分かったよ。リディのお願いじゃ、聞いてあげないわけにはいかないものね」

「あっ……んっ」

フリードが腰を突き上げる。

硬いままの肉棒が欲しかった場所を叩き始める。私はそれを陶然としながら受け止めた。

「じゃあ今日もたっぷりしようか。私もだけど、リディも足りないものね？」

「……うん」

フリードが耳元で囁《ささや》いてくる。それに素直に頷いた。

せっかくの泡風呂はもはや見る影もなかったが、フリードに溺《おぼ》れていた私は、全くそれに気づかなかった。

◇◇◇

結局それから風呂場で二回。寝室に移動してから更に数回彼と交わった。

途中、さすがに私はもういいと、そろそろ終わって欲しいと訴えたのだが聞いてもらえず、かなりの回数を付き合う羽目になった。

とはいえ、彼に抱かれるのはすごく幸せだから、後悔はない。

いつの間に用意されていたのか、テーブルの上には夕食が並べられている。それを二人きりで食べたあと、私はソファでフリードにもたれながらまったりとした時間を過ごしていた。

「ふぁ……」

気が抜けているからか、勝手に欠伸《あくび》が出てくる。フリードが私の頭を撫《な》でてくれるのが気持ち良かった。

「んん……」

「リディ、眠そうだね。さすがに今日は疲れたかな」

「うん……レイドのことがあったしね……」

そのあとのフリードとの終わらないセックスについてはいつものことなので、あえて言及しないことにする。未だ腹の奥はジンジンと甘い痺れを訴えていたが、さすがにもう一回という気にはなれなかった。

「そういえば、ヘンドリックから連絡が来たよ」

「え……いつ？」

眠気が吹っ飛ぶ一言に、私は慌てて身体を起こした。

フリードを見る。いつの間にと思っていると彼は言った。

「実は彼とは念話契約をしているんだよ。ヘンドリックはあまり魔力は強い方ではないから互いが自国にいる時は役に立たないけど、今なら問題なく会話できるから。さっきね、それを通して連絡が来た。今回の件、文章に残したりするのも危ないからね」

「そっか、そうだね」

フリードの言葉に頷いた。

王族の手紙を勝手に読むような者はいないとは思うが、それでも秘密にしたいことは形に残すべきではない。今日のレイドのことは、それこそ墓に持っていくレベルの秘密なのだ。

彼らが念話でこっそり連絡を取るのも当たり前だと思った。

「えと、それで……どんな連絡だったの？」

「オフィリア王女の言い分が全面的に通った形のようだね。先ほど、ランティノーツ卿が呼び出され、改めてオフィリア王女に忠誠を誓ったようだ。ランティノーツ卿は彼女に、『私は決して、お前を顧《かえり》みない。生涯《しょうがい》お前を愛することはない。お前に与えるものは何もない』と改めて宣言され、彼はそれを受け入れた。……予想はつくだろうけど、随分悦んでいたようだね。ほら、彼、ああいう男だから」

「……うん」

襤褸雑巾《ぼろぞうきん》のようになるまでこき使われて捨てられたい、なんてことを真顔で言っていたような人だ。彼にとってみれば、ある意味一生顧みられないことも褒美になるのではないだろうか。

いやでも、レイドが手に入るかもと思った時は動いたわけだから、彼女が手に入らないというのは、やはりそれなりにショックなのかもしれない。

自分の手に入らないなら、せめて側にいて、好きな人に使われたい。

そう思うのは分からないでもないけど、エドワードは見事に性癖が歪んでいた。

失恋の痛みが、苦しみが、何故か悦びや快感に変換されてしまったのだ。

どうしてそうなったとも思うが、これも本人の資質なのだろう。

「国王陛下たちもヘンドリックと同じで、彼を使い続けることに否定的だったんだけどね。彼ほど腕の立つ騎士が他《ほか》にいないというのも事実だ。次に裏切るようなことがあれば、その時は問答無用《もんどうむよう》で毒を呷《あお》るという誓いも立てたようで、まあ、それでなんとかというところみたいだね」

「……レイドに何かあってからでは遅いんだけどな」

「それこそ、オフィリア王女の資質の問題だってさ。ランティノーツ卿一人くらい抑えられなくては国王になれないと皆の前で言い切ったようだよ」

「かっこ……んんっ。さすが、レイド」

格好良いという言葉が出そうになったが、寸前で堪《こら》えた。フリードの顔が一瞬で怖くなったからだ。

本当に私の旦那様《だんな》はヤキモチ妬《や》きで困る。……いや、あんまり困ってないけど、見当違いの嫉妬《しっと》はやめて欲しいなあと思うのだ。

私は怖くなったフリードの顔を見ないようにしつつ、話を続けた。

「でも、王になるって話を陛下たちにしたってことは、やっぱり国王陛下や王妃様も、イリヤが獣人だってことを知ってたんだね」

私がわざと話題をすり替えたことにフリードは気づいたようだったが、彼はじろりと睨むだけで済ませてくれた。そうして話に乗ってくれる。

「いや、今回初めて知ったそうだよ。激怒されたらしい」

「うわあ……」

まさかの親にも秘密にしていたと知り、顔が引き攣《つ》った。

王太子の結婚は、それこそ国の未来にかかわる重要な問題だ。個人の判断で秘密にしていいことではない。

「……イリヤが責められなければ良いけど……」

「それは大丈夫みたいだよ。だけど、黙っていたことについてはかなり搾られたってさ。当たり前だと思うけど」

「うん」

「ヘンドリックからすれば『獣人だと正直に言えば、絶対に結婚させてくれないと分かっていたから黙っていた』というところなんだろうけど」

責任ある王族としては絶対にしてはいけないことである。

とはいえ、ヘンドリック王子がイリヤを妃《きさき》にするには、黙っているしかなかったのも本当なので、彼女と友人である私としては何とも言いがたいところだ。

「今更離婚もできないしね。ヘンドリックも絶対に頷かないだろうし。だから話し合った結果、何年か時期を見た後、ヘンドリックが王太子の座を退き、代わりにオフィリア王女が……という話になりそうだ」

「そう……女王というのは、イルヴァーン的にどうなのかな。法律上、問題なかったのは知ってるけど」

前例のない話だ。心配だったのだが、フリードは大丈夫だと頷いた。

「背に腹はかえられないからね。だからこれから年単位の時間を掛けて、オフィリア王女の方が跡継ぎに相応《ふさわ》しいという流れに持っていくそうだよ。準備が整ったら、満を持して王太子の交代が行われる」

「ヘンドリック殿下はどう言って、王太子を退くつもりなんだろう」

余程の理由がなければ難しいと思うのだが。

「それはその時の流れでって言ってたけど。あいつのことだ。下手《へた》をしたら『妻が獣人だから』と正直に言いかねないところがある」

「ああー……ありそう」

そうして言うだけ言って、イリヤを連れて、さっさと雲隠れしそうだ。

皆が騒いだ時には、すでに彼らはイルヴァーンにいない。

ヘンドリック王子にはそういうところがある。

「あの方、国よりもイリヤの方が好きそうだものね……」

「え？　私だってそうだけど。私も一番大事なのはリディだよ。リディを妻にできないと言うような国なら、その国を捨てる決断くらいできるけど。いや、もちろんその前にできる限りの努力はするけど、どう足掻《あが》いても無理というところまで来たら、その時は迷わずリディを連れて国を出奔するよ」

「えっ……」

当たり前のように言われ、思わずフリードを見た。彼はキョトンとした顔で私を見ている。

「当然でしょう。リディが側にいてくれるから、私は王太子として立ててるんだよ。リディを知らなかった頃《ころ》なら、何よりも国を第一に考えて行動したし、できたけどね。知ってしまったあとでは無理だ。リディがいないと私は立てなくなる。リディを側に置けない国を守るなんて、私には到底無理な話なんだよ」

「……」

「実際、経験があることだしね。リディが誘拐された時、国を守るために行かなければならないのに動けなかったって話はしたでしょう？　あの時、嫌というほど思い知ったんだ。リディがどれだけ私にとって大切な存在なのかって。あの時のこと覚えていない？」

「いや、それは確かに覚えているけど……」

サハージャの暗殺ギルド『黒』に攫《さら》われた時のことは忘れられるものではない。

神妙な顔をした私にフリードが言う。

「そういうこと。リディは私の命も同然なんだ。とはいえ、そんな『もし』はもう二度と起こらないし、リディは妃として私の側にいる。だから、きちんと王太子としての務めを果たすよ。リディがいるなら、私に不満なんてないんだから。国のため、国民のために尽くす覚悟はできてる」

「う、うん」

「あり得ない話なんだから、心配しなくて大丈夫だよ」

笑うフリードだったが、私は頭痛がすると思っていた。

なんということだ。

私の旦那様も、嫁のためなら国を捨てられるタイプだったらしい。いや、そんな気はしてたけど。

フリードに愛されているのはよく分かっていたけれども！

あまりにも当たり前のように言われ、「そんなに躊躇《ちゅうちょ》なく答えて良いものなの……？」と真面目に考え込んでしまった。

つまり今日も私の夫は、私が大好きとそういうことらしい。

「……私、できるだけフリードの側から離れないようにするね」

それが誰《だれ》にとっても一番平和な道だと気づき真顔で言うと、フリードは、「もちろん、そうしてくれなくちゃ困るよ」と私の唇を塞《ふさ》いできた。

その顔は笑っていたが、正直笑い事ではないんだということを、フリードにはちょっと本気で分かって欲しいとそう思う。

８・彼女と九日目の朝

イルヴァーン滞在、九日目の朝。

私は王妃に呼ばれ、彼女が主催するお茶会に出席することになった。

盛装に身を包み、王妃の部屋を訪ねる。

今日は髪をハーフアップにしていた。アップにしないのは、フリードが昨夜つけた痕《あと》が首の後ろに残っているからである。

「……ほんと、痕をつけるのはやめて欲しいんだけどな」

ドレスで隠れる場所ならまだしも、首筋とかは勘弁してもらいたい。いつもそう訴えているのだが、聞いてもらえたためしがない。今日は大丈夫と思っていても、次の日鏡を見ると、鬱血痕《うっけつ》が増えているのである。

フリードは、自分に抱かれたと分かる印として喜んでいるが、彼のものだと一目で分かる大きな証《あかし》が左の胸元に輝いているのを忘れてはいないだろうか。全く、独占欲が強すぎる夫を持つと苦労する。

さて、そんなこんなでやってきた王妃主催の二回目のお茶会。

まさか二回目があるとは思っていなかったので驚いたが、呼んでもらえたことは素直に嬉《うれ》しかった。

ちなみにフリードは朝早くから、兄を伴い出ていった。今日の夜にはお別れの夜会がある。それまでに色々と済ませておかなければならないことが目白押しだと嘆いていた。

私は夜会までの予定が特になかったのでイリヤと話でもしようと思っていたのだが、王妃からの誘いが来て、それならと一も二もなく頷《うなず》いた。

まだイリヤとは何の約束もしていない。それなら先に誘ってくれた方に応じるのは当然だ。

とはいえ、イリヤを誘う必要はなかったらしい。

何故《なぜ》ならお茶会の出席者の中に、彼女がいたからである。

主催者の王妃。私とレイド、そしてイリヤの四人でのお茶会。

イルヴァーンの女性王族勢揃《せいぞろ》いの豪華なお茶会だが、イリヤがいるとは聞いていなかったので、部屋に入った時、彼女がいるのを見て、目を丸くしてしまった。

「イリヤ?」

「リディ……」

イリヤはいつもと同じテイストの可愛《かわい》らしいドレスに身を包んでいた。男装姿のレイドの側《そば》で、緊張と不安に満ちた表情をしている。それが私を見た途端、安堵《あんど》に緩んだ。

彼女はたたたと私の方へ駆け寄ってくる。

「リディ!」

「イリヤ。イリヤも呼ばれていたの?」

「ええ。今朝、突然王妃様からお誘いがあって。今までなかったことだから驚いたのだけど、その……殿下も行ってきたら良いと背中を押して下さったから」

「そう」

「でも、来てみたらオフィリア様もいらっしゃるし、どうしようと困っていたの。リディが来てくれて本当に良かったわ」

心底ホッとしたと笑いかけてくるイリヤに、私は首を傾《かし》げながら問いかけた。

「……イリヤって、レイドと仲良くなったんじゃなかったっけ」

そう告げるとイリヤは「だって」と言いながら顔を赤くした。

実はイリヤがレイドのファンだったと分かり、仲良くしようという話になったのは、たった二日ほど前の話だ。

「イリヤ？」

「……オフィリア様は尊敬する先生なのよ？　恥ずかしすぎて、上手《うま》く喋《しゃべ》れなくて……」

「ああ、そういうこと」

なるほど、納得した。

一昨日は勢いで「仲良くしよう」と頷けたが、冷静になれば「畏《おそ》れ多い」に気持ちは変わる。

イリヤにとってレイドは、尊敬する作家だ。そんな人と『仲良く』など夢のまた夢といったところだろうか。

とはいえ、レイドは作家である前にイリヤの義理の妹だ。義理の妹相手にいつまでも緊張するのもどうかと思う。

「イリヤ。いつまでもそんな態度じゃ、レイドが困るよ」

「……分かっているの。でも」

緊張するから無理、というわけだ。

プルプルと顔を赤くしながら震えるイリヤを見て、これは駄目だと悟った私は、彼女の手を取り、一緒にレイドのところへ向かうことを決めた。

「イリヤ、一緒に行こう」

「リディ……ええ、そうしてくれると嬉しい」

本人にも逃げてはいけないという気持ちがあるようだ。私が彼女の手を握ると、イリヤはしっかりと握り返してくれた。

二人で王妃とレイドのところへ向かう。私たちが手を繋《つな》いでいるのを見た二人が苦笑した。

「王妃様。お招きいただきありがとうございます」

主催者に挨拶《あいさつ》を済ませる。王妃の勧めで用意された席に腰掛けた。すぐに女官がやってきて、お茶の用意を並べてくれる。

今日も珈琲《コーヒー》だ。お茶菓子は、星の形をしたチョコレート。外側はミルクチョコレートで、中には珈琲ガナッシュが入っているらしい。とても美味《おい》しそうだ。

王妃は、前回と同じように女官たちを下げさせた。部屋の中には四人だけ。その状態で王妃はイリヤに目を向けた。

「あなたとはあまり話をしていないと思って、今日は呼ばせてもらったのですよ」

「……はい」

イリヤが緊張に身を固くする。

基本、イリヤは部屋の中に引き籠《こ》もっていると聞いている。王妃ともあまり接点がなかったのだろう。

何を言われるのかと瞳《め》に不安を滲《にじ》ませたイリヤに、王妃は淡々とした口調で言った。

「あなた、獣人だそうですね」

「っ……！」

その言葉に、イリヤが息を呑《の》む。

私は反射的にレイドに目を向けた。彼女は私と目を合わせ、大丈夫だというように頷く。

友人がそう言うのならと私は黙っておくことに決め、王妃とイリヤの様子を窺《うかが》った。

王妃は泰然とした様子だったが、イリヤはブルブルと震えている。どうしたら良いのか分からないといった感じだ。

「わ、私……」

「昨日、ヘンドリックから聞きました。あの子の我が儘《まま》に付き合わせて申し訳ありませんでしたね」

「え……」

イリヤが顔を上げる。彼女はイリヤを見つめながら申し訳なさそうに言った。

「あの子が今まであなたの正体を隠していた事情は理解できます。イルヴァーンは、残念なことに獣人に対する差別が根強く残っている。そんな国の王太子が獣人を妃《きさき》になんて、暴動が起こっても仕方ないですからね。全く、嘆かわしい話です」

「王妃……様」

「あの子は昨日、私たちに宣言しました。あなたでなければどうしても嫌なのだと。別に愛妾《あいしょう》を持ち、跡継ぎを儲《もう》けるような真似《まね》はしたくないと。それを強制するようなら今すぐあなたを連れて国を出ると、ヘンドリックはそう言っていましたよ」

その時のことを思い出すかのように、王妃様がクスリと笑う。そうして今度は目を鋭く光らせ、イリヤを見た。

「その上であなたに質問です。息子はあなたのために全《すべ》てを捨てても良いと言っています。実際、行動に起こすつもりでしょう。そんな息子に、あなたは何を返してくれるのですか？」

「わ、私は……」

「あの子があなた以外と子を成さないと言うのなら、あの子を王太子に据えておくわけにはいきません。何故なら、国には後継者が求められるからです。それは分かりますね？」

「……はい」

「獣人を妃に、まではなんとかなるかもしれません。ですが、できた半獣人の子をいずれ国王にというのは今のイルヴァーンでは不可能です。国が乱れますから。十年や二十年かそこらで、国民の認識を完全に変えるなんてことは夢物語です。国のトップに立つ者は現実を見なければならない。いずれは獣人の血を引いた子が国王にということもあるかもしれませんが、まだ、イルヴァーンにはその基礎すらできていない。『もしかして』で、半獣人を王太子にし、国を荒らすわけにはいきません。ですから、あの子には近々、王太子の座を降りてもらいます。後継はオフィリアに。オフィリアには女王として立ってもらい、王配を迎えてもらいます。そしてオフィリアの産んだ子が、次代の国王となるでしょう。……あなたがあの子と結婚したことで、これだけの大事が起こっていると理解していますか？　これほど国を掻《か》き回しておいて、あなたはただあの子に守られて、震えているだけなのですか？」

「……」

王妃の口調は責めるようなものではなかった。

ただ、『お前には何ができるのだ』とイリヤに問いかけていた。

「あの子の方があなたを見初めたというのは知っています。あなたは何も悪くない。イルヴァーンの王太子に望まれ、むしろ不幸だったことでしょう。苦労もしていると推察できます。だけども私は問いたいのです。この国の王妃として。あの子の母親として。あなたはただ、与えられるだけの人物なのか。ただ、震えて守られているだけなのか、あの子の妻として相応《ふさわ》しい人物なのか私は知りたい」

「王妃様……」

真摯《しんし》な問いかけに、イリヤはハッとしたような顔をした。そうして「私は……」と迷うような声を出す。

しばらく待ってはみたが、続きの言葉が出てこない。ただ、目を伏せ、イリヤは唇を震わせていた。

「イリヤ、頑張って」

口を挟むのはどうかとも思ったが、応援せずにはいられなかった。イリヤが私に目を向ける。

助けを求めるようなその目に、私はごめんと思いながらも首を横に振った。

「イリヤも分かっているよね。これはあなたが答えないといけない話だって。イリヤが恥ずかしがり屋だってこと、私も知ってる。でも今はそれじゃ駄目だって、分かってるよね」

「……ええ」

コクリとイリヤは頷いた。

「分かっているわ。でも……」

「ヘンドリック殿下のこと、イリヤはどう思っているの？　お父さんに命令されたから嫁いだだけ？　イリヤのために全部を捨ててもいいって思っているヘンドリック殿下のことを、イリヤはどう思っているの？　好き？　嫌い？　それとも迷惑だった？　そういうことを王妃様は聞きたいっておっしゃっているの」

「……」

「分かった。イリヤはヘンドリック殿下と結婚したことを後悔しているのね」

「リディ！」

イリヤが叫んだが、私は止まらなかった。

「だってそうでしょう？　イリヤは何も言わないんだもの。何も言わないなら、こちらは勝手に推察するしかないわ。たとえば『私と結婚したせいで、殿下は苦しい立場に立たされている。殿下と結婚しなければ良かった』と思っている、とかね。あとは『私が獣人だから。私がいなくなれば良いんだ。私は国に帰るから、殿下には新しい妃を娶《めと》ってもらって』というのもイリヤなら考えそうよね」

つらつらと適当なことを並べ立てていくと、イリヤの顔色が変わった。

「わ、私、そんなこと思っていないわ！」

「じゃあ、教えてよ。違うって。本当はこういうことを考えているんだって。何も言ってくれないいんじゃ、誤解されても仕方ないって私、思うけど？」

「それは……」

イリヤが泣きそうな顔をする。まるで小さな子を虐《いじ》めている気分だ。だけどここで手心を加えては駄目なことくらいは分かる。

だから私は助けない。

「イリヤが誤解されたいって言うんなら、今のまま黙っていればいいと思う。イリヤが何もしなくてもヘンドリック殿下は勝手に動いて下さると思うし。あなたは殿下に黙ってついていけば良い。それで済むと思う。でも本当にそれで良いの？　仲良くなるきっかけを得たレイドと言葉を交わせなくて構わない？　あなたの言葉を聞こうと、場を設けて下さった王妃様にイリヤの考えを伝えなくて、本当に後悔しない？　しないなら、勝手にすれば良いと思うけど」

私が言えるのはここまでだ。

王妃もレイドも、一切口を挟まなかった。ただ、じっとイリヤを見つめていた。

私もまた、どうなんだと彼女を見る。

イリヤは顔を歪《ゆが》ませ、瞳に涙を溜《た》めていた。だけども必死で声を上げる。

「そんなの……後悔するに決まってる！」

「じゃあ言ってよ。今なら、皆、イリヤの言葉を聞いてくれる。聞きたいって思ってるから」

「……リディ」

「頑張ってよ、イリヤ。できないって言うなら……そうだね、ヘンドリック殿下のためになら頑張れない？　私は、自分が嫌なことでも、フリードのためなら頑張れるよ。イリヤは違うの？」

大好きな人のためならいくらでも踏ん張れるし、頑張ってみせる。

それは特別なことでも何でもない。女の子なら皆ができる努力だと思うのだ。

私の問いかけに、イリヤは「殿下のため……」と呟《つぶや》いた。そうして何度も深呼吸をする。

「ありがとう、リディ。私も、殿下のためになら頑張れる」

「うん」

頷くと、イリヤは王妃に向かって頭を下げた。そうしてキュッと唇を引き結び、自分を叱咤《しった》激励してから口を開く。

「王妃様。わ、私……私はいつも殿下に守ってもらってばかりの弱い女です。……リディのように自分から動くようなこともできなければ、オフィリア様のように周囲の誹《そし》りを撥《は》ね除《の》け、強く笑っていることもできません。でも——」

頭を上げる。その頭の上には、今まで隠していた猫耳が揺れていた。

「ご覧の通り、私は獣人です。でも、殿下を愛しているのは本当です。殿下と離れたくないって思っています。殿下が……私以外の女性と子を儲けるなんて考えたくもありません」

「それで、国が荒れるかもと分かっていても？」

静かな口調で問いかけられたイリヤは迷いはしたものの頷いた。

「……はい」

「そう。それでヘンドリックが国を出ていくとあなたに告げたら、あなたはどうするつもり？　王太子でなくなったあの子は何も持たない。地位も名誉も財産も、何もあの子には残らないし、未来には苦労しかありません。それを理解した上で答えてちょうだい」

厳しい言葉だったが、紛れもなく真実でもあった。

王太子でなくなるのなら、王太子であった頃《ころ》に持っていたものは何もヘンドリック王子に残らない。全部が国のもの。王太子だからこそ与えられていたものだからだ。

私も以前、フリードに聞かれたことがある。

自分が王太子でなくなっても愛してくれるのか、と。

私はそれに迷いなく、『イエス』と答えた。私が愛したのは王太子のフリードではない。彼が彼であるのなら、何者であっても構わないし、いざとなれば小料理屋を開いて、彼を養う覚悟だってある。

一生一緒にいるという約束は、つまりはそういうことだと思うのだ。

相手に何が起こっても、変わらず側にいるという約束。

その覚悟を王妃は問うているのだと分かった。

「……殿下が望んで下さるのなら、私はどこまでもついていきたいって思ってます。私は殿下がいるならどこだって構わないんです。襤褸《ぼろ》屋でも、野宿でも、一緒ならどこだって。裕福な暮らしに未練なんてありません。殿下がいないんじゃ意味がない」

小声ではあったがはっきりと告げたイリヤに、王妃が笑みを浮かべる。

「そう。あなたにはその覚悟があるのですね。それなら私たちが言うことは何もありません。好きにしなさい。オフィリア。あなたには申し訳ないけれど、これからあなたには次期国王としての教育を受けてもらいます」

「はい、母上。承知の上です」

レイドも微笑《ほほえ》みながら頷いた。

「義姉上にも覚悟があるというのなら、私も腹を括《くく》らねばならないでしょう。ただ、母上。できれば私も望む男性を婿に迎えたいと思うのですが」

レイドの言葉に、王妃が「あら」と眉《まゆ》を上げた。

「エドワードでなければ誰でもいいと言っていたのはあなたではなかったかしら？　確か私はその話を昨日聞いたと思うのだけれど」

「そう思っていたのですが……その……実は好きな男性ができまして。王位なんていう予想外の位につくのです。せめて結婚相手くらい好きな相手だと嬉しいかなと考え直しました」

「まあ……あなたに、好きな男性？」

王妃は驚いていたが、私もとても驚いていた。

だってレイドはヘンドリック王子が好きだったと言っていた。実の兄である彼をなかなか忘れられず、辛《つら》い思いをし続けてきたと聞いている。その彼女に好きな男性。

王妃に話すからには当然、相手はヘンドリック王子というわけではないだろう。長い間報われない片想いを続けていたレイドの心を射止めたのは一体どこの誰《だれ》なのだろうと、申し訳ないが興味津々《きょうみしんしん》だった。

王妃も興奮を隠しきれない様子で、目を輝かせている。

男のような言動をする娘にようやくできた『好きな男性』。根掘り葉掘り聞いてみたいのは当然だと思う。

「あなたに好きな殿方が？　とてもめでたいことだけど、一応確認しておきます。相手は人間なのでしょうね？　もう結婚してしまったからヘンドリックは仕方ありませんが、あなたにまで獣人と結婚されては困りますよ。あなたにはイルヴァーンを継ぐ子を産んでもらわなくてはならないのですからね」

獣人を差別するような発言ではあるが、この場合は仕方ない。王妃の問いかけに、レイドは安心させるように笑って見せた。

「大丈夫です。彼は間違いなく人間ですから。ただ、この国の人間ではないし、貴族でもないと思うのです。それでも構いませんか？」

なかなかに厳しい条件だ。だが王妃は頷いた。

「……相手が適齢期の人間の男性であるなら、多くは望みません。本当は、国内の有力貴族の息子の誰かと結婚して欲しかったのですけど、ヘンドリックに我が儘を許して、あなたにばかり負担を強《し》いるのはおかしいですから。ただ、周囲が良い顔をしないのはヘンドリックの件で分かっていますね？　それを抑えるのも次期国王となるあなたの仕事ですよ？」

「もちろん、分かっています」

「それなら、勝手になさい。陛下には私から話しておきますから。で？　その男性はどのような方なのです？　あなたのことを好いてくれているの？」

「これから、口説き落とそうと思っています」

「これから？」

「ええ。何せ、会ったのも好きになったのも、昨日なので」

しれっと告げられた内容に、私も王妃も、そしてイリヤも絶句した。

王妃が恐る恐る言う。

「昨日？　昨日と言いましたか？」

「ええ。一目惚《ぼ》れの親戚《しんせき》みたいなものです。自覚したのは彼と別れたあとなのですが、どうも私はかの人に惚れてしまったみたいで。正直言って、気づいた時には吃驚《びっくり》しました。自分にこんな感情が芽生えるとは思ってもいなかったので。部屋で何度も自問自答《じもんじとう》しましたよ。ですが、どう考えても私は彼に惹《ひ》かれているみたいです」

照れくさそうに言うレイドだったが、該当《がいとう》する人物が誰か察してしまった私は頭を抱えたくなった。

だって、昨日レイドが初めて会ったという男など一人しかいない。

外国籍の男で、レイドが危ないところを助けた彼。

――アベルだ。彼しかいない。

「えっ、嘘《うそ》。まさか……彼？」

よりによって元サハージャの情報屋に惚れるとかどんな話だと目を見開くと、イリヤが私のドレスを引っぱった。

「リディ、誰のことか分かるの？」

ヘンドリック王子から聞かされていないのだろう。昨日の誘拐騒ぎを知らないイリヤが可愛く首を傾げながら私に聞いてくる。それに私はぎこちなく首肯した。

「う、うん……多分だけど」

「リディが想像した人物でおそらくあっているぞ。いや、恋とは突然落ちるものだとはよく言ったものだ。まさか舌の根も乾かぬうちに好きな男ができるとは私も思わなかったが……彼とならば大変なことしかないだろう国王業でも頑張れると思えたのでな」

「うわあああああ……」

まさかのヒユマ一族の生き残りであるアベルに惚れたと聞き、私は本気で頭を抱えた。

レイドが、ようやく新たな恋に目を向けられたのはとても素晴らしいことだ。

不毛な恋をいつまでも抱えている自分をレイドは厭《いと》っていた。そこから逃《のが》れられたことはめでたいし、先に進むことのできた彼女を応援したい気持ちはもちろんあるのだけど……その相手がアベル。

——なんでこうなった。

彼の何に惚れたのかさっぱり分からなかったが、一目惚れなんてそんなものだろう。

大体、私もフリードに惚れたきっかけは一目惚れだった。彼の青い瞳《ひとみ》を初めて見たあの時、私は彼に捕まったのだ。……まあ、なかなか気づけなかったけど。今なら、始まりは間違いなくあそこだったと断言できる。

一目惚れから始まり、彼自身を知って、今では私の大切な旦那《だんな》様だ。だからそういう感覚があるのは否定しないが……でも、あの守銭奴のアベルだぞ？　本当にあれでいいの？

本気で混乱していると、王妃が私を窺うように見てきた。

「その様子ですと、リディアナ妃は、当人をご存じなのですね？　どのような殿方なのです？　性格に問題は？」

「ええと……」

アベル。あの金に目がない情報屋。

問題しかないような気もするが、せっかく新たな恋に向かって前進することのできたレイドの後押しをしたい気持ちの方が勝ったので、私はできるだけアベルの良い点を述べることを決めた。

「能力値はとても高いと思います。年齢はおそらく二十前後。健康に問題もありません。見た目も悪くないかと。ただ、多少自由すぎるきらいはありますが――」

チラリとレイドを見る。彼女は大きく頷き、自信満々に言った。

「夫をしつけるのも妻の務めだ。彼と結婚できたらきちんと手綱は握っておくことにしよう」

「……そう」

レイドがそれで良いと言うのなら、私に口を出す権利はない。恋愛は自由なのだから。

大体、レイドに好きな人ができるということ自体はとてもめでたいのだ。きっとアベルはイルヴァーンの王配なんてとんでもないと逃げるだろうけど、友人の恋を応援しない話はない。アベルには諦《あきら》めてもらおう。

「まあ……悪い人ではないと思います」

金に意地汚いし、何を考えているか分からないことも多いが、悪い人だとは思わない。カインも言っていたが、彼は絶対に殺しの依頼を受けないそうだ。実際、アベルは私たちにも『殺し以外なら引き受ける』と発言していた。サハージャの裏社会に属していたのに『殺さず』を貫き続けるアベル。適当なことばかり言うけれど、彼には信念があるように思えるのだ。そういう、きちんと己を持っている人は嫌いじゃない。

自分の見解を正直に告げると、王妃様は頷いた。

「リディアナ妃がそう言うのでしたら、人格的には特に問題のない人物なのでしょう。オフィリア、その方と結婚したいのならそれはそれで構いませんが、まずは陛下と私の元に、その人物を連れてくること。分かりましたね」

「はい、母上。もちろん分かっています」

「それなら結構です」

王妃がポンと手を叩《たた》く。私の隣に座っていたイリヤがおずおずとではあるが、レイドに話しかけた。

「……オフィリア様。その……ご迷惑をお掛けしてしまい、本当に申し訳ありませんでした。私、殿下と結婚できたのが嬉しくて、それが色んな人に迷惑を掛けることに繋がるとは思っていなかったんです。考えなしでした……自分が獣人であることをもっと自覚するべきだったんです。殿下との子を儲けられないって気づいたのだって、結婚したあとでした。殿下は王太子で、子が必要だったのに……」

「おっとそれ以上はやめてくれ。兄上は、君でないと絶対に嫌だと言っていた。だから君が、たとえば結婚できない、なんて言っていたとしても意味はなかったと思うぞ。抵抗するだけ無駄だ」

「でも……私……申し訳なくて……」

しょぼんと萎《しお》れたイリヤの頭をレイドはわしゃわしゃとなでた。三角の猫耳がぷるんと揺れる。

羨《うらや》ましい。私もイリヤの頭を撫でたい。

「何。前にも言っただろう。悪いのは全面的に兄上であって、あなたではない。兄上は全部分かった上で、君を娶りたいと言っていたのだからな。だが、申し訳ないと思ってくれているのなら、『私と萎縮《いしゅく》せず付き合ってくれるのなら許す』という解決方法ではどうだろうか」

「えっ……」

イリヤの動きがピタリと止まった。レイドはニコニコとしている。返事を促すような表情に、イリヤは諦めたように頷いた。

「それはその……頑張ります」

「うん、楽しみにしている。しかし、この猫耳というのは実に触り心地の良いものだな。初めて触ったが、癖になってしまいそうだ」

笑いながら猫耳に触れるレイド。イリヤは擽《くすぐ》ったそうな顔をしている。そんな二人の様子を見ていた王妃が私に目を向けた。

「リディアナ妃」

「はい」

「今の話にあなたを呼んだのは、あなたも息子の妻の正体を知っていると昨夜息子から聞いたからです。しかも友人だとか。いざという時は、間に入ってもらおうという画策がありました。結果としてあなたはとても役に立ってくれましたけど、利用して申し訳ありませんでしたね」

眉を下げる王妃に、私はブンブンと首を横に振った。

「えっ、その全然。私で良いならいくらでも。皆が仲良くなれるお手伝いができるのなら、それは嬉しいことですから」

私で役に立てるのなら、ガンガン利用してくれれば良いと思う。邪魔にならなかったのなら幸いだ。

王妃はホッとしたように笑い、コーヒーカップに目を落とした。

「……随分と冷えてしまいましたね。淹《い》れ直させましょう。さ、今日はこれだけのためにあなたたちを呼んだわけではないのです。お茶をしたあと、本題に入りましょうか」

◇◇◇

本題とは何だろうとドキドキしつつも淹れ直してもらった珈琲を飲む。今日の珈琲は、前に飲んだものとはまた違っていた。酸味は少しあるが、苦みは抑えられていて、非常に味のバランスが取れている。すごく飲みやすい。

「へえ……これも好きかも」

イルヴァーンに来てから、私の珈琲好きには拍車が掛かったように思う。だけどやはり本場で飲むものは美味しい。味わいつつ、お茶菓子のチョコレートも摘まむと幸せな気持ちになった。

「ああ……美味しい」

ほう、と頬《ほお》に手を当てる。チョコレートは噛《か》むと中身がとろりと零《こぼ》れ出て、まろやかな珈琲味が広がった。非常に美味だ。これも間違いなく大変な逸品だろうと窺い知れる。

イリヤは珈琲の苦みが苦手のようで、牛乳と角砂糖を足して飲んでいた。熱い、という声が聞こえたので、多分、猫舌なのだろう。

お茶を楽しんだ後は、いよいよ王妃が私とイリヤを呼んだ本題ということで、一体何を言われるのかと身構えていると、彼女は私たちを部屋の奥側へと連れていった。

秘密の話でもするのだろうか。ますます緊張しつつ後へ続いたのだが、そこには色とりどりのドレスがあった。

形も様々。プリンセスラインのものもあれば、マーメイドタイプのものもある。ただ、どのドレスにもたくさんのフリルがついていて、そのせいで非常に派手なデザインに見えた。

「え……」

山のようなドレスに唖然《あぜん》としていると、王妃が嬉々《きき》とした様子で私に言った。

「明日にはリディアナ妃はお帰りになってしまうのでしょう？　前回約束した通り、ドレスを着ていただこうと思いまして」

「……あ、あー」

そういえば、そんな話もしていた。

色んなことがありすっかり忘れていたが、確かに王妃とは彼女の選んだドレスを着るという約束をしていた。

　私が明日には帰るということを思い出し、それならと思い立ったのだろう。約束していたのは事実だし、着て欲しいというのなら否やはない。

「分かりました。えぇーと、どれを着れば良いんですか？」

「まあ！　オフィリアと違って、素直なこと！　嬉しいわ！」

　特に抵抗せず頷いたことが心に響いたのか、王妃の声が華やいだ。そして私の隣で呆然《ぼうぜん》としているイリヤにも言う。

「あなたも、もちろん着て下さるわよね。あなたなら、それこそ可愛らしいデザインがよく似合いそうだもの。いつもヘンドリックはあなたを隠してしまって面白くないと思っていたの。せっかくの機会を逃すつもりはありませんわ」

「わ、私もですか……？　で、でも……私に似合うとは……」

　すっかり萎縮してしまったイリヤを、王妃は逃がさなかった。彼女はイリヤの手を握ると、その目を見て訴える。その姿はまるで獲物を見定めた肉食獣のようだった。

「娘を着飾るのが私の夢だったのです。だけど肝心の娘がこれでしょう？　だから諦めて、王宮に出入りする令嬢たちを着飾らせて無聊《ぶりょう》を慰めていたのです……。できれば娘を飾りたいと思う親心。実の娘が難しいのなら、せめて義理の娘となったあなたに叶《かな》えてもらえればと思ったのですが……そうですか。迷惑ですよね」

　目を潤ませ、切々とイリヤに訴える王妃。だが私には、牙《きば》を研ぐ猛獣の姿が見えていた。

とはいえイリヤが気づくはずもない。彼女はすっかり王妃の演技に騙《だま》され、それこそ目を潤ませながら頷いた。

「わ、私……その、私で良ければ……」

「まあ、ありがとう。オフィリアと違って、あなたは優しい子なのですね」

「……母上。見え透いた演技はおやめ下さい。リディだけでなく、義姉上にまで……」

レイドが叱咤するも、王妃はツンとそっぽを向くだけだった。

「元はと言えば、あなたが私の趣味に付き合ってくれないからではないですか」

「私には似合わないと何度言えば分かってもらえるのでしょうね？」

「でも、あなたにも好きな殿方ができたのでしょう？　少しくらい女らしくしてみるのも悪くないと母は思いますよ。男装のあなたしか知らないのなら、ギャップにコロリといく可能性も十分考えられますから」

「え……」

自分は関係ないという態度を貫き通していたレイドの顔がピクリと動いたのを王妃は見逃さなかった。満面の笑みを浮かべる。

「オフィリア、これは好きな殿方を落とすための戦略の一つだと思いなさい。美しく着飾り、魅惑的な言動で殿方を誘うのは恥ずかしいことでもなんでもありません。女性に与えられた当然の権利です。それをあなたは今まで使う機会がなかっただけのこと。ですが、手に入れたい殿方がいるのだと言うなら、使える手段は全て使うべきです。違いますか？」

「そ、それは……違いません」

迷いながらもレイドは首肯した。

「そうでしょう。やれる努力をせず、撤退する羽目になる方がよほど格好悪い。できる努力は全てやる。恋は戦争です。そしてあなたには執れる手段がある。オフィリア。ドレスを着るのです。そして、思う方に微笑みかけなさい。それだけでも効果があると、母は断言しましょう」

王妃の自信に満ちた言葉に、レイドは「努力……そうか、努力か。いやでも……」とブツブツと考え込んでいたが、やがてすっくと顔を上げた。

「……母上。お願いします」

「オフィリア！　分かってくれたのですね！」

「私は彼を得るためならどんな努力でもしてみせます！」

「ええ！　あなたが本気なのだと母も確信しました。これはイルヴァーンの未来にも関係ある話。いくらでも協力しましょう！」

悲痛な覚悟を決め、王妃の手を握るレイド。それに対して王妃はどこかニマニマとしている。上手く自分の望む方向へと話を持っていけて嬉しいのだろう。

——レイド、絶対、王妃様に騙されてるよね。

とはいえ、レイドの本気のドレス姿に私だって興味はある。ここは口を開かないのが賢明だと判断した私は、イリヤと「大人《おとな》しくしておこう」とアイコンタクトを取っていた。

「やっぱり嫌だ！　私にはこんなドレス、似合わない!!」

「何を言うのです。あとは化粧をすればどうにでもなります。オフィリア、見苦しいですよ。やると決めたからには大人しくなさい！」

「母上！　私には無理です！」

先ほどから、母子の戦いが勃発《ぼっぱつ》している。

とっくに用意されたドレスに着替えた私とイリヤは、まだまだ時間が掛かりそうだと判断し、新たに淹れられた珈琲を飲むことを決めた。

◇◇◇

「……オフィリア様、お気の毒だわ」

「うーん、でも、着るって決めたのはレイドだし」

「それはそうだけど」

テーブルに二人で座り、まったりと語らう。

時折聞こえてくるレイドの悲鳴と、それは嬉しそうな王妃の声の温度差がすごくて笑ってしまう。

一体王妃はどんなドレスをレイドに用意しているのか。彼女が姿を見せるのが楽しみだと思いつつ、気長に待つしかないなと私とイリヤは、楽しくお喋りに興じていることにした。

イリヤがレイドの悲鳴に気の毒そうな顔をしながらも、私に聞いてくる。

「ね、リディは、オフィリア様の好きな方が誰か知っているのよね？」

「え、うん。ちょうどその場にいたし」

「良いなあ、私も見てみたかったわ。あのオフィリア様の心を射止めた殿方がどんな方なのか、すごく気になるの」

キラキラと目を輝かせるイリヤ。頭上の猫耳は今は残念なことに仕舞われている。

女官たちに見られるわけにはいかないと引っ込めたのだ。あの猫耳を眺められないなんてと思うが、彼女の立場が悪くなる事態は避けたいので仕方なかった。

そのイリヤが王妃に着せられたドレスは、パステルカラーの可愛いものだった。

生地全体に花の刺繍《ししゅう》がしてあり、少し透け感がある。ウェストを大きなリボンで締めるタイプで、スカートの裾《すそ》はふんわりと広がっていて、とてもよく似合っていた。

対して私に用意されたものは、スカート部分に襞《ひだ》がたくさんある、リボンたっぷりのドレスだった。

スカートのあちこちに大きなリボンが縫い付けてある。胸元にも存在感抜群のリボンがあったのだが、王華《おうか》との相性があまりにも悪すぎて、それは取ってもらった。だが、腰の位置にあるリボンが目立つので、あれはなくても良かったと思う。とても可愛らしいとは思うが、ちょっと私には甘すぎるデザインではないだろうか。似合っているのか自信はないが、王妃が絶賛してくれたので、もうこれはこれで良いということにしようと思う。どうせ夜会の前には着替えることになるのだ。それまでの短い間くらい、めったにしない格好をしていても構わないだろう。王華は綺麗《きれい》に見えているから、フリードは怒らないだろうし。

イリヤと取り留めのない話をしつつ、時間を潰《つぶ》す。彼女は昨日の騒動を知らないから、そこは上手く避けるように心掛けた。話す話さないを判断するのは、当事者であるレイドだ。私が勝手に話すのは絶対に駄目だと分かっていた。

「あ、そうだ。イリヤ。明日なんだけど、レヴィットと話せる時間を作れるかもしれない」

話の途中、今朝方フリードから聞いていたことを思い出し、イリヤに言った。

同郷の獣人同士であるレヴィットとイリヤ。

彼らが話せる機会がないかと一生懸命考えた結果、フリードが出発前の短い時間ならと言ってくれたのだ。

「ヘンドリック殿下が嫌がるだろうから私が同席することになると思うけど、それは許してね。今日、フリードがヘンドリック殿下に了承を取ってくれているはずだから、本決まりになったらヘンドリック殿下が教えてくれると思う」

「本当に？　ありがとう！」

私の話を食い入るように聞いていたイリヤが、破顔した。

「リディたちも忙しいし、直接話すのはもう無理かもって諦めていたところだったの。兄様と話せるのなら嬉しい……」

「まあ、ヘンドリック殿下が『うん』と言えば、という注釈はつくんだけどね。フリードは、できないことを口にするような人ではないから、了承を得られる勝算があるんだと思う」

「リディの旦那様ってすごいのね」

「うん。私のフリードはすごい人だから。自慢なの」

夫を褒めてもらえるのは嬉しい。

賞賛を素直に受け取ると、イリヤが小さく笑った。

「イリヤ？」

「笑ってごめんなさい。でもね、その、良いなあって思って。フリードリヒ殿下もリディも、相手を好きなことを全然隠さないから。私はどうしても恥ずかしくなってしまって、そういうことができないから、たまにすごくリディが羨ましくなるの」

「ヘンドリック殿下はフリードと同じタイプに見えるから、イリヤさえ素直になれば済む話だと思うけど？」

イリヤのことが好きだということを大々的にアピールするヘンドリック王子のことを思い出し告げると、イリヤは「それはそうなんだけど」と苦笑した。

「私がそれになかなか応《こた》えられないから。応えたい気持ちはあるんだけど、やっぱりできることとできないことってあるんだなって思うの」

「イリヤは恥ずかしがり屋だもんね。難しいか」

「リディは？　恥ずかしくないの？」

イリヤの問いかけに真面目《まじめ》に答えた。

「うーん。恥ずかしいとかそういう前に『好き』って気持ちが溢《あふ》れ出て、抱きつきたくなっちゃうからなあ、私の場合。それにね、素直に好意を伝えると、フリードがすごく幸せそうな顔をしてくれるから。あの顔を見るためなら、多少恥ずかしくてもちゃんと言おうって思うかな」

私が好きと告げると、フリードはいつだって嬉しそうに笑ってくれる。その顔がすごく優しくて愛《いと》おしい気持ちでいっぱいになって、もっと言ってあげたくなるのだ。

その結果が、皆から『バカップル』扱いをされるということなのだが、別にいいもん。もう、慣れたから。

「好きって伝えて損をすることはないから、言える時は頑張って言ってみればどう？　人前である必要はないんだし、二人きりの時ならイリヤだって言えるでしょう？」

「たまに、なら……」

恥ずかしがり屋のイリヤには、それが精一杯らしい。それでも彼女の顔を見れば、彼女がヘンドリック王子を深く想っていることは明らかで、だから彼も満足しているのだろうとは思う。

伝えられるなら伝えれば良いと思うけど、それこそ人それぞれ。こんなものに正解も不正解もないのだ。各自、自らにあったペースで進んでいけば良いと思う。

「イリヤは今、幸せ？」

尋ねると、彼女はコクリと頷いた。

「すごく。島にいた頃が嘘みたいに幸せ。あの頃は、もう結婚なんて望めないんじゃないかって思っていたから」

仲間の獣人たちからつがいとして不適格だと言われていたイリヤ。

当時のことを思い出したのだろうか。その顔は暗かった。

「イリヤ？」

「ごめんなさい。ちょっと、昔を思い出しちゃって。でも、だからこそ今がとても幸せだと感じられるの」

深く尋ねられたくない雰囲気を感じた私は、そこは触れないように気をつけつつ会話を続けた。

「幸せなら別にいいじゃない。イリヤが恥ずかしがり屋だって一番知ってるのはヘンドリック殿下だから、無理強いはなさらないでしょう?」

「それはそうなんだけど、リディたちを見ていると、これで良いのかなって時折すごく思ってしまって……その、殿下がすごく羨ましがっているから」

「……」

確かに羨ましがっていたなと思い出し、苦笑いしてしまった。

それからもイリヤと私はポツポツと話をし、皿の上に載ったチョコレートが半分くらいなくなった辺りでようやくレイドが姿を見せた。

不本意なのだろう。むっつりとした顔をしている。

「……待たせたな」

「レイド、お疲れ様……って、わあ、似合う!」

冗談抜きで驚いた。

レイドが着ていたのは身体《からだ》の線に沿うようなマーメイドラインのドレスだったのだ。大きな花がいくつもあしらわれたドレスは彼女の鍛えられた細身の身体によく似合っており、彼女自身がまるで一輪の花のように見えた。

高いヒールを履いているせいで、余計にすっきりと美しく見える。

「うわぁ……本当に綺麗……」

腰の長さまであるカツラを被《かぶ》り、化粧もきっちり施している。だが、必要以上に濃くせず、彼女の肌の美しさを引き立てるような薄化粧で、見事だと言わざるを得ない。その姿はまさに皆が憧《あこが》れるお姫様というべきもので、私は思わず拍手をしてしまった。

レイドの後ろから、王妃が満足げな顔で出てくる。

「ほら、やっぱり私の言った通りでしょう？　絶対にあなたに似合うと思ったのです」

「……仮装をさせられている心地ですよ、母上。こんなの私だとは思えません。これならまだ、公式行事でたまに着せられるドレスの方がマシだ」

「あなたが着ているのはいつも味気ないドレスばかりではありませんか。たまにはこういうのもいいと思いますよ。とても似合っているし、可愛いと思いますけど」

「ぜんっぜん似合っていませんから。母上の口車に乗せられた己が恨めしいです」

「あなたも恋する乙女《おとめ》だったということでしょう。母は嬉しいです。ぜひ、その恋しい人を母の前まで連れてきて下さいね。楽しみにしていますから」

「こんな思いまでしたんです……意地でも連れてきますよ」

悔しげに言うレイドだったが、相手がアベルだということを考えると、少し厳しいかもしれない。

もちろん、私は彼女の味方だけれど。

着替えた格好のまま、改めて四人でお茶をする。

レイドは三十分ほど我慢していたが、やはり耐えきれなかったようで、「無理だ！　着替えてくる！」と叫び、茶席から立ち上がると、着替えが置いてある部屋へと行ってしまった。

「あーあ、よく似合っていたのに」

本人の好みがあるから仕方ないけど残念だなと思っていると、王妃が苦笑しながら言った。

「ドレスを着てくれただけでも大進歩です。今日はこれで我慢することにします」

今日はということは、次の機会を狙《ねら》うつもりなのだろう。

あれだけ嫌がっているレイドに次の機会など訪れるのかとも思うが、わりとレイドはチョロいところがあるので、意外と近くに『また』はあるのかもしれない。

「次回が楽しみですね」と私が言うと、王妃様は「ええ、次着てもらうドレスを探しておかなければね」とウキウキした声で答えてくれた。

◇◇◇

「申し訳ありません。殿下に呼ばれているようですので、私はこれで……」

レイドがいつもの男装姿に戻ってからしばらくして、イリヤが茶席から退席した。

どうやら彼女の夫の我慢の限界が来たようで、そろそろ戻ってこいという意味の迎えが来たのだ。

王妃は快くイリヤの退席を許可し、彼女はいそいそと部屋を出ていった。それを笑顔で見送る。イリヤが帰ってしまったところで王妃が声を掛けてきた。

「リディアナ妃。あなたの方は、まだ時間はありますか？」

「はい。大丈夫です」

今日のフリードのスケジュールは分刻みだ。

夜会まで合流できないのはあらかじめ聞いていたので頷くと、王妃は「良かった」と言った。

「それならもう少し話に付き合っていただいても？」

「はい、是非」

部屋に戻っても夜会の準備まで暇なだけなので、構ってもらえるのは有り難い。そういう気持ちで頷くと、王妃はチラリとレイドに目を向けた。

王妃の視線を受けたレイドは首肯し、私の方を見る。

「リディ」

「ん？」

首を傾げる。レイドはその場で深々と頭を下げた。隣の王妃も同じように頭を下げる。

「えっ……！」

「昨日のこと、改めて礼を言わせて欲しい。君たちのおかげで私は無事、王宮に戻ることができた。本当に感謝している」

「オフィリアがこうして帰ってこられたのは、あなた方ご夫妻のご助力があったからだとヘンドリックから聞いています。本当にありがとう。親として娘を助けていただいたこと、深く感謝します」

異口同音《いくどうおん》にお礼の言葉を言われ、私は「えっ、えっ」と戸惑った。

「い、いえ、私のしたことなんて大したことじゃないし……」

ただ、カインに頼んでアベルに依頼をしてもらっただけである。だが、二人は否定するように首を横に振った。

「そもそも君がいなければ、私を探すことすらできなかったと兄上はおっしゃっていた。それに、君たちは私が誘拐されたことを広めないよう根回ししてくれたのだろう？　本当に有り難かったんだ」

「誘拐されたなんて話が皆に知られたら、それこそオフィリアは誹謗中傷《ひぼうちゅうしょう》に悩まされることになったでしょう。心ない者はいくらでもいます。そしてそんな噂《うわさ》のある状態では、王位を継ぐことも難しくなったはず。あなた方ご夫妻がして下さった協力は、イルヴァーンの未来のためにもなったのです。ヘンドリックから聞きました。あなた方は息子が助けを求めた時、迷わずその手を掴《つか》んでくれたのだと。本当に親としても王妃としても、感謝してもしきれない。友好国とはいえ、他国の方にこれほどよくしていただけるなんて……オフィリアは本当に良い友人に恵まれました」

「ええ、リディと友人になれて本当に幸運でした」

噛み締めるように頷くレイドとそれに同意する王妃。

王妃が優しい瞳で私に聞いてくる。

「リディアナ妃。このようなことを言って、不快に思わないで下さい。ですけど、言いたいのです。娘を助けていただいたあなたたちに、私は何ができますか？　私ができることならなんでもしましょう。どのような便宜《べんぎ》でも図るとお約束します」

「え……」

ぽかんと王妃を見た。彼女は真剣で、その顔を見た私もまた己の表情を引き締めた。

そうして自分が思っていることを告げる。

「夫がどう言うかは分かりませんけど、少なくとも私個人には必要ありません。だって私は友達を助けただけ。レイドが無事だったのなら、それで十分なのですから」

友達を助けた対価をもらいたいとは思わない。そんなことのために助けたわけではないから。

私の言葉を聞いた王妃が目を丸くした。

「……本当に？　何もいらないのですか？」

「はい。私の願いは今後もイリヤやレイドと親しく付き合っていくことくらいですが、それはすでに叶っていますから。そうだよね？　レイド」

「ああ、もちろんだ。私たちは親友。魂の友だ。そうだろう？」

「うん！」

親友なんて言ってもらえたのは初めてだ。

この世界で初めてできた親友の存在に嬉しく思っていると、王妃が小さく笑った。

「そうですか。分かりました。娘とあなたは親友、なのですね。ええ、よく分かりましたとも。あなたたちの友情が続くことは私の願いでもあります。微弱ながらそのお手伝いをさせていただくことにいたしましょう」

「？」

何度も頷き、王妃は立ち上がった。

「少々、用事ができました。あなたたちはもう少し話をしていきなさい。親友同士、二人で話したいこともあるでしょう。では」

王妃が何かを決意したような顔で部屋を出ていく。それを私とレイドは見送った。

「……王妃様、どうなさったのかな」

「母上にも何かお考えがあるのだろう。ところでリディ、君に聞きたいことがあるのだが、少し良いか？」

「何？」

ソワッとした様子でレイドが私を見てくる。首を傾げると、彼女は辺りを見回した。人払いは済ませてあるのに、随分と念入りなことだ。

レイドは椅子《いす》に座り直すと、こほんと咳《せき》払いを一つした。

「その、だな、リディ。君は私が誰を好きなのか、知っていると思うが——」

「アベルだよね。情報屋の」

「そ、そうか！　彼は、アベルというのか！　そ、そのだな。私は彼のことを何も知らないから、リディに教えて欲しいと思って……」

恥ずかしそうに俯《うつむ》くレイドに、なるほど、と思った。

確かに彼女はアベルのことを何も知らない。恋に落ちるのに相手の情報はいらないだろうが、恋をした後は別だ。相手を捕まえるために、まずはどんな人か調べるのは当然の話である。

しかし、どこまで話せば良いものか。

とりあえず、彼がヒユマ一族であること以外なら話しても差し支えはないだろうと判断した私は、ヴィルヘルムで彼と出会った時から順序立てて話すことにした。

ヴィルヘルムでの彼は、いわば敵側だ。

話を聞いたレイドが嫌な気分になるかもと少し悩んだが、それで気持ちが冷《さ》めるならそこまでだと思ったのだ。

多分、アベルを落とすのはものすごく大変だ。半端な気持ちで挑んでいい相手ではない。

だからレイドの本気度合いを確認したかったというのもある。

「――ということで、イルヴァーンでアベルと再会したってわけ。フリーの情報屋ってところかな。サハージャには戻れなさそうだから、もしかしたらしばらくイルヴァーンにいるかも。口説くなら今の内だと思う」

渡せる限りの情報を渡し、レイドを見る。彼女は真面目に頷いていた。

「なるほど。サハージャから亡命してきたような状態というわけだな。単身逃げ出してきて、その上でのんびりしていたということは、独《ひと》り身で間違いなさそうだ。良かった。好きになった男に妻子がいたらどうしようとそれを心配していたんだ」

胸を撫で下ろすレイドに、私は目が点になった。

「えと、レイド。それだけ？」

「それだけとは？」

「え、だから……裏社会で活躍していたような人でも大丈夫なのって意味なんだけど……」

私の不安は尤《もっと》もだと思ったのだが、レイドはそれを笑い飛ばした。

「何を言っている。平気に決まっているだろう。逆に安心したぞ。彼なら命を狙う者が来ても返り討ちにできるだろうからな。王族は命を狙われることが多い職業だ。自分の身を守ることができるという意味では、へたれた貴族なんかよりもよほど安心だ」

「そういうもの……？」

「兄上がエドを私の婿候補にと言ってきた理由の一つでもあるな。あいつは国一番の騎士だから、危険に対処する力があると認められていたんだ」

「へえ……」

「兄上もお命はよく狙われているが、ご自分で躱《かわ》していらっしゃるらしい。フリードリヒ殿下もそうなのだろう？」

当然のように聞かれたが、そんな話、私は知らない。

結婚前も結婚後も、私はフリードの側で楽しく暮らしていただけだからだ。

「……分からない。私の知らないところで何かあるのかもしれない」

正直に告げると、レイドはなるほどと頷いた。

「君に気づかせないとはさすがだな。フリードリヒ殿下はよほど優秀でいらっしゃるようだ」

「フリードが優秀なのはその通りだけど……あ、そっか」

考えてみれば部屋にはフリードの張った結界があるし、護衛としてカインもいる。私が気づかないうちにというのは十分にあり得る話だ。

「心当たりがあるようだな。まあ、そういうことなんでな。すぐに殺されてしまうような夫では困る。腕が立つなら何よりだ」

「レイドがそれで良いのなら、私は応援するだけだけど。でも、ランティノーツ卿はどうするの？　嫉妬しない？」

今回の騒動の犯人であるエドワード。彼はレイドを自分のものにしたくて彼女を誘拐した。そんな彼がレイドの恋人を見でもしたら、キれはしないだろうか。

「大丈夫だ。あいつは真性の変態だから。私に蔑《ないがし》ろにされることにどうしようもなく幸福を覚えるんだと言っていただろう？　だから、望みを叶えてやろうと思ってな。ちょうど良いから昨日、屋敷で蟄居《ちっきょ》していた奴《やつ》にはっきり言っておいた。『私は将来、お前以外の人物と結婚する。その際、その夫となる人物を守れ。もしその人物が害されるようなことがあれば、私は二度とお前を側に置かない。放逐するから、私が知らないところで勝手に野垂れ死ねばいい』とな」

「うわ……ランティノーツ卿はなんて？」

怖いもの見たさで尋ねると、レイドは微妙な顔になって言った。

「『私にあなたの知らないところで死ねとおっしゃるのですか？　あなたの目に映らない私になど価値はないというのに。どうせ死ぬのなら、あなたの目の前で息絶えたい……蔑《さげす》まれながらこの世を去りたいのです』なんて変態発言をしたあと、『もちろんあなたの大事な方をお守りいたしますとも。心の中で血を流しながら。この命に替えましても。あああ！』と言って、自分の身体を抱き締めて身《み》悶《もだ》えていたぞ。あいつ、変態だとは思っていたが、ここまでとは知らなかった。エドの奴、私を誘拐して、頭のネジが何本か吹っ飛んでいったんじゃないか？」

「……元々素養はあったんだよね」

同意しにくいなと思いつつも答えると、レイドは苦笑いをした。

「あったというか隠していたみたいだな。それも今回で全部明るみになったわけだが」

「レイド、本当に大丈夫？　ランティノーツ卿、かなり危ない人だけど……」

本気でレイドが心配だったのだが、彼女は意に介さなかった。

「大丈夫だ。あれはあれで扱いやすいからな。何せエドは、私が一言『死ね』と言えば、一瞬の躊躇《ちゅうちょ》もなく死んでくれる男だから。私もこうなったからには、全力でエドを使い倒すと決めた。死罪になってもおかしくない罪を犯したんだ。それくらいさせてもらっても構わないだろう」

「うん、それは、そうだけど」

王族を誘拐というのは、本当に重罪なのだ。エドワードの命があるのが不思議なくらい。だからレイドが彼を、たとえば奴隷のように扱おうと、それが罰だというのなら温《ぬる》すぎると皆、口を揃えて言うと思う。

「まあ、ランティノーツ卿は幸せなんだろうし、良いのかな」

「ああ、あと、エド個人が持っていた爵位と所領は国に返上させたぞ。あと、当然だがランティノーツ侯爵家からは、絶縁されたな。侯爵家からは領地を半分と、罰金刑だ。理由は公表しないが、これでいずれあいつが何らかの罪を犯したことは知れるだろう」

さすがに目に見える処分も行ったようだと知り、ホッとした。

安堵していると、レイドが言う。

「まあ、そういうことでな。エドのことはきちんと片付いているんだ。だからその……アベルが私の夫になってもらっても大丈夫だと思う」

「……う、うん。そうだね」

急に恋バナに戻った。温度差に泣きそうだが気を取り直す。

彼女がこちらの話をしたいというのなら付き合おう。

「ええと、で？　私としては、どうしてアベルに惚れたのかって辺りを詳しく聞きたいんだけど。一目惚れ、なんて言ってたけど本当？」

話題をアベルのものに戻すと、レイドはウキウキと乗ってきた。その様はやはり年頃の女性らしく、こちらの方が本来のレイドだと思える可愛らしさだ。

「その、だな。私はエドに首を絞められたんだが、それを彼が格好良く現れて助けてくれて。エドを蹴《け》り飛ばしたあとの後ろ姿にどうにもときめいたというか……」

「助けてくれた姿に惚れたってこと？　へえ！」

それならよく分かる。

私もフリードに庇《かば》われたりなんかする時、彼にときめくから。

「守ろうとしてくれる男性の背中って素敵だよね……」

自らの経験を思い出しながら言うと、レイドは目を輝かせた。

「分かってくれるか！　そうなんだ！　だけど最初はこれが恋だとは気づかなくて。帰ってから何故かずっと彼のことが頭から離れなくて、それでもしかしてと思ったんだ。私は彼を好きなんじゃないかって」

「へえ！　へえ！　それで？」

思わず腰を浮かせてしまう。もっと聞きたくて話を促すと、レイドは照れながらも教えてくれた。

「まさか自分がって、最初は信じられなかった。だってそうだろう？　私はずっとその……兄上のことが好きだったんだから。それがどうして、と。だけどそこで気づいたんだ。兄上のことを考えても、全く苦しく感じていない自分に。いや、苦しくないどころか、どうでも良いとまで思っていたな。あれには本当に吃驚した。でもだからこそ、私は彼を好きになったんだって、新しい恋に進むことができたんだって納得できたんだ」

「レイド……」

苦しんでいた恋を過去のものにできたのだと告げるレイドは、本当に嬉しそうだった。

「自分がもう一度、誰かを好きになることができるなんて思っていなかった。だけど奇跡は起こった。なら、その奇跡を自分のものにしても良いだろう？　だって今度は我慢しなくても良いんだ。相手は実の兄でも獣人でもない。貴族でもないけど、それは兄上と義姉上という前例があるからどうにでもなるし。それなら私が手を伸ばしても構わないんじゃないかって」

「……そうだね。叶うといいね」

「もちろん。全力で努力する次第だ」

にかっと笑ったレイドは、何と言うか、本当に男前だった。

もちろんフリードには絶対に言わないけど、うっかり惚れてしまいそうになるくらいには格好良い。

格好良い女性とはレイドのことを言うのだなと改めて納得していると、彼女が私に話しかけてきた。

「ということで、だ。リディ」

「何？」

「私にはアベルのいる場所が分からないんだ。口説こうにもいる場所が分からなければどうしようもないから、彼の泊まっている宿を教えてくれると嬉しい」

尤もな質問に私は頷いた。

「分かった。カインに聞いとく」

「兄上の代わりに依頼料の支払いに来たと言えば、逃げはしないだろう。何せリディの話によれば、彼はかなりの守銭奴らしいからな。いや、良い情報を教えてもらって助かった！」

「……お役に立ててよかった」

朗らかに笑うレイドを見つつ私は、『基本的に王族って皆、望む相手を手に入れるためなら手段を選ばないところがあるよね』、と真面目に思っていたし、そういえば私もわりと容赦なくフリードに捕まえられたなと昔のことを思い出していた。

こういうところ、本当に権力者は怖いと思うのだ。

◇◇◇

話が盛り上がり、長居してしまった。

さすがに部屋の主《あるじ》がいない状態でこれ以上はと思い立ち上がろうとすると、それを察したレイドがストップをかけた。

「リディ、帰るのは少し待って欲しい。その……最後にもう一つ、話があるんだ」

「何？」

「大したことじゃないし、すぐに終わる。ただ、参考にしたいだけだ。君はフリードリヒ殿下と一緒にどのような国を作ろうと考えている？」

真面目に問いかけられ、私は目を瞬かせた。

どんな国を作りたいか。

それはちょうど三日ほど前、フリードに語ったことだ。

「……私はフリードと一緒に、差別のない国を作りたいって考えてる。世の中にある色んな差別を少しずつでもなくしていければなって」

「そうか……具体的には？」

鋭く尋ねてきたレイドに、私は苦笑を返した。

「まだ全然。具体的に何かあるわけではないの。でも、そうなるように動いていければいいなあって思ってる。ヴィルヘルムに帰ってから色々勉強して、少しずつでも国に貢献できれば良いなって。私はまだまだ王族として初心者で、足りないものばっかりだから。でも、そんな私でもできることはあるんじゃないかって思ってるから、まずは皆の意見を聞きたいって考えてるかな」

「初心者か。そういう意味では私と一緒だな」

「レイドと？」

首を傾げる。レイドは薄く微笑んだ。

「ああ。何せ私はつい最近まで、王位とは全く関係のないところにいたからな。いわゆる帝王学は多少学んではいるが、兄上ほどではない。これから猛勉強しなければならない」

「そうだよね……」

レイドはフリードやヘンドリック王子のように、最初から王となるべく育てられているわけではない。今から足りないところを学んでいかねばならないのだ。

「それが嫌だというわけではない。兄の代わりに国を背負うと決めたのは私だ。だが、私には明確なヴィジョンがない。国をどんな風に持っていけばいいのか、そこで躓《つまず》いてしまったんだ」

「……それこそ、獣人のハーフの男の子と約束したことを実現する、とかで良いんじゃないの？」

たこ焼きパーティーの時のことを思い出し告げる。レイドは「そうだな」と笑った。

「確かにリディの言う通りなんだ。多分、私は難しく考えすぎているんだろう。次期国王という肩書きに気負っていると言っても良い。だからリディの話が聞きたかった。フリードリヒ王子と一緒に国を支えていく君がどのような考えでいるのか知りたかったんだ」

「そんな大袈裟《おおげさ》な……」

「何せ初めてのことだからな。大袈裟にもなるさ。だが君と話して、少し肩から力が抜けたような気もするよ。あの半獣人の少年との約束。あれを守るために頑張る。国王になるための気概なんて、きっとそれだけで十分なんだろうな」

「……うん。私も、レイドの作る国を見てみたいって思うよ」

夢を見るような瞳をするレイドに、深く同意する。

レイドは「ありがとう」と言った。

「私も、君たちの作る国を見てみたい。君たちが治めるのならきっと優しい国なのだと思うから」

「そうなれるよう頑張る」

「ああ、私もだ。リディ、友人として、同じ差別のない国を目指す戦友として、これからも頼む」

「もちろん！」

レイドが立ち上がり、手を差し出してくる。その手を私はギュッと握った。

同じ立場で話せる友人の存在がすごく心強かった。

イリヤとはまた違う。戦友という言葉がぴったりだと思った。

親友で、戦友。

私が公爵家の令嬢であったままなら絶対になかった出会いだ。

フリードと結婚して私の世界は間違いなく広がった。それもとても良い方向に。

嬉しくてニコニコとしていると、レイドが「実は今、一つ、考えていることがあるんだ」と言った。

「何？」

「まだ調整中だから何も言えないけど、今日、明日中には教えられると思う。楽しみにしておいてくれ」

「え？　良いこと？」

目を輝かせると、レイドは「ああ」と破顔した。

「私にとってはな。あと、君にとってもそうだと嬉しいと思う」

「何だろう。楽しみだな」

レイドが良いことだと言うのなら期待して待っていよう。

時計を確認すると、さすがにそろそろお暇《いとま》しないとまずそうな時間になっている。

私はレイドに挨拶をして、王妃の部屋を辞することにした。

9・彼とイルヴァーン国王

「昨日はありがとう。本当に助かったよ」

帰国を明日に控え、忙しい中、私は朝早くからヘンドリックと会っていた。

本当は彼に会う予定はなかったのだが、どうしてもと言われ、朝早くならと頷《うなず》いた。そのせいでリディを残して出かける羽目になったことを、少しだけ恨んでいる。

二人きりでとる朝食の時間は楽しく、なかなかに得がたいものだからだ。それを邪魔したヘンドリックを睨《にら》むと、彼は「悪かったよ」と苦笑した。

「どうしても改めて君に礼が言いたくてね」

「必要ない。もう終わったことだ」

「そうだろうけど言わせてくれよ。君たちが手を貸してくれたおかげで、オフィリアは無事に戻ってきたんだからさ」

「……私たちは特に何もしていない。情報屋を紹介しただけだ」

「それがすごく有り難かったんだけどね。僕だけじゃオフィリアを見つけられなかったって断言できるから」

そう言い、ヘンドリックは息を吐いた。

「そのさ、昨日の顛末に関しては、大体は念話で話した通りだ。今日、わざわざ君に来てもらったのは、お礼をしたくて」

「別にいらないと言ったぞ」

「だから！　君はそうでも僕たちの気が済まないの！　父上だってすごく君たちに感謝してた。で、父上がさ、『珈琲豆《コーヒー》の輸入の件、ヴィルヘルムの出した条件通りで受ける』って、そう言ってる」

「え……」

ヘンドリックの言葉に目を見張った。

珈琲豆の輸入の件。それは、後で私が国王と話をしようと思っていた議題の一つでもあったからだ。

もちろん話を持ち出すのなら、最初はこちらが有利なように条件を提示するのが基本。それに向こうが希望を出し、話し合いを繰り返して、互いに納得のいくところで話を付ける。

その擂《す》り合わせというか、互いの希望がかけ離れすぎていて、なかなか条件を纏められないというのが悩みだったのだが、それをヴィルヘルム側の条件通りに受ける？　イルヴァーンが？

あり得ない話に思わずヘンドリックを見たが、彼は真面目《まじめ》な顔をして頷いた。

「分かってくれた？　それだけ僕たちが感謝してるってこと。ちなみに、すでに父上のサインが入った書類を預かってる。あとは君がサインしてくれれば、この話は終わるよ」

「……良いのか？」

「良いも何も。こちらが言い出した話なんだけど」

「いや、それはそうなんだが……」

まさか、そんなことを言ってくれるとは思わなかったのだ。

まだ信じられなくて首を横に振っていると、ヘンドリックが言った。

「僕たちがヴィルヘルムの王太子である君にできることなんてこれくらいしかないからね。その……他《ほか》の件に関しては、自分で何とかしてくれると嬉《うれ》しい。父上も、話を聞かないということはないと思うから」

「そうか……」

ヘンドリックが言っているのは、協定の件だろう。確かに珈琲豆の輸入より、そちらの方が重要だが、こちらはこちらでリディが喜ぶだろうから私としては有り難い話だ。

「いや、助かった。リディが珈琲を気に入っていたから、なんとしても条件を纏《まと》めたかったんだ」

「そう言ってもらえるとこちらとしてもホッとするよ。……あとさ」

「？　なんだ」

言い淀《よど》むヘンドリックが珍しくて、片眉《まゆ》を上げる。彼は躊躇《ちゅうちょ》した様子ではあったが、決意したように口を開いた。

「……僕もさ、今回のことで色々考えたんだ。今まではイリヤと幸せになることしか見ていなかった。周囲にどれだけ迷惑を掛けても構わないって思っていた。だけどね……思ったんだ。あんな事件が起こって、そしてオフィリアがしてくれた決意をこの目で見ているくせに、それでも妹に全部押しつけて自分だけ逃げるのかって。イリヤと別れることは絶対にしないけど、王太子の座を譲ることも構わないと思ってるけど、国を出ていくのは違うんじゃないかなって。王太子を降りたあと、この国に残って、イリヤと二人でオフィリアを支える道もあるんじゃないかって思い始めてる」

「そうか……」

「イリヤさえ一緒にいてくれるのならどこにいても良いんだから、オフィリアを支えるっていう道を選ぶのもありだよね」

「そうだな。お前のせいでオフィリア王女は、王位を継ぐことになるんだ。大事な妹だと思っているのなら、せめてそのサポートくらいしてやるのが兄というものではないのか？」

「……弟妹もいないくせによく言うよ。でも、その通りだよね」

ヘンドリックが頷く。

「……イリヤと相談してみるよ」

「ああ」

「イリヤは……僕の提案を受け入れてくれるかな」

不安そうな声を出すヘンドリックの背中をバシンと叩《たた》いた。

「しっかりしろ。お前がイリヤ妃を信じなくて、誰《だれ》が信じるというんだ」

「フリード……うん。ありがとう」

何度も頷き、ヘンドリックは私に向かって笑いかけた。憑《つ》き物が落ちたようなすっきりとした笑顔だった。

「うん。悩んでも仕方ない。……っと、そうだ。忘れてた。珈琲豆の輸入の話！　書類にサインしてもらわないといけないんだった」

ヘンドリックが預かっていたという書類を取り出す。随分と話題が逸《そ》れていたが、ようやく話が戻ったようなので、私も別部屋で待たせていたアレクを呼び出した。条件が纏まったという話をするとアレクは驚いた顔をしたが、何も言わず書類を確認し、頷いた。

「確かにうちで出した条件、全《すべ》てが反映されている。……本当に良いのか？」

「国王の意向らしい。アレク、サインをするが構わないな？」

「ああ、特に問題になる点もないし……うぇえ、うちが有利な条件しかない。マジで？　珈琲豆の輸入だぜ？　こんなにうちが得をして良いのか？」

あまりの好条件に恐れ戦《おのの》くアレクをその場に放置し、署名を終わらせる。同じ文言が書かれた二枚の書類に署名し、二枚を少しずらして捺印《なついん》した。

一枚をヘンドリックに渡すと、彼も書類を確認し、頷く。

「うん、確かに。じゃ、僕は行くよ。イリヤが母上たちのお茶会に行っているんだけど、そろそろ呼び戻したいしね」

「そうか。いや、待て、ヘンドリック。お前に話がある」

危うく忘れるところだった。

部屋から出ていこうとするヘンドリックを呼び止め、その側《そば》へ行く。

ヘンドリックが怪訝《けげん》な顔をした。彼以外には聞こえないよう、気をつけながら口を開く。

「明日、出発前に少し時間を取れないか？」

「え？　それは可能だけど、何の用？」

「お前の妃《きさき》とうちの護衛の一人が同郷という話は聞いているな？　彼らに少し話をさせたい。ただ、二人きりにはさせない。二人の事情を知るリディに同席させるがどうだ?」

「……確かにその話はイリヤから聞いているけど」

あからさまにヘンドリックの顔が嫌そうなものになった。己の妻が自分以外の男と話すのが嫌なのだろう。その気持ちはよく分かるが、今回ばかりは我慢してもらわなければならない。

「ヘンドリック。お前が私に恩を感じているというのなら、それこそ頼む。リディが、イリヤ妃とうちの護衛を話させたいと願っているんだ。お前だってイリヤ妃が浮気するとは思っていないのだろう?」

「そりゃあそうだけど……」

口籠《こ》もる。ヘンドリックはかなり悩んだ様子だったが、最終的には頷いた。

「分かったよ。許可する。本当は嫌だけどね。リディアナ妃が一緒にいてくれるのならまあ、我慢するよ」

「すまない」

「君には色々と迷惑を掛けたしね。相談にも乗ってもらったし。さすがにこれくらいは頷かないと、僕だって申し訳が立たないよ。……出発前で良いんだね?」

「ああ」

「分かった。イリヤにも伝えておくよ」

大袈裟《おおげさ》に溜息《ためいき》を吐《つ》き、今度こそヘンドリックは出ていった。アレクが私の側にやってくる。その手には、先ほど署名したばかりの書類が握られていた。

「ラッキーだったな」

「まあ、そうだな。そんなつもりはなかったのだが、結果的に良い方向へと繋《つな》がった」

同意すると、アレクはしみじみと言った。

「いやあ、恩は売っておくべきだよなあ。まさかこんな形で昨日の話が返ってくるとは思わなかった」

「売った覚えはないんだがな」

友人を助けたいというリディの願いに応《こた》えただけだ。もちろん、私一人であってもヘンドリックの頼みに応じただろうが、そもそもリディがいなければ、ヘンドリックは私に頼らなかったと思う。

リディがすでにオフィリア王女と友人付き合いがあるから、あの混乱の最中《さなか》、彼は私たちを頼ることを決めたのだろうと分かっていた。

アレクが私を見ながら言う。

「だからさ、売ったつもりがないから返ってきたんだろ。何にせよ懸念していたことが一つ、上手《うま》く片付いてホッとしたぜ。あとは国王との最後の話し合いだが……フリード、頼むぜ？」

「今の感じでは上手く行くとは思えないんだが。やれるだけのことはやってみるさ」

協定の件。

これが一番の難所だった。

もしかしなくても、すでにサハージャと何か約束した後なのだろうか。それならイルヴァーン国王がなかなか首を縦に振らないのも頷ける。

「あーあ。珈琲豆じゃなく、協定の件をお礼にしてくれたら良かったのにな」

「それは言っても仕方ないことだし、国王は最大限の便宜《べんぎ》を図ってくれたと思う」

「分かってるよ。でも、つい、な。言いたくなるのも分かるだろう？」

アレクの言葉に同意しつつ、今からが正念場だと私は気合いを入れ直した。

◇◇◇

「昨夜は息子と娘が大変世話になった。私からもお礼申し上げる」

昼食を軽く済ませたあと国王の待つ部屋に行くと、真っ先に国王から礼を言われた。

話題に出るだろうとは思っていたので、軽く首を横に振る。

「友人として持てる力を貸しただけです。お気になさらないで下さい」

「そう言っていただけると、助かる。その……できれば昨夜のことは口外しないでもらいたいのだが」

「もちろんです。特にオフィリア王女は私の妃の友人ですから。友人が不利になるようなことを妻は望まないでしょう。私たちの口から何かが漏れることはないとお約束します」

親としては、昨夜の件が広まることを恐れているのだろう。その心配は理解できたし、必要な配慮だと分かっていたから素直に頷いた。

国王がじっと私を見つめてくる。

何らかの意図を感じ首を傾《かし》げると、国王は「友人か」と言った。

「実はな、先ほど我が妃がやってきた」

「？　はい」

どうしていきなり王妃の話にと思いつつも話の先を促すと、国王はなんだか少し困ったような顔をした。

「……その、だな、妃が言うには、娘とリディアナ妃は親友なのだと。リディアナ妃にお礼の品をと思ったが、友人を助けるのは当然だからいらないと固辞されてしまい、それなら二人の友情が長く続くよう、自分も微力ではあるがその手伝いをしたい、などと言い出したのだ」

「はあ……」

話が見えない。思わず隣にいるアレクを見ると、彼も首を傾げていた。

国王は少し迷うような様子を見せたが、やがて決意したように言った。

「……ヴィルヘルムとの協定の申し出を受けようと思う」

「え……」

唐突に告げられた言葉に、私としたことが一瞬、反応できなかった。アレクも同様に固まっている。

「迷っていたのだがな、妃に『娘のために、ヴィルヘルムとは仲良くしていて下さい』などと言われてしまっては、私としても頷くより他はない。……実はサハージャからも同様の誘いがあって悩んでいたのだが、そちらと手を組むことにしようと思う」

「……」

やはり、サハージャはすでに動き出していたのだ。

協定の誘いを迷ったということは、かなりの好条件を提示されたのだろう。

「本音を言えば、かなり揺れたのだがな。あちらは随分と魅力的な条件を提示してきたし、それも悪くないかと。だが、私は国王であると同時に父親であり、夫でもあるのだ。娘の大事な親友のいる国と長く付き合って欲しいと妻に強請られて、嫌だとは言えまいよ。その気持ちはフリードリヒ王子も分かるであろう？」

「はい。私も同じですから。妻に強請《ねだ》られて、断れる自信がありません」

「そういうことだ。互いに妻には弱いな」

「ええ、ですが、困ったことに嫌だとは思えないのです」

しみじみと告げると、国王も頷いた。

「しかも妻はめったなことでは私を頼ってはこないからな。たまに強請られると、なんとしても叶《かな》えてやらなければという気持ちになってしまう。それがまさかヴィルヘルムとの協定だとは思わなかったが……元々迷っていた話だし、それなら妻の言う通りにしても良いだろうと思った。フリードリヒ王子、あなたは良い妻をお持ちだな。彼女が娘との友情のみを願ったからこそ、妻はそれを叶えたいと自ら動いたのだから。あなたの勝利だ」

「……ありがとうございます。ええ、自慢の妻です」

「フリードリヒ王子が妃を溺愛《できあい》しているという話を聞いた時は、あのフリードリヒ王子でも女性に骨抜きにされるものかと驚きも呆《あき》れもしていたのだが、これなら納得だ。まさか、妻の方から説得され

ると は思っていなかったよ」

少し前、まさに実感したことだった。

仮面舞踏会に私の偽者が出席しているらしいという情報をリディが掴《つか》んできた時や、今回、オフィリア王女や王妃がリディに近づきたがっていると感じた時、やはり、妃の存在は重要なのだと骨身に染みた。

国は男だけで回っているのではない。隣に立つ存在がいて、初めて正常に動くのだと理解したのだ。

そして今。

まさにリディの無自覚の動きから、イルヴァーンとの協定が成ろうとしている。

王妃が国王を説得していたなど、誰が想像したであろう。

予想もつかない展開に、だけど『やっぱりリディだ』とも思ってしまう。

「それに昨日、娘からも強請られたことがあるからな。それを叶えるためにも妃の願いを聞くのが良いだろう。娘と妻、両方から恨まれるようなことはしたくない」

「オフィリア王女が何か？」

「ああ。実は――」

国王から聞かされた話に目を見張った。

本当にリディは……。

「さて、そうと決まれば早速、契約書を用意しよう。構わないな？」

「ええ、もちろんです」

国王の言葉に頷く。もとより協定関係を望んでいたのはこちらだ。まさか締結まで持っていけるとは思っていなかったので驚きだが、この結果には父も喜ぶことは間違いない。

念入りに条件を確認しあい、互いの印を捺《お》す。

国王が右手を差し出してきた。

「フリードリヒ王子、今後ともよろしく頼む」

「こちらこそ、よろしくお願いいたします」

もちろん私はその手を強く握り返した。

◇◇◇

「……すげえことになったな」

国王との話を終わらせ廊下を歩いていると、アレクがポツリと呟《つぶや》いた。足を止め、彼を見る。アレクは何とも微妙な顔をしていた。

「まさか協定の件、こんなに上手くいくとは思っていなかった」

重々しく吐き出された言葉に、私は苦笑しつつも同意した。

「私もだ。良くて前向きに検討、程度の答えを引き出せるくらいだと思っていた。私に託してくれた父上には悪いが、それ以上は難しいというのが本音だったんだが」

結果は見ての通りだ。

協定は締結され、イルヴァーンはヴィルヘルムの正式な友好国となった。それどころか、サハージャから動きがあったことまで教えてくれたのだ。

「狐《きつね》にでもつままれた気分だ」

怒濤《どとう》の展開に思わずそう言うと、アレクも「本当だよな」と頷いた。

「締結まで行くとか、今も信じられねえ……」

「これも全部リディのおかげだな」

「それな！」

アレクが真顔で首を傾げる。

「あいつ、本気で一体どうなってんだ？　つーか、全然今回の話に関係なかったくせに、最後の一番肝心なところで知らないうちに活躍してるとか、なんなんだ？　おかしくねえか？」

「それがリディだから」

そうとしか言いようがない。私の言葉にアレクも全くだと首肯する。

「まさかの王妃様からの口利きで、国王の意見がこっち側に傾くとか誰が思うんだよ。つーか全くの無自覚で、イルヴァーンの王妃を動かしたリディが俺《おれ》は本気で怖いんだけど」

「私の妻だからね。本当にリディがかかわると、予想のつかないことばかり起こる。吃驚《びっくり》だよ」

「何が一番吃驚って、大体が良い方向に転がるところだよな。あいつを敵に回したらと思うと、想像だけで震える。次から次へと恐ろしい不運に見舞われそうだ」

「リディは強運の持ち主だから、それも当然かな」

さすが私の妻だ。天真爛漫《てんしんらんまん》なリディの笑顔を思い描いていると、アレクがはあっと溜息を吐いた。

「強運っつーか、豪運だよな。なあ、お前と結婚して、お前にまであいつの運の範囲が及んでないか？」

「……まあ、それはある、かな」

明らかにリディと知り合ってから、私の運気は上昇した。あからさますぎて時折怖いくらいだ。

アレクが震えながら言う。

「お前に運まで味方したら、勝てる者は本気でいなくなるんだけど……。お前とリディって、ある意味無敵の組み合わせだな……」

そう言いつつ、彼は私に向き直ると、私の肩に手を置いた。

「フリード」

「何だ？」

「お前、絶対にリディを逃がすなよ？　あいつがお前の側にいる限り、ヴィルヘルムは絶対安泰な気がしてきたから。逆に離れた時に襲われる不運が怖いって思うぜ」

真顔で忠告めいた言葉を言ったアレクを私は半ば本気で睨み付けた。

「アレク。リディは逃げない。彼女は私のことを愛しているからね」

リディは私の唯一無二《ゆいいつむに》のつがい。愛《いと》おしく、生涯《しょうがい》ともにあるべき存在。

私は誰よりも彼女を愛しているし、彼女もまた私のことを愛してくれている。

昔の彼女ならいざ知らず、今のリディが私から離れるはずがないのだ。

「分かってるって。一応、念を押しただけ。あいつがお前に惚《ほ》れていることなんて百も承知だ」

「分かっているなら良いが、あまり妙なことは言わないでくれ。気分が悪くなる」

「へいへい、分かりましたよっと。ヴィルヘルムが安泰で結構なことだ」

軽口を叩くのをやめ、アレクが手に持った契約書を見る。

「……まあ何にせよ、良かったよな。全部が上手くいったわけだから。だけど、これで対イルヴァーンにおけるリディの存在価値が爆上がりしたってことになるのが……親父がまた胃を押さえそうだなあ……」

「それは仕方ない。申し訳ないけど宰相には諦《あきら》めてもらおう」

神経質そうな顔で胃を押さえる宰相の姿が思い浮かんだが、さっと振り払う。アレクもあっさりと私の意見に同意した。

「ま、そうだな。悪いことではないし、親父が胃薬を飲むだけで済むなら安いもんだよな！」

俺じゃなければいいや！　と笑うアレク。

どうせアレクも最終的には巻き込まれることになるんだろうにと思ったが、それを今突きつけるのもなんなので、黙っておくことにした。

10・彼女と九日目の夜

「遅くなっちゃった」

今日の夜はお別れの夜会が開かれるということで、王妃の部屋を辞してきた私は急ぎ足で王族居住区の廊下を歩いていた。

夜会の準備には時間が掛かるのだ。レイドに聞いたところ、なんと今日は彼女も夜会に出てくれるということで、とても楽しみにしていた。

「急いで戻らなきゃ……」

長々と話し込んでいたので、かなり時間が押している。焦っていると、近くから声が聞こえてきた。

「慌てていると転ぶぞ。気をつけてくれよ、姫さん」

「カイン……！」

廊下の柱の陰にカインがいた。彼は、しーっと人差し指を立てる。

「気づかれないように護衛してんだから、大きな声を出さないでくれよな。ここ、イルヴァーンの王族居住区だから、オレがいるのがバレたらまずいんだ」

「あっ、そうだね。ごめん」

慌てて周りを確認する。幸いにも、誰《だれ》にも気づかれていないようだ。

王族居住区には、一般の兵士や他国の兵士は立ち入れない。私の護衛も入り口で待機している。

ならばその王族居住区にカインがいるのは何故《なぜ》かと聞かれたら、カインだからとしか答えようがない。

私の忍者はどこにだって忍び込めるのだ。忍者だから当然なのだけど。

「えっと、カイン。何か用？　わざわざ出てくるとは思わなかったからびっくりした」

足は止めず小声で尋ねる。

基本カインは隠れて護衛してくれている。護衛中はめったに姿を現さない彼が声を掛けてきたのが不思議だったのだが、カインは気に入らないという風に言った。

「イルヴァーンの案内も付けていないようだから気になって。ちょっと不用心じゃないか？」

「王族居住区はそれだけ安全ってことみたい。入り口前に護衛を残してきているって言ったらそれで納得してくれたし、特に咎《とが》められなかったよ」

王族居住区の廊下には兵士が配置されている。何かあっても大声で呼べばすぐに駆けつけられる距離だ。だからか、一人で歩くことも許してくれた。

他国の王族を野放しにしても良いのかとも思ったが、兵士もいる中、悪いことなどできるはずもない。するつもりもないけれど。

私の言葉をカインも肯定した。

「まあ、確かに警備はちゃんとしているよな」

「カインは入り放題だけどね」

「オレは特別。大体、入れなかったら困るだろう」

「そうだね」

その通りなので素直に頷《うなず》いた。

「で？　姫さんはこれから夜会か？」

「うん、その準備かな。あ、そうだ。カイン、アベルが泊まっている宿の名前を教えてくれない？　レイドが行きたいって言ってたから」

一度カインからは宿の名前を聞いていたのだが、自分が行かないからからうろ覚えだったのだ。間違った名前をレイドに伝えるわけにはいかないから後でと言ったのだが、今聞いておけば夜会の時にでも教えることができるだろう。

カインに尋ねると、彼は不思議そうな声を出した。

「は？　アベルの宿？　そりゃ分かるけど。あの王女様が何の用事だ？」

「依頼料をお兄さんの代わりに払いに行くって言ってたよ。……カイン。私たちの話、聞いていたんじゃないの？」

部屋でも隠れて護衛していたことくらいは知っている。だから理由を聞いてきたのが不思議だったのだが、カインはムスッとした様子で言った。

「必要ないのにプライベートな話まで聞こうとは思わないって。特にその……姫さんと王女様は女性だろ。……男のオレが聞いたらまずい話もあると思ってるから、必要に迫られない限りは聞かないようにしてる」

「そうなんだ。ありがとう」

プライバシーを尊重してくれるカインの気持ちが嬉《うれ》しい。

カインから宿の名前を聞く。その時、ハッと気がついた。

「ねえ、カイン。帰りはどうするの？　また三日掛けて帰る？」

カインはイルヴァーンに来る時、私たちとは別ルートで来た。今回はどうするつもりなのか聞いていなかったと思ったのだが、彼は何でもないような声で言った。

「一緒に行くぜ。……もう別に、隠さなくて良いって言っただろ」

「う、うん……」

「それに別に帰ると、時間のロスが痛いからな。どうせばらすつもりなら、ちょうど良いから一緒に帰る。姫さんの旦那《だんな》にもそう言っといてくれ」

「分かった」

カインがそれで良いのならそうしよう。

「あ、オレ、そろそろ黙るから。姫さん、もう少しだからって油断するなよ」

「うん、ありがとうね」

すぐ近くにイルヴァーンの兵がいる。

五十メートル先くらいにヴィルヘルムの護衛たちが私を今か今かと待っている姿も見えた。

あっという間にカインの気配が消える。どこかにはいるのだろうが、私にはさっぱり分からなかった。

結局、王族居住区に配備されている兵士たちにも見つからなかった辺り、彼は本当に優秀なのだと思う。

私はそのまま何事もなかったような顔をして、護衛たちの元に歩いていった。

◇◇◇

部屋に戻った私は、待ち構えていた女官たちと予定通り夜会の準備に入った。

せっかく王妃に見繕ってもらったドレスだが、夜会向きではないので着替えなければならない。その前にお風呂《ふろ》に入り、女官たちに髪と肌の手入れをしてもらった。

「良かった。日焼けはなさっていないようですね」

香油を塗り込みマッサージをしながら、女官たちが安堵《あんど》したように言う。イルヴァーンの日差しは厳しいので、毎日彼女たちには日焼けについて、かなりうるさく言われていたのだ。

「せっかくの白い肌。日焼けでダメージを受けては勿体《もったい》ないですから。髪は……ヴィルヘルムに戻ったら、少しだけ毛先を揃《そろ》えましょうか」

毛先をチェックしながら女官が呟《つぶや》く。それに「じゃあ、そうして」と頷いた。

元々、筆頭公爵家という家に生まれ、幼い頃《ころ》からメイドたちに世話をされてきた私だ。彼女たちのおかげで常に身体《からだ》の状態はベスト。長年の経験から大人《おとな》しく従うのが一番良いと分かっている。何せ、相手はプロなのだ。素人《しろうと》が変に口を出しても碌《ろく》なことはない。もちろん、好みくらいは言わせてもらうが、基本的にはお任せしている。

彼女たちが用意してきたのは、スカート部分があまり重くない、ブルーのドレスだった。生地はさらさらとしており、透明感がある。身体の締め付けがあまりなくて楽だし、風通しがよいのでとても涼しい。もちろん王華《おうか》がバッチリ見える仕様である。

髪は編み込んでもらい、後ろに流す。薔薇《ばら》と真珠飾りが可愛《かわい》かった。用意ができた頃、メタリックブルーの夜会服に身を包んだフリードが迎えに来た。

「リディ」

「フリード。お仕事お疲れ様」

ギリギリまで忙しくしていただろう夫を労《ねぎら》うと、フリードは何故か苦笑した。そうして私の姿をしっかりと確認し、頷く。

「うん。可愛い。さすが私の妃《きさき》だ」

「ありがとう」

チュッと額に口づけを落とされる。それに口元を緩めていると、女官たちが頭を下げて出ていった。

二人きりになったところで、フリードの顔をじっと見つめる。朝からずっと働きづめだったのだ。疲れていないか心配だった。

「これから夜会だけど大丈夫？　ずっと仕事だったんでしょう？」

「問題ないよ。全《すべ》て上手《うま》く片付いたからね」

「そうなの？　さすがフリード」

尊敬の気持ちを込めて夫を見る。彼は「リディのおかげだよ」と言いながら、私の手を取った。

「リディ、王妃に『友達を助けただけだから褒美はいらない』って断ったんだってね。それを聞いた彼女が、それなら二人の友情を長く続かせたいと国王に直談判《じかだんぱん》しに行ったんだよ。娘の友人がいるヴィルヘルムと仲良くして欲しいって。それで国王はヴィルヘルムの協定の申し出を受け入れることにしたんだ」

「えっ……」

フリードから聞かされた話に目が点になった。確かに私たちと話した後、王妃は用事があると言って退席したが、まさかそんなことになっていたなんて。

「王妃様。国王陛下のところへ行っていたの？」

「うん。それが強烈な後押しになったようでね。ヴィルヘルムと組むことを決断したらしい」

「へえええええ……」

まさかまさかの展開にひたすら驚いていると、フリードは更に言った。

「ちなみに、珈琲豆《コーヒー》の輸入についてもこちらが申し出た条件で通ったよ。これは国王からのお礼らしいけど。そういうわけで、懸念していた問題は全て片付いたってわけ」

「すごい……」

「リディのおかげだけどね」

「いや、私、何にもしてないし」

とはいえ、ヴィルヘルムとしては交渉が上手く行ったのはめでたいことだ。喜ばしく思っていると、フリードが「あともう一つ」と言った。

「レヴィットとイリヤ妃の話し合いの件、ヘンドリックに了承させたよ。明日、短い時間ではあるけれど時間は取れる」

「本当？　ありがとう！」

それは嬉しいお知らせだ。思わずフリードの手をぎゅっと握る。彼はにっこりと笑った。

「どういたしまして。リディのお願いだからね」

「私の旦那様がこんなにも格好良い。好き……」

「ありがとう。私も愛しているよ」

今度は唇に口づけが降り注ぐ。それをうっとりと受け止めていると、扉の外から兄の声が聞こえてきた。

「おおーい。用意できたのか？　そろそろ行くぞ」

「……」

目を開け、互いに顔を見合わせる。

もう少し余韻に浸っていたいところだったが、時間がないのも確かだ。

「……行こうか」

「そうだね」

フリードの言葉に頷く。

イルヴァーン最後の夜。

楽しく終えられれば良いなと希望的観測を呟く私は、自分がフラグを立てていることに気づかなかった。

◇◇◇

夜会は、とても豪華なものだった。

イルヴァーン滞在、最後の夜に行われた夜会は、とても豪華なものだった。


歓迎の宴《うたげ》よりも大きな広間を使っていたし、参加人数も多い。

どうしてこんなに違うのかと思っていたが、国王が挨拶《あいさつ》をする時にフリードを呼んで、ヴィルヘルムと正式に協定を結んだと、はっきりと告げたのだ。

「すでに議会の承認は得ている。イルヴァーンは、ヴィルヘルムと共に在《あ》る」

わっと拍手が起こる。ぱっと見たところ、皆、好意的に受け止めているようだ。

フリードが私の側《そば》に戻ってきたので、小声で尋ねた。

「良いの？　大々的に言ってしまって」

「協定を結ぶまでは黙っていたかったけどね。結んでしまったのならむしろ声を上げた方が良いんだよ。それ自体がサハージャに対する牽制《けんせい》になるから」

「ふうん」

色々と駆け引きがあるらしい。

夜会には聞いていた通り、イリヤとレイドも参加していた。二人は少し離れた場所にいる。ヘンドリック王子と一緒にいるイリヤはドレス姿だが、一人で佇《たたず》んでいるレイドはいつもの男装姿だった。男ものの夜会服を見事に着こなしている。

貴族社会では受け入れられないのだろう。イルヴァーンの貴族たちは皆、彼女を遠巻きにしていた。なんだかムッとしてしまった私は、まずはレイドの方へ向かうことを決めた。

「レイド！」

「リディ、さっきぶりだな」

「うん。その格好も良く似合ってる」

笑顔で彼女の服装を褒めると、私たちの様子を窺《うかが》っていた貴族たちがギョッという顔をした。レイドもそれに気づいたのか、微妙な顔をしている。

「ありがとう。まあ、周りは気にしないでくれると助かる。今までは夜会は避けていたが、今後はそういうわけにもいかないからな。皆には少しずつ慣れていってもらうさ」

こんな状態でもドレスは着ないという辺りがレイドだ。強い意志を持つ彼女は、確かに国王に向いているのかもしれない。

「あ、そうだ。カインから彼が泊まっている宿の名前を聞いたの」

忘れないうちにと思い、レイドに言うと、彼女はぱっと表情を明るくした。

「本当か？　有り難い」

「ええとね――」

カインに聞いたばかりの宿の名前を告げる。レイドは何度も頷き、「明日の朝にでも行ってみる！」

と力強く言った。

「明日？　随分急なんだね」

明日と言えば、私が帰る日である。その朝に行くという彼女の言葉に驚いたのだが、レイドは
「ちょっとな」と苦笑した。

「こちらにも色々都合があって。とにかく助かった。ありがとう、リディ」

「助けになれたのなら良かった。頑張ってね」

「ああ」

力強い返事に、今後も是非どうなったか教えてもらおうと内心決意していると、私たちを見つけたのか、イリヤもこちらにやってきた。

「オフィリア様！　リディ！」

「義姉上。先ほどぶりですね」

「イリヤ、こんばんは」

周囲がざわつく。

レイドもイリヤもめったに人前には出てこない。その二人と私が仲良くしていることに、皆、驚いているようだった。

「リディは、明日には帰ってしまうのよね。残念だわ……」

気落ちしたイリヤの声に、私も同意する。

「十日間って意外とあっという間だったから。また会えると良いよね」

「ええ」

「手紙も書くし」

「私も」

うんうんと頷いてくれるイリヤが可愛い。

イリヤは少しはレイドに慣れたのか、なんとか彼女にも話しかけた。

「その……オフィリア様。先ほど御著書が届きまして。サインをありがとうございました。私、宝物にします」

どうやらレイドは少し前の自らの発言通り、彼女の著作をサイン付きでイリヤに贈ったようだった。

余程嬉しかったのか、イリヤの頬《ほお》は上気している。くりくりした目はキラキラしているし、同性の私でも抱き締めたくなる可愛さだ。

「そんなに喜んでもらえたとは著者冥利《みょうり》に尽きますね。また新作を出せるように頑張りますから、その際はよろしくお願いします」

憧《あこが》れの作家に微笑《ほほえ》みかけられ、イリヤの顔は真っ赤になった。

「も、もちろんです。た、楽しみにしています。その……殿下にも見せていませんので……！」

イリヤ的には最大限の勇気を持って告げられた最後の言葉に、レイドの表情が優しいものになる。

「私のためにありがとうございます」

「い、いえ……嫌だというのを無理にというのは、いくら殿下でも間違っていると思いますから」

作家と読者という形ではあるが、共通の話題ができたという意味では、今までを思えば大進歩だ。

ぎこちなくではあるが、きちんと会話することができている二人に、優しい気持ちになって見守っていると、いつの間にかやってきたフリードが後ろから私の手を掴《つか》んだ。

「リディ。気づいたらいないから吃驚したじゃないか」

「あ、ごめんなさい。レイドを見かけたからつい」

「私もイルヴァーンの貴族たちに捕まっていたからリディを責める気はないけどね。全く、リディは自由なんだから」

手を掴んだフリードが、私の身体を自分の方へと引き寄せる。イリヤを探していたのだろう。ヘンドリック王子までこちらにやってきた。

「イリヤ、どこに……って、リディアナ妃と一緒にいたのか」

そうして己の妻を同じく抱き寄せ、ホッとしたように息を吐く。結果として王族が五人、同じ場所に集まることになってしまった。当然ながら注目の的だが、基本的にこういう所で目立つことに全員慣れているので微動だにしない。恥ずかしがっているのは、イリヤだけだ。

イリヤが羞恥《しゅうち》で顔を真っ赤にしているのをヘンドリック王子は可愛い可愛いと楽しげに愛《め》でていた。それを近くにいたレイドは呆《あき》れたように見ていたが、確かにその表情には無理をしたところがなく、彼女の中で兄に対する思いは昇華できたのだろうと納得できた。

――良かった。レイド。

彼女が笑っていられるのならそれが一番だ。

レイドやヘンドリック王子たちは他にも挨拶して回らなければならないところがあるらしく、残念そうにしながらも行ってしまった。

さて、私たちはどうするかと思っていると、集まった貴族たちを掻《か》き分け、一人の令嬢が私たちの前に立った。

――あれ？

首を傾《かし》げる。

彼女、見たことがある。

少し前、私にフリードは相応《ふさわ》しくないと喧嘩《けんか》を売ってきたケイトという侯爵令嬢だ。

彼女は真っ赤なドレスに身を包み、髪に花飾りを付けていた。女性らしい体型が映えるドレスは美しく、自然と谷間に視線が行く。

彼女は私を後ろから抱き締めるフリードに向かって、皆に聞こえるような大声で言った。

「フリードリヒ殿下！　私もヴィルヘルムにお連れ下さいませ！」

◇◇◇

しーんという音が聞こえそうなほど、夜会会場は静まり返っていた。

全員の視線がこちらに降り注がれているのが分かる。ふと、気になってフリードを見上げると、思った通りと言おうか、彼は完全に表情をなくしていた。

――怖い。

一体どういう思考から、連れていって欲しいなんて言い出したのだろうとケイトを見ると、彼女は更に声を張り上げて言った。

「私はここ何日かの間、ずっと殿下の寝室に通わせていただいておりました。殿下をお慕いしております。だから私を連れていって下さい！」

「は？」

責任を取って欲しいのだと言外に告げるケイトの顔は自信満々だった。ここまで騒ぎを大きくして、自分を無視することなどできないだろうと語っている。

でも――。

「リディ？」

私はフリードから離れ、彼の姿を隠すようにして彼女の前に立った。

「……何ですか」

ふふん、という声なき声が聞こえてきそうな顔だ。その彼女に私は真顔で尋ねた。

「フリードの寝室へ行ったと言うけど、彼はずっと私と同じ部屋の同じベッドで寝ていたの。あなたと会えるはずがないんだけど」

「え」

「ちなみに、途中で部屋に戻ったというのも一切ないわ。私はずっとフリードと一緒にいたもの。朝だって一緒に迎えてる。それは一日の例外もないわ」

淡々と告げる。

つまりはそういうことなのだ。

彼女がフリードの寝室に毎晩行こうが、何かが起こっているはずがない。だって、彼はそこにいないのだから。

フリードは毎晩私と一緒に寝ていたし、何なら殆《ほとん》ど寝ていない日だってあった。主にセックスをしていたからという理由で。

だから、彼女がいくら『寝室に行った』と言おうが、私が揺らぐことはないのだ。

事実として彼はずっと私と一緒にいたのだから浮気なんてしようがないし、大体フリードが私以外を見るはずがない。

自信を持って告げると、彼女は「そんなはずありませんわ！」と声を荒らげた。

「嘘《うそ》です。だって、フリードリヒ殿下はいらっしゃいましたもの。お話だってさせていただいたわ。あなたがずっと殿下と一緒にいたと言うのなら、それこそ私が話した殿下は誰だったと言うのですか！」

「さあ。夢でも見たか、あるいは偽者にでも会ったんじゃない？　ご愁傷様。とにかく変な誤解を招くのも嫌だから、さっさと出ていってくれる？」

「い、嫌です。私は殿下に連れていってもらって、いずれは愛妾《あいしょう》にしていただくんですから！」

「……」

ケイトが叫んだ決定的な言葉に、私はブチッという音を聞いた気がした。

我慢していた怒りが限界地点を越えたのだろう。それを私は妙に冷静な気分で観察していた。

彼女に向かってはっきりと告げる。

「――駄目。フリードは私だけのものだから」

決して大声で言ったわけではない。だけど私の放った一言は、嫌になるほど会場内によく響いた。

「フリードは私のなの。だからあなたには貸してあげないし、共有も許さない。私は、私だけのものになるって言ってくれたからフリードと結婚したの。何があろうとあなたを受け入れる選択肢なんてないわ」

愛妾なんて誰が許すものか。

私は一対一の結婚を望み、彼はそれを受け入れてくれた。彼が私に彼を全部くれたから、私も私を全部あげたのだ。それを訳の分からない理由で『愛妾』なんて受け入れられるわけがない。

「うん。私はリディだけのものだよ」

しんしんと降り積もっていくような怒りを必死で抑えていると、後ろから優しい声が響いた。

フリードが私の腹に己の両手を回す。ぎゅっと抱き締められると、怒りがすうっと薄れていった。

「フリード」

「私がリディ以外を見るはずがないでしょう？　それにリディの言う通り、私はずっと妃と共にいた。夜、彼女の側を離れたことは一度もない。よって、お前と会ったこともない」

厳しい声でフリードがケイトに告げる。それを聞いたケイトが「嘘よ……」と声を震わせた。

「殿下、何をおっしゃっているのです？　昨夜も私と話したことをお忘れですか？」

「忘れるも何も、その事実自体が存在しない」

「でも！　私は殿下のお部屋に……！」

食い下がるケイト。その様子に嘘は見えなかった。彼女は本気でフリードと会話をしたと思っている。彼が浮気とかはあり得ないので心配してはいないが、どういうことなのかは気になった。

「フリード……もしかして、何か知ってる？」

「私自身は言った通り、彼女と一切接触はないよ。誓ってもいい。ただ、リディもさっき言ったじゃないか。偽者にでも会ったんじゃないかって」

「え……」

フリードの言葉にケイトは目を見開いて、彼を凝視した。

「偽者……？」

「お前がリディに難癖を付け、酷《ひど》い言葉を投げつけたことは聞いている。リディは気にしていなかったようだが、愛する妻を侮辱され、夫である私が怒らないはずないだろう？」

「あっ……」

ケイトが息を呑《の》む。

私はと言えば、知っていたのかという気持ちだった。

「フリード……その」

「こういうことは言って欲しいな、リディ。カインから聞いて、私がどんな気持ちになったか分かる？」

「……ごめんなさい」

窘《たしな》められ、私はしょぼんと萎《しお》れた。

フリードに報告したカインを責める気はなかった。

おそらくカインは良かれと思ってフリードに報告したのだろう。私としてはすっかり忘れていたし、どうでもよかったのだが、フリードが怒る気持ちは分かる。

「その……大したことじゃないと思って」

「その結果がこれだよ。知っていたから先に対処することができたけど、知らなかったら大騒動だ。リディ、これからはきちんと話して」

「……告げ口みたいで嫌だなあ」

「リディ」

「ごめんなさい」

再度名前を呼ばれ、私は降参した。

確かに今回は、どうせ何もできないだろうと高を括《くく》っていた私のミスだ。

まさか彼女がここまで皆を巻き込んだ騒動を起こそうとするなど、思ってもみなかった。

それだけフリードの愛妾という立ち位置が魅力的に思えたのだろうけど。

フリードがケイトに冷たい視線を向ける。

「お前が何もしなければ、見逃《みのが》しても良いと思っていた。リディも忘れているレベルの話だ。それも良いだろうと。だが、私の経験上、お前のような女は大抵碌なことを考えない。だから先手を打たせてもらった」

「先手？　どういうこと、ですか？　殿下」

震える声でケイトがフリードに尋ねる。

「使わない寝室に、偽者の私を配置した。もちろんその話は事前に警備に話してある。もし、忍んでくるような女がいれば、黙って通せと。中にいる偽者が相手をするからと言ってな。警備がお前を簡単に中に通したのを不思議に思わなかったのか？」

「嘘です！　だってあの方は殿下そのものでした！　声も仕草も見た目も全部殿下で、あれが偽者なんてそんなはずは……それに！　どうしてわざわざ部屋に通したんですか！　追い返さず招き入れたということは、そういう意味でしょう？」

「追い返せばお前はますます意地になり、更に行動をエスカレートさせただろう。そしてその矛先は私の何よりも大切なリディに向いたかもしれない。そうさせないためにもある程度譲歩し、お前を満足させる必要があると判断した。だから、中に入れた」

「……じゃ、じゃあ……あの殿下は……」

「事前に雇っておいた情報屋だ。変装を特に得意としている。どうせ信じないだろうからここに本人を呼ぼう。——アベル」

「へいへいっと。うわあ……めちゃくちゃ人がいるじゃん……」

フリードの声に応じ、アベルがひょいっと姿を見せた。どこかに潜んでいたのだろう。そういうところはまるでカインのようだと、こんな時なのに感心した。

出てきたアベルはフリードと全く同じ服装をしている。違いといえば、彼の指には指輪がないことくらいだ。

突然現れたアベルに、会場内がざわつく。

フリードはそれを無視し、アベルに尋ねた。

「お前に依頼していた期間、この女が来たか？」

「ああ。王太子さんに依頼された当日の夜からやってきた。身体を投げ出してこようとしたから焦ったけど、約束通り指一本触れていない。あと、言われた通り、『帰れ』とだけ言ったけど、全然部屋から出ていこうとしないのには参ったな。朝まで居座るんだぜ？　嫌になる。おかげでオレ、依頼期間中、夜は寝れていないんだよ。昼寝ばっかりだ」

眠いと欠伸《あくび》をするアベルに、全員の目は釘付《くぎづ》けになっていた。

彼とフリードが何を語るのか。皆が注目していたのだ。

フリードが鷹揚《おうよう》に頷く。

「朝まで居座ったということは、『そういう事実があった』と周りに思わせたかったからだろうな」

「そうだと思う。朝になったら満足そうに『また夜にお伺いします』って言って出ていったから。実際、凄《すさ》まじい神経の女だと思うぜ。完全に拒まれているのに朝まで部屋に居座るなんて、普通できることじゃない」

「で、お前は手を出していない、と」

「出したら依頼料はなしって聞いているからな。誓って触れていない」

「よし」

頷くフリード。

アベルを唖然《あぜん》と見つめていたケイトが思い出したように騒ぎ始めた。

「違うわ！　私が一緒に過ごしたのは彼じゃない！　フリードリヒ殿下よ！　だって彼、どこも殿下に似ていないじゃない！　いくら私だって間違えるはずがないわ！」

「……アベル」

「ま、そうなるよな。こう大勢の前でっていうのはあまり気が進まないんだけど。ほら、オレ情報屋なんて仕事やってるわけだし手の内を晒《さら》すのはなー」

「こうなる可能性がある、と最初に言っておいたはずだが？　それに新規顧客へのデモンストレーションになるのではないか？」

「……そっかなー。どっちかっつーと、王太子さんのお抱え認識されそうなんだけど。……ま、いいか。稼がせてもらえるんなら依頼主は誰でもいいわけだし、これも契約のうちだからな」

ブツブツ言いながらアベルが印を組む。その場が赤く光ったと思うと、次の瞬間にはフリードがもう一人立っていた。アベルが化けたフリードだ。その見た目は完全に彼そのもので、場にいた誰もが目を疑った。

「これでいいか」

出した声すらフリードにそっくりだ。仮面舞踏会の時よりもその精度は上がっている。

考えてみればあの時彼は、噂話《うわさばなし》だけで『アポロ』に似せてきたのだ。本物を知った今、より完全に近い形を披露できるのはむしろ当然だった。

「で……殿下……？　殿下が二人？」

　ケイトが信じられないものを見たかのような顔をした。

「これで理解したか？　お前が話していた相手が私ではなかったということが」

　フリードが事実を突きつける。彼女はワナワナと震え、それでも負けじと言い張った。

「しょ、証拠《しょうこ》！　証拠はあるのですか⁉　私がこの偽者と一緒にいたって証拠が！　もしかしたら、リディアナ妃と一緒にいたのが偽者で、私と一緒にいた方が本物だったかもしれないじゃないですか！」

「うわあ……」

　ビシッと指を突きつけられ、私はげっそりした気分になった。

　——私がフリードを間違えるわけないじゃない。

　何を言っているんだろう、この人は。

　フリードも明らかに気分を害したという顔になる。ものすごく嫌そうに指輪を引き抜いた。

「それなら証拠を見せようか。アベル、こちらに来い」

「？　何をするんだ。……ああ、そういう」

　フリードに招かれ、アベルが首を傾げながら近づいてくる。彼に何か言われたのか破顔した。

「良いぜ。面白そうだし、あんたの茶番に付き合ってやるよ」

「助かる。その分報酬の上乗せはしよう」

「よっしゃ！　俄然《がぜん》、やる気が出てきた！」

アベルがガッツポーズをする。

そうして彼らは何故か周りにいた野次馬たちの中へと入っていった。何をするつもりなのだろうと見ていると、しばらく経《た》って二人が戻ってきた。

ケイトに向かって、同時に言う。

「どちらが本物の私なのか、お前に分かるか？」

「え……」

全く同じ声、同じ格好、そして同じ顔の人間がケイトを見ている。彼女は混乱した様子で二人を凝視した。震える声で言う。

「どっちがって……どちらが本物のフリードリヒ殿下か判別しろってこと、ですか？」

二人は何も言わない。ただ、早く選べと彼女を無言で促すだけだ。

彼らの視線に耐えきれなくなったケイトが、やけくそ気味に一人を指す。

「こ、こっちです。こちらが本物の殿下ですわ！」

――あ、違う。

ケイトが示したのは偽者だ。そう思い、本物だと感じた方に目を向けると、彼はケイトに気づかれないようウィンクしてきた。

――正解。

声こそ出さなかったが、私にはそう聞こえた気がした。小さく笑っていると、ケイトが指さした方のフリードがアベルになる。

「残念。ハズレだ」

「ひっ……！」

間違えたと気づいたケイトが、慌てて言った。

「い、今のは偶然間違えただけです。いきなり言われて驚いたから、それだけ！　誰にだって間違いはあるでしょう⁉」

言い訳も甚《はなは》だしいと思ったが、フリードは鷹揚に頷いた。

「ほう。では急でなければ見分けられると、お前はそう言うのだな？」

「も、もちろんですわ！」

目が泳いでいる。自信がないのは一目瞭然《いちもくりょうぜん》だった。だがフリードは、そこには触れなかった。微笑みを浮かべながら彼女に言う。

「そうか。ではもう一度チャンスをやろう」

「い、一回というのはちょっと。その、何度か試させていただきたいですわ！」

「……いいだろう」

苦し紛れの発言だったが、フリードは彼女の望みを受け入れた。

ケイトはホッとし、次に闘志を燃やして頷いた。

「……必ず、殿下を見分けてみせますわ！」

そうして行われた『どちらが本物のフリードでしょうかゲーム』。

ケイトの望みにより、計十回続けられたその結果は四勝六敗で、彼女が明らかに二人を判別できていないことが証明されただけだった。

　フリードが悔しげにしているケイトに言う。

「これでお前が私とアベルを判別できていないということが判明したわけだが」

「よ、四回は当てています。判別できていないなんてことは――」

「最初の間違いは緊張していた、驚いていたからという理由が通るにしても、その後も間違えているようではお前の理屈は通らない。判別できているのなら、九勝一敗か、十勝という結果しかないと思うが？」

「……」

　フリードに正論をぶつけられ、ケイトが唇を噛《か》む。これで諦《あきら》めてくれればなあと思って見ていると、彼女は私を睨《にら》み付けた。

「確かに私は間違えたかもしれません。でも、リディアナ妃も同じかもしれないじゃないですか。二人ともフリードリヒ殿下を判別できていないなら、私が偽者と過ごしたという証拠にはなりません！」

「ええ……まだ諦めないの……」

　しつこい。

　どう足掻《あが》いても負けは確定しているのに、食い下がってくるケイトのガッツにある意味感心していると、フリードが申し訳なさそうな顔で私に言った。

「リディ。悪いけど協力してくれる？」

「……良いけど。私が彼女を放置したせいで起こった話なんだし。でも、勝手にこんなことして大丈夫？」

すでにかなりの騒ぎになっていて、夜会どころではない。皆が私たちに注目している現状、今夜の夜会に出席しているイルヴァーン国王夫妻のことが気になったが、フリードは軽く笑って言った。

「その辺りは心配しなくていいよ」

「いいの？」

「うん。すでに手は打ってあるから」

フリードがそう言うのなら大丈夫なのだろう。元はと言えば私のせいだし、協力するのは当然のことだと思ったのでそれならばと頷いた。

「分かった」

私が了承すると、フリードとアベルはまた人混みの中へと消えていった。三十秒ほどで二人同時に戻ってくる。ケイトがそんな彼らを見て、ふふんと笑った。

「さあ、どうぞお選び下さいませ！　分からないでしょう？　分かるわけないですわよね。だってどこにも違いがないんだもの！」

「……」

——そんな自信満々に分からないと告げられても。

思いきり、可哀想《かわいそう》なものを見る目で彼女を見てしまった。

「何ですか」

「いいえ、何でもないわ。どちらがフリードか、よね」

ケイトからフリードたちに視線を移す。二人はにこやかに笑っていた。一見、全く同じに見える……が、さっきと同じだ。私にはすぐにどちらが本物なのか分かった。

私はてくてくと狙《ねら》いを定めた方に歩いていき、彼に抱きついた。

「こっち。こっちが私のフリード」

言葉とほぼ同時に抱き締め返される。その感触に、私は私の選択が正しかったことを確信した。

「——正解。さすがリディ」

「間違えると思われていたのなら心外だなあ……」

「私は信じていたよ。リディなら間違えず、私を選んでくれるだろうってね。だから頼んだわけだし」

さっきも見分けてくれたしね、と小声で囁《ささや》かれ、私は大きく頷いた。

「当たり前。全然違うもん」

見た目は確かにそっくりかもしれない。外見だけでは見分けられないのが普通なのかもしれない。だけど、私には分かるのだ。どちらが本物なのか、はっきりと。

それは多分、王華を通して私とフリードが繋《つな》がっているからなのだろう。以前、デリスさんが言っていた。王華とは互いの魂を繋ぐ秘術なのだと。その繋がりが、私を本物の彼へと向かわせているのだと思う。

見えないところでズルをしているようで申し訳ないが、手を抜くつもりはない。私に夫以外を選ぶという選択肢はないのだ。

　だが、ケイトは納得しなかったようで、ヒステリックに叫んでいた。

「ま、まぐれです！　一回当たったからって、調子に乗らないでいただきたいですわ！　私と同じだけやってみなくては分からないと思います！」

「……それで納得してくれるのなら何回でもやるけど」

「そうだね。彼女には現実というものを突きつけてやった方が良いかもしれない。リディ、申し訳ないけど、もう少し付き合ってくれる？」

「もちろん」

「……オレに対する労《いたわ》りはゼロなんすかね。そこのご夫婦さんよ。オレもずっと付き合わされているんですけど」

　ぶすっとした顔で文句を言うアベルに、言い返した。

「フリードの顔でそんな表情をしないで。あなたはフリードではないけど、やっぱり嫌な気分になるから」

　フリードも言った。

「リディに不快な思いをさせるな。それとお前の場合は、これも仕事の内だ」

「……そりゃその通りだけどさあ。夜中、死神さんに叩《たた》き起こされて王太子さんからの依頼って聞いた時は、これは儲《もう》けられる！　って思ったんだけどなあ。確かに儲けられるんだけど、心労が半端ない……なんだこれ……」

「グチグチ言っていないで、さっさと終わらせてしまうぞ」

「へーい」

はああ、と溜息《ためいき》を吐《つ》きながらアベルはまたフリードと一緒に人混みの中に消えた。

そうして『どっちがフリードでしょうかゲーム』が繰り返されたのだが、当然のことながら私は正解を選び続けた。

間違えようがないので、ゲームとしても破綻《はたん》していると思う。

「こっち」

「こっちがフリード」

私が正解する度に、ケイトは「きえええええ！」と奇声を上げ、鬼のような形相になった。

そしてどうにかして私に間違いを選ばせたいのか、彼女は一回ごとにフリードたちに「目を瞑《つむ》って下さい」「手を後ろに隠して下さい」「後ろを向いて下さい」など、指示を出し始めたのだ。

自分の時は一切そんなことしなかったのに、棚に上げまくっているなあと思いながらも私は彼女が納得するならと、その状態の中、正解を選び続けた。

「嘘、嘘……どうして分かるの？」

後ろ姿の彼を判別した時には、さすがのケイトもその場に頽《くずお》れた。

直感で分かるのだから、後ろを向いていても関係ないのだが、まさか当ててくるとは思わなかったのだろう。完全に顔色を失っていた。

「どうして……？　全く同じじゃない」

「えーと、あえて言うなら愛の力？」

首を傾げつつもそう言うと、フリードは嬉しげに笑い、アベルは嫌そうに「うへえ」と口を歪《ゆが》めた。

「こっちはやってらんねえって当てられる度思うんだけど。王太子妃さんに変装は効かないって確信したから、二度とあんた相手にはやらないことにするよ……プライドがガタガタだ……」

「フリードなら絶対に間違えない自信がある」

「さようで……。ほんっと、仲良いな」

「当然だな」

即座にフリードが返す。アベルはげっそりとしながら口を開いた。

「……で、そこのお嬢さんは、まだ諦めないのか？　次で最後だけど」

皆の視線がケイトに向く。ケイトは「当たり前よ！」と声を上げたが、最初よりも明らかに声に力がなかった。

「最後は……一人ずつでお願いします。並んで立っているからその違いに気づくんだわ。一人ならきっと分からない。分かるもんですか」

ブツブツと呟くケイト。そんな彼女を見つめ、私は頷いた。

「……良いけど」

お願い、という風に二人を見ると、二人は黙って野次馬たちの中に入っていった。すぐに一人が出てくる。彼をチラリと見た私は首を横に振った。

「違う。フリードじゃない」

「……」

ケイトの視線を感じながらも私は言った。

「次」

そうして次に出てきた人を見た私は、迷わず彼に飛びついた。

「フリード！」

「正解だよ、リディ」

フリードは誇らしげに私を抱き上げると、「おめでとう」と笑った。

「リディなら絶対に分かってくれると思っていたけど、それでも実際に目にすると嬉しいものだね。リディはどうやって私を判別しているのかな？」

「うーん、聞かれても困るけど、見れば分かるよ」

こそっと彼の耳元で「多分だけど、王華のおかげだと思う」と言うと、フリードも「なるほど。私とリディは繋がっているからね」と小声で返してきた。

「へいへい。オレの全敗、と。ほんと、嫌になるなあ」

勝敗が決し、アベルが元の姿に戻る。十問全てを正解した私に、何故か野次馬たちから拍手が送られた。

「ええと……ありがとう？」

こてんと小首を傾げる。ケイトに目を向けると、彼女はブルブルと小刻みに震えていた。

「どうして……どうしてなの？」

「これで分かっただろう。リディが私を間違えることがないと。お前が会ったという私はアベルだ」

「……」

フリードの言葉に、ケイトは悔しげに顔を歪ませたが、さすがに言い返したりはしなかった。

全問正解した私に、偽者と一緒にいたのはお前だ、とは場の雰囲気的にも不可能だと理解したのだろう。

「お前は他国の王太子の寝室に、招かれてもいないのに通い続け、偽者が相手をしているとも気づかず、媚《こ》びを売り続けた。そして偽者に拒絶されても部屋を出ていかず、それどころか皆の集まる夜会で『夜、部屋に通っていたから、自分を国へ連れて帰れ』と言ったわけだ。愚かすぎて言葉もないな」

「私は……」

ケイトがぺたりと床に座り込む。何故か、野次馬たちがざわつき始めた。

何が起こったのだろうと思っていると、彼らは後ろを振り返り、道を作るように場所を空けた。できた道を、ゆっくりと王妃が歩いてくる。国王の姿も見えたが、彼は動かない。どうやら国王はこの場を王妃に任せるつもりのようだ。

「王妃……様……」

ケイトが助けを求めるように彼女を見た。

王妃はケイトを無視し、私たちの近くまでやってくると、迷わず頭を下げた。

「申し訳ありません。フリードリヒ王子、リディアナ妃。うちの国の者が、失礼な真似《まね》をいたしました。謝罪いたします」

それに対しフリードは、私を下ろしてから丁寧に答えた。

「いいえ、こちらこそせっかくの夜会を台無しにしてしまい、申し訳ありません。お騒がせしました」

「いいえ。もしかしたらこういうことがあるかもと、事前に話は聞いていましたもの。私も陛下も気にしておりません。だけど——ケイト、残念です。とても残念だわ」

フリードが話を通していたと知り、驚いた。だけど国王たちが出席する夜会でこれだけの騒ぎが起きると考えると、『こうなるかもしれない』とあらかじめ伝えておく必要はあるだろう。『どっちが本物のフリードでしょうかゲーム』をした時に誰も止めなかったのも、フリードが大丈夫だと私に言ったのも、国王たちに話を通していたからだと思えば、納得できた。

「王妃様、私は……ただ」

ケイトが縋《すが》るように王妃を見つめる。王妃は冷たい目で彼女を見返した。

「ただ、何ですか？　こんな大勢の人が集まる場で恥ずかしい。あなたは国の恥を晒したのだと理解していますか？」

「違うんです、王妃様！　私はただ、フリードリヒ殿下をお慕いしていて、だから……」

「だからこのような暴挙に出たと。大勢の見ている前で、夜を共に過ごしたのだとアピールして、連れて帰ってもらおうと考えたのだとあなたは言うのですね。イルヴァーンの貴族が皆、あなたのような考えを持っていると思われたら、どう責任を取るつもりですか」

「だって……」

「そうして偽者を掴まされて、しかも相手にもされなかったと。フリードリヒ王子に感謝なさい。あの方がその偽者に『手を出すな』と命じて下さったから、あなたは今も清い身のままでいられるのですよ。あなたのような人がしてもらって良い気遣いではないと私は思いますけどね」

「……」

ケイトが己のドレスをギュッと握り締めた。

「大体、フリードリヒ王子が愛妾の権利を放棄していることは知っていたでしょう。それを分かっていて何故、こんな馬鹿《ばか》な真似をしようと思ったのです」

「だって……私の方が美しいからそんなの関係ないって……！　王妃様だっておっしゃって下さったじゃないですか！　私の選んだドレスを一番着こなしてくれる令嬢はあなただって！　それってつまり、私が一番綺麗ってことですよね？」

「そうして見事に思い上がったということですか。本当に愚かですね。フリードリヒ王子がリディアナ妃を大切にしているのは、歓迎の夜会の時に少し見ていればすぐにでも分かったはず。余人が入る隙間《すきま》なんてありません。そんな簡単なことすら見抜けず、自分の望みのためだけに行動する。今までは多少気にはなっても目を瞑っていましたが、今度の今度はさすがに愚かすぎて庇《かば》えません。己に相応しい罰を受けなさい」

ケイトは顔色を蒼白《そうはく》にしながらも必死の形相で王妃に訴えた。

「わ、私は何も悪くありません！　私はただ、美しい私に相応しい場所を得たかっただけ。それの何が悪いって言うんですか！　そ、そうよ！　あの男女の王女でさえ、王女だというだけで皆から敬われるんですよ？　あんな女とも分からないのが私より敬われるなんて許せない！　だから、だから私は……私だって！」

焦っているせいか本来なら秘めておくべき本音がダダ漏れだ。醜い本心に思わず眉根を寄せてしまう。王妃が呆れを隠すことなく彼女を見た。

「なるほど。それがフリードリヒ王子の寵姫《ちょうき》になろうと考えた本当の理由ですか。オフィリアより劣る扱いをされるのが許せないから。ふふ。……ええ、知っていますよ。オフィリアの酷い噂を流している元凶があなただってことはね。定期的にあの子を貶《おとし》めているようではないですか。王都ではあの子の噂は決して悪いものではないのに、王宮の中ではいつまで経っても耳を疑うような悪い噂が流れている。何故かと思い調べてみれば……。これはオフィリア自身が解決するべき問題と思い放置していましたが、いい加減娘を馬鹿にされるのも我慢の限界です」

ピシリと言い切り、王妃は感情の籠《こ》もらない目で彼女を見た。ケイトは気圧《けお》されたように一歩後ろに下がる。

「ど、どうしてですか……。王妃様は王女を疎《うと》んでいらっしゃると……だから、私は……」

「そのようなこと、誰が言いましたか。私はあの子を、オフィリアを愛していますよ。可愛い娘を愛さないなんてそんなはずありません」

「だ、だって……男装しているのが嫌だっておっしゃられて……だから私たちを集めてドレスを着せているって……」

「当たり前でしょう。可愛い娘が、着飾れば誰よりも輝くと分かっている娘が男装していることを喜ぶ親がどこにいるのです」

「……嘘」

ガクガクと震え始めたケイトを無視し、王妃はぐるりと辺りを見回しながら言った。

「良い機会だから皆にも言っておきましょう。一部、誤解している者もまだいるようですしね。私たちはオフィリアが男装していることをとても残念に思っていますが、陛下も私もオフィリアを我が子として愛しています」

ざわりと、会場が揺れた。

王妃が毅然《きぜん》と告げる。

「――いい加減、妙な噂に惑わされ、自国の王女を貶めるような言動は慎みなさい。己の行動がイルヴァーンの貴族として恥ずかしい行いだと気づきなさい。あと、娘がどう考えているかは知りませんが、私と陛下はとても不快に感じていると言っておきましょう。噂を是正しようとしなかった娘も悪いと思うので、今までについては目を瞑りますが、今後同じようなことをするようなら黙ってはおりません。王家に文句がある者を使うつもりはありませんからね」

王妃が告げた言葉に、会場中が静まり返った。王妃がケイトに目を向ける。

彼女は床にへたり込み、まだ震え続けていた。そんな彼女を睥睨《へいげい》し、王妃が鋭く命じる。

「衛兵。連れていきなさい」

「はっ」

王妃の命令に従い、すぐさま衛兵がケイトを捕らえ、連れていった。ケイトは逆らわない。

逆らうような気力もないという有様だった。

ケイトがいなくなり、王妃がもう一度私たちに頭を下げる。

「改めてお二人には謝罪いたします。今回の件は、あの子が愚かだと分かっていたのに手をこまねいていた私に全ての責任があります。その、申し訳ありませんが、あの子の処分はこちらでさせていただいても？」

「リディ。それで良い？」

フリードが私を見る。頷くと、彼は王妃に言った。

「ええ。お願いします」

「ありがとうございます。……ある程度覚悟していましたが、まさか本当にこんなことになるなんて。他国の王太子夫妻にあれほど失礼な態度を取るとは信じられない……。貴族として持つべき最低限の矜持《きょうじ》さえあの子は持ち合わせていなかったのですね」

己の頬に手を当て、溜息を吐く王妃。

彼女はそれでこの話題を終えると、「それではまた後ほど」と言い、国王のところに戻っていった。

王妃が去ったのを見送ってから、私はフリードに尋ねた。

「……フリード。王妃様たちに彼女のこと、話していたんだね」

「ああいうタイプの女性がどういう行動に出るのか、私は嫌になるほど知っているからね。最悪、夜会を騒がせることになるかも、と国王夫妻に話しておいたんだ」

「そっか……」

嫌になるほど、という部分にやけに実感が籠もっていた。

「絶対に寝室に忍んでくるだろうと思ったから、それなら逆に利用しようと考えたんだ。カインに頼んでアベルに依頼をしてもらって、使っていない部屋に変装させた彼を配置した。もし、彼女が来なければ、私もリディと同じように忘れてやろうと思ったんだけどね。結果はご覧の通りだ。彼女はアベルのいる部屋に毎晩通い続け、それを盾にしてヴィルヘルムについてこようとしたってわけ。彼女は自分から破滅の道を選んだんだよ。行動しない、という手段だって彼女にはきちんと残されていたのにね。彼女は見向きもしなかった」

「そう……」

「こちらとしても助かったけどね。彼女は偽者の私の部屋に通うのに必死で、それ以降、リディにちょっかいを出さなくなったから。そういう意味でも、アベルは良い仕事をしてくれたと思う。リディが安全に日々を過ごせることが何よりも大事だから」

「そう思うなら、報酬を更に上乗せしてくれても良いんだぜ」

アベルが口を挟んできた。それにフリードが言い返す。

「お前には、十分すぎるほどの額を提示しているし、先ほど上乗せするとも言ったはずだ。これ以上は必要ない」

「やっぱり駄目か。ワンチャンあるかもって思って言ってみたけど、王太子さんは甘くねえなあ」

やれやれと肩を竦《すく》め、アベルは「そうだ」と思い出したように言った。

「オレさ、これからしばらくヴィルヘルムに住もうと思ってるんだよね。だから依頼料は向こうで支払ってくれれば良いよ。近いうち、回収に行くから」

「えっ、ヴィルヘルムに住むの？」

驚き思わず尋ねると、アベルはにかっと笑った。

「ああ。今回で、あんたたちはすっごく金になるってことが分かったからな。まさか滞在十日間で、二人共から依頼が来るとは思わなかった。これは今後も十分に期待できそうだし、前回はあんな感じだったから碌に観光もできなかっただろう？　だからまあ良いかなって思ってさ」

「そう……なんだ」

「それに今回のことでイルヴァーンでは見事に顔バレしたからなー。この国で裏の仕事はしにくい。ヴィルヘルムの王太子の息がかかってるって絶対思われるに決まってるし、そんな奴《やつ》、誰も使いたがらないだろう？　はぁ……やりづれぇ。あんた……最初からオレを囲い込む気で今回の作戦を立てただろ？」

「さあ？」

じとっと睨むアベルに対し、フリードは微笑むばかりだ。

うん、これは絶対に分かってやったという顔だ。アベルもそれを理解したのか大きく溜息を吐いた。

「別にいいけど。ヴィルヘルムに行くって決めたのはオレの意思だし。しばらくは王太子さんの企《たくら》み通り、飼われてやるよ。もう分かってくれてると思うけど、オレ、めちゃくちゃ優秀だからな？　今後もって言うんならそれなりの報酬は引き続き要求するぜ？」

「ああ、分かっている。お前が他の誰かにつかないと約束するのなら、今回以上の報酬を約束しよう」

その言葉にアベルは分かりやすく地団駄を踏んだ。

「きー！　断れない自分が悔しい！　くっそ、特定の誰かの下についたことなんて今まで一度もないんだけどなー。……ま、たまにはそういうのもアリか」

がっくりと肩を落とすアベル。

サハージャと関係のない今のアベルならヴィルヘルムにいても問題ないのだろうが、一瞬、脳裏にマリアンヌとティリスの姿が過《よぎ》った。

私が複雑な顔をしていることに気づいたのだろう。アベルが気まずげに口を開く。

「ああーっと、あれは依頼だったから謝りはしないけど、あの二人の前には姿を現さないって約束はする。ま、今度は変装する予定もないから、目の前を横切っても気づかないと思うけど。……王太子妃さん以外は」

最後の『私以外は』という言葉が余計である。

だけど、彼の方から言い出してくれてホッとしたのも事実だった。

「お願いね。二人はもう前を向いているから、あなたのことは思い出させたくないの」

そうしてくれるのなら、私も目を瞑ろう。事実として、彼のおかげで助かったことはたくさんあるし、情報屋としての彼が優れていることも分かったから。

今後もお世話になることは多そうだし、フリードが決めたことだ。私も夫の意志に従おう。

私が了承すると、アベルは胸を撫《な》で下ろし、笑顔になった。

「よかった。じゃ、そういうことで。これからも情報屋、万華鏡《カレイドスコープ》をよろしく！　あ、イルヴァーンの王太子さんには、明日の朝一に依頼料の徴収に伺いますって伝えておいてくれるか？　さすがにこれ以上、この場にいるのは辛《つら》いものがあるからさ。とりあえず帰りたいんだよね」

「分かった。ヘンドリックには伝えておこう」

「助かる。じゃ、次はヴィルヘルムでな～」

ヒラヒラと手を振り、アベルが印を組む。赤光が走ったと思った次の瞬間には彼の姿は消えていた。

「……消えちゃった。ほんっと、カインみたい」

「実際、カインと同じ一族らしいからね。限定的ではあるけれど、味方にできて良かったよ。彼をもう一度、敵に回したくはなかったから。あの能力は厄介すぎる」

「そうだよね。あ……」

フリードと話している途中、大事なことに気づき、声が出た。フリードが私を見てくる。

「リディ？　どうしたの？」

「ううん。何でもない。何でもないんだけど――」

思わず視線がレイドを探してしまう。

レイドはさっき、明日の朝に、依頼料を払うという名目でアベルのところに突撃すると言ってはいなかったか。だけど先ほどの彼の話から考えると、入れ違いになりそうな可能性がものすごく高い。

しかもヴィルヘルムに行ってしまうと聞けば、レイドは間違いなく落ち込む。

ようやく新たな恋を見つけた彼女にとって、好きな相手が他国に行ってしまうというのはとても辛いことだと思う。

「……どうしよう」

悩んだのは一瞬だった。

もう一度レイドと話そう。

せめてアベルが明日、彼女の兄を訪ねようとしているということくらいは教えなければ、あまりにも可哀想だ。

「レイド、どこに行ったんだろう」

急いで探すも、彼女の姿は見当たらない。キョロキョロしていると、大広間の奥の皆よりも一段高いところに立った国王が、注目を集めるように声を上げた。

「皆、少し良いか」

「あ、レイド」

国王の横には、まさに今、私が探していた人物が立っていた。思わず声を上げる。フリードが私の手を引き、小声で言った。

「話があるみたいだね。近くに行こうか」

「……うん」

話が終わった後、レイドを捕まえたいこともあり、素直に頷く。皆、国王の周りに集まっていったが、さすがに私たちが行くと、前に通してくれた。

いつの間にかヘンドリック王子やイリヤもいて、私たちの側にやってくる。

「呼ぼうと思っていたんだよ。でもさ、なんだか妙に盛り上がっていたみたいだから、片付くのを待っていたんだ」

「盛り上がってなどいない」

「いやいや。国内貴族ほぼ全員が君らのやり取りを見ていたからね？　本当にうちの国の者が申し訳ない。よりによってフリードに手を出そうなんて……手酷い目に遭うに決まっているのにねえ？　面白いイベントになりそうな予感しかなかったから、黙って見ていることにしたんだよ。結局、最後は母上が出ていったけど」

「ヘンドリック」

「仕方ないじゃないか。僕は彼女と接点はないし、母上が行くのが妥当だよ」

フリードに非難の目を向けられたヘンドリック王子は肩を竦め、話を続けた。

「さっきの彼女、母上も言っていたけど、以前からかなり目に余るところがあってさ。いや、実際君たちのおかげで助かったんだ。彼女を罰する理由を探す手間が省《はぶ》けたよ」

「……そういう女性なら、問題を起こす前にさっさとそちらで片付けておけ」

フリードの言い分は尤《もっと》もだったが、ヘンドリック王子は難しいという顔をした。

「決定的なものがなかったんだよ。ちょっと自儘《じまま》に振る舞う程度じゃね、叱《しか》る程度で終わってしまう。それでは同じことの繰り返しになるだけだろう？　オフィリアの件に関してもね、陰で悪口を言っているだけで特別何か行動を起こしていたわけではない。罰しにくかったんだよね。……だから、これ以上馬鹿なことをしでかさないように、母上が『お気に入り』ということにして目を光らせていたんだけど」

「監視の意味の『気に入り』だったわけか。だが、本人は気づかず、ますます図に乗っていたようだったが？」

フリードが嫌そうに言う。ヘンドリック王子も眉を中央に寄せた。

「そうなんだよ。あれにはほんと参ったよね。彼女には『自分が悪いことをしている』という感覚がないんだ。自分の考えが常に絶対的に正しい世界で生きている。最近は特にそれが酷くてね。自国の王女であるオフィリアの悪口を言い、自分こそが一番だという態度を隠しもしない。いい加減潮時だと考えていた矢先に君から話を聞いてね。母上も腹に据えかねていたんだろう。結果は見ての通りだよ」

「反省している様子はなかった。あれは繰り返すぞ」

「分かってる。そこはちゃんとするから、君たちにこれ以上迷惑は掛けない。ま、元凶も捕らえたことだし、これでオフィリアの噂もある程度は落ち着くんじゃないかって——あ」

何かに気づいたように、ヘンドリック王子が唐突に話を切った。

彼の視線を追うと、ちょうど国王が話し始めるところのようで、皆が彼に注目している。私たちも口を閉じ、国王に視線を向けた。

「ちょっとしたハプニングはあったが、皆、今宵《こよい》は本当によく参加してくれた。これで夜会は終わりとするが、最後に一つ皆に報告がある」

「報告？　何だろうね」

「さあ？」

フリードに尋ねると、彼は笑いながら誤魔化した。これは絶対に知っているなと思ったが、とりあえずは国王の話を聞くことにする。

国王は隣に立ったレイドの肩に手を置き、にこやかに言った。

「この度、本人の強い希望により、娘、オフィリアのヴィルヘルム留学が正式に決まった。期間はとりあえずは二年ということで、ヴィルヘルム側とすでに話はついている。場合により延長もあり得るが、娘の長期留学が実現したのは、ヴィルヘルムと正式に協定関係になったからだ。改めて、イルヴァーンは今後もヴィルヘルムと共に在ることを誓う」

国王の言葉を引き継ぐようにレイドも言った。

「ヴィルヘルムには、この滞在中に友人となったリディアナ妃もいらっしゃることだし、私に一切不安はない。せっかくの留学期間だ。ヴィルヘルムにあって、イルヴァーンにはないものを勉強してきたいと思う」

ざわり、と場が揺れる。私も思わずフリードを見た。

「フリード……えっ……今のは？」

「まあ、そういうことだね。私も今日、聞いた話なんだけど」

「レイド、ヴィルヘルムに来るの？」

「うん」

「わあ！」

考えもしなかった話に喜びの声を上げた。短い滞在期間で親友とも呼べるようになった人との別れを惜しんでいたのだが、それがなくなったのだ。嬉しくないはずがない。

「元々、オフィリア王女が留学するという話はあったからね。本国と調整するのは簡単だったよ」

というか、元々レイドが留学に頷くようにと派遣されたのが私たちなので、ある意味ミッション完了みたいなものである。

「短期留学じゃないんだね」

「本人の希望ということでね。じっくりと学びたいんだって聞いているよ。何でも勉強したいことができたんだってさ」

「勉強したいこと。何だろう……」

「後で本人に聞いてみればどうかな？」

「うん、そうする」

レイドの留学についての具体的な予定が国王の口から話される。彼女は明日、私たちを見送った後、準備をして、一週間後にヴィルヘルムに来るのだとか。

聞いていた貴族たちも最初は驚いた様子だったが、最後にはむしろホッとした顔になっていた。

「ま、まあ……男女王……いや、我が国の王女殿下がヴィルヘルムに留学するというのは、悪くないんじゃないか？」

「そう……だな」

歯切れが悪い。

男女王女と言いかけ、慌てて言い直したところを見ると、おそらく彼らは、ケイトと一緒になってレイドの悪口を言っていた面々なのだろう。

先ほどはっきり王妃から『不快』だと言われたことで、遅まきながらも自分たちの言動のまずさに気づいたらしい。

ホッとした顔をしているのはレイドがヴィルヘルムに行くと聞いたからだろう。

今まで悪口を言っていた相手にこれからどう接すれば良いか分からない。急に変えろと言われても難しい。だから気持ちを整理するためにも、離れた場所に行ってくれるのは有り難いという、自分勝手な考えなのだ。

「……フリード。私、ある意味ケイト嬢より、彼らの方が腹立たしく思えるんだけど」

貴族として保身に走る気持ちは分からなくもないが、あからさますぎる態度を見せられるとイライラする。だってレイドは私の大事な友達なのだ。

「リディ。怒る気持ちは分かるけど駄目だよ。彼らを許すかどうか決めるのは、イルヴァーンの王族であって私たちではないんだから」

「分かってるけど……！」

フリードの言葉が正しいのは理解しているが、どうにも納得できない。膨れていると、挨拶を済ませたレイドが私たちの方へやってきた。

「リディ、すまなかったな。今まで黙っていて。正式に決まったのがつい先ほどだったんだ」

「レイド！　ううん、全然。私としてはヴィルヘルムにあなたが来てくれるのは大歓迎だよ！　だって私たちは親友だもんね！」

聞こえよがしに言う。

先ほどの貴族たちに、私が彼女の味方だとはっきり示してやろうと思い声を張り上げたのだが、レイドには気づかれてしまったようだ。苦笑されてしまう。

「リディ、いいんだ。いちいち怒っていたらキリがない」

「でも」

「母上もさっきわざわざ皆に言って下さったがな。本当にいいんだ。以前はどうあれ、今の私に彼らを気にしている余裕などないからな。それにこれは私が変えていかなければならない問題でもある。ヴィルヘルムで勉強して国に帰ってから、じっくりと腰を据えて取り組むつもりだ。だから気にしなくていい」

「……分かった」

当事者であるレイドがそれでいいと言うのなら、私がこれ以上なにか言えるはずもない。私は少々無理やりではあったが笑顔を作った。

「それで？　レイドはうちで何を勉強するつもりなの？」

「もちろん、差別について、だ」

「……差別」

真剣な顔で答えたレイドを私もまたじっと見つめた。

「君は言ったな？　どんな国を作るつもりなのかと問いかけた私に、差別のない国を作りたいのだと。

私はひとまずは獣人への差別を何とかしたいと思っているが、私の目標とする場所も、君とかなり近いところにあるのだと考えている。だからできれば君と一緒に学んで行きたいと思ってな。一人では分からないことでも、心を許しあえる友人となら新しい答えを見つけ出せるかもしれない。私が挫《くじ》けそうになった時、叱ってくれる友人が側にいて欲しいと、だからヴィルヘルムに行きたいと考えたのだが……迷惑だろうか」

「迷惑だなんて！　そんなわけない！」

両手でギュッとレイドの手を握る。

彼女が、私を選んでくれたことが嬉しかった。一緒に頑張りたいと言ってくれたことがすごく嬉しかった。

「私もまだ全然何をすれば良いか分からないけど、一緒に探していこうね！　あと、和菓子もご馳走《ちそう》するから！　是非、和カフェに来て！」

「ああ、ありがとう、リディ。そうだな、和菓子も食べてみないと。楽しみが増えたな」

「ふふっ、期待してて」

レイドに和カフェを案内できると思うと心が躍る。

カレーもハンバーグも食べてもらいたいし、案内したい場所も山ほどある。

「うわあ、俄然楽しみになってきた！」

ワクワクと告げると、レイドも楽しそうに笑った。そうしてフリードに向かって頭を下げる。

「フリードリヒ王子も。お許しいただき、ありがとうございました」

彼女の礼を受けたフリードは「いいえ」と笑顔で言った。

「あなたは私の妃の大事な友人ですから。あなたがいれば、妃は喜ぶ。それは私の望むところでもあります」

「ありがとう、フリード」

私のためにと言ってくれたフリードにお礼を言う。彼は小さく微笑むと私に言った。

「少しだけ嫉妬《しっと》もしたんだけどね。それ以上にリディに喜んで欲しいって思ったから。でもリディ、分かってる？」

「何を……って、あ……」

フリードに問いかけられ、首を傾げたところで気がついた。

あれだ。フリードは、レイドを格好良いなんて言うなよ、と言っているのだ。

彼女の留学を許してくれても、それはそれ、これはこれらしい。

まあ、フリードらしいと言えば、らしいけど。

「大丈夫。私の唯一で一番なのはフリードだから。それは絶対に変わらないから」

「リディがそう思ってくれていることは分かっているから許したんだけど……まあいいか。何だったらお仕置きをすればいいし」

「……」

呟かれたお仕置きという言葉が怖すぎる。

絶対にフリードの前でレイドを格好良いと言わないようにしなければと私は改めて自分に誓った。

でなければ、酷い目に遭うのは（エッチな意味で）間違いないからだ。

「ではそういうことで。私はここで失礼するよ」

恐怖に震えていると、レイドが辞去の挨拶をしてきた。それを慌てて引き留める。

「ちょ、ちょっと待って！　レイド。その……彼のことなんだけどね」

「彼？　あ、ああ、どうした？」

彼という言葉で分かってくれたのだろう。去ろうとしていた足が止まった。

「あのね、彼、もしかしたらもう宿にいないかもしれない。その、明日の朝一にヘンドリック殿下のところに依頼料をもらいに行くって言っていたから」

私の話を聞いたレイドが、あからさまに肩を落とす。

「そうか。それは残念だ。いや、兄上のところで待ち構えていればチャンスはあるか……？」

「更に更に、これは今のレイドには良い知らせなんだけど、彼、ヴィルヘルムに住むつもりだって言ってたよ。話を聞いた感じ、多分、そこそこの長期滞在になるんじゃないかなって思う」

ブツブツと言い始めたレイドに、慌てて新たな情報を伝える。

彼女がヴィルヘルムに留学すると知る前ならむしろ言いにくいと思ったのだが、レイドがこちらに来ると分かっている今なら伝えやすい。

「本当か!?」

思った通り、レイドの目が輝いた。それに苦笑しつつも肯定する。

「うん。だから焦る必要はないいんじゃないかな」

「ありがとう、リディ。感謝する！」

本当に嬉しそうにレイドが笑う。

「ヴィルヘルムに留学。我ながら英断だったな！」

「最初はあれほど嫌がっていたのにね」

「兄上や父上たちの誤解が解けたからな。それならまあいいかと思ったんだ。あ、だが、エドも連れていくつもりだぞ」

「え……」

まさかの名前が出てきて、固まった。レイドはニコニコとしている。

「当たり前だろう。腕が立つ奴を使わない理由がない。それに奴は私の護衛だからな。爵位だけでなく、騎士の位も取り上げてやったから、ただの護衛扱いで構わないぞ」

朗らかに言うレイドに、私もさすがのフリードも唖然とした。

あのエドワードを連れていく？　あんなことがあった直後なのに？

レイドの心臓には毛でも生えているのだろうか。度胸がありすぎて、逆に心配になる。

「良いの？　大丈夫？」

「言っただろう。大丈夫だと。あいつには、私が彼を落とすところを指でも銜《くわ》えながら見ていてもらうさ。それもまたあいつには褒美になるだろう？　ははっ」

「……レイド、強い」

誘拐されたのは僅《わず》か数日前だというのに、彼女のこの強さはどこからくるのだろう。

驚きすぎて言葉も出ない私に「さすがリディの友達だね」とフリードが感心したように言う。そして私に聞いてきた。

「リディ、もしかして彼女――」

「……私からは何も言えない」

会話の内容から、レイドがアベルを好きなことを理解したのだろう。相変わらず、察しが良すぎて嫌になる。

とはいえ私からは言えないので口を噤《つぐ》んでいると、レイドが笑いながら言った。

「別に隠すようなことではないから構わないぞ、リディ。ええ、お察しの通りです。そういうわけですので、向こうで私が彼に少々ちょっかいを掛けていても気にしないでいただけると助かります」

「……分かりました」

頷きつつ、フリードは信じられないと首を横に振った。小声で話しかけてくる。

「いつの間にこんなことになっていたの？」

「……まあ、レイドにも色々あったってことなんじゃないかな」

レイドは知られても構わないと思っているようだが、自分から彼の名前を出すのはさすがにどうかと躊躇《ちゅうちょ》した私は、言葉を濁した。フリードも分かっているのか、『アベル』という決定的な名前は出さない。

困惑気味のフリードを楽しそうに観察し、レイドは「それじゃあ」と再度言った。

「今度こそ私はこれで失礼させてもらうよ。君たちも好きなタイミングで下がってくれ。じゃあな、リディ。明日、出発する時に会おう」

「うん。お休みなさい」

「おやすみ。フリードリヒ王子も、失礼します」

軽く頭を下げ、レイドは大広間から出ていった。その足取りは軽い。

フリードが私の腰を抱き寄せてきた。

「私たちも行こうか。主要人物は大方退出したみたいだしね」

「うん」

今夜の夜会。予想外の事態がありすぎてジェットコースターにでも乗っているような気分だった。

早く部屋に帰ってのんびりしたいなと思った私は彼のエスコートに従ったが、実はものすごく上機嫌で、内心舌舐《な》めずりをして待ち構えていたフリードが部屋に帰ったところで大人しく私を寝かせてくれるはずもなく、最終日の夜もやっぱり彼に抱かれてクタクタになって終わるのだった。

11・彼と滞在最後の夜（書き下ろし）

リディを連れて、部屋に戻る。

浮かれている自分にはとうの昔に気がついていた。

大事なリディを蔑《ないがし》ろにした女。あの女が私の用意した餌《えさ》に引っかかり、無様を晒《さら》したのはある意味予定通りだったが、あの時、一つだけ予想外のことが起こった。

リディが皆のいる前で、私に対する所有権を強く主張してくれたことだ。

『フリードは私のだから』

珍しくもリディは本気で怒っていた。私をあの女から隠すように立ちはだかり、堂々と言い放ったのだ。

あの時、リディには悪いが、私は歓喜のあまり叫び出したくなる気持ちを必死で堪《こら》えていた。にやけてどうしようもない口元を隠したが、ここ最近では一番嬉《うれ》しかった出来事かもしれない。

リディに所有権を主張され、誰《だれ》にも渡さないのだと告げられた時、不謹慎だがその言葉をくれる要因となった憎き女に感謝したくらいだ。

リディに愛されている。それも、こんなにも強く。

それがどうしようもなく嬉しくて、その後、自身に湧《わ》いた喜びを隠すのが大変だった。

我慢に我慢を重ね、ようやく邪魔者もいない、二人きりになった今。

可愛くて堪《たま》らない妃《きさき》を思う存分貪《むさぼ》っても許されるだろう。

「リディ」

部屋の扉を閉め、鍵《かぎ》を掛ける。

元々リディの女官たちには、夜はこちらに来なくて良いと言ってあったので、自分たちの他《ほか》に誰《だれ》もいない。暗い部屋。魔法で灯《あか》りを点《つ》けてから、リディを引き寄せた。今まで我慢していたものを解放するように、思いきり口づける。

突然の口づけに、リディが目を見開いた。

「んんっ……！　んんんっ」

抗議するようにこちらを見るリディに目を細め、聞く気はないのだと態度で示す。

閉ざされた唇をこじ開け、舌をねじ込む。部屋に入ってすぐの場所で行われる淫《みだ》らな口づけに、常にないほど昂《たか》ぶった。

「んっ……あっ……」

リディの身体《からだ》から力が抜ける。抵抗しても無駄だと悟ったのだろう。その手が私の背中に回った。

自らの身体を押しつけるようにして応《こた》えてくれるリディに愛《いと》しさが増す。

――好きすぎて、彼女を壊してしまいそうだ。

日々深くなるリディへの想い。それは自分でも制御できないほどに強い。

いつだって私はリディを愛していて、この重たすぎる気持ちを持て余している。だけどリディは笑って受け止めてくれて、側《そば》にいると約束してくれるのだ。

「ん、も……どうしていきなり……ベッドまで我慢できなかったの？」

今度は首筋に吸い付き始めた私に、擽《くすぐ》ったそうにしながらもリディが聞いてくる。

ここで「やめて」と言わないのがリディだ。彼女が言うのは大抵、「しても良いけれどベッドで」や、「今日は疲れているから回数を減らして」くらいで、行為自体を拒絶することはない。

リディに拒否されないというのは私の精神衛生上のためにもすこぶるよろしく、たまに彼女は気づいてわざとそう答えているのではないかと思う時がある。

「我慢できるわけがないよ。リディが私のことを『自分のもの』って皆に宣言してくれたっていうのに」

「あ、あれは……」

リディがポッと顔を赤くする。

「ち、違わないけど違うの。あれはつい。腹が立ってというか、我慢できなかったというか」

「うん、うん。私はリディだけのものだよ」

「もう！　思い出させないでよ」

「だって、嬉しかったんだ」

首筋に赤い痕《あと》を残しながらリディに告げる。

「リディが私に対して独占欲を見せてくれたことがすごく。だって、いつだって私の方がリディのことを好きだから」

「いや、それはないから。私、ものすごくフリードのことが好きだからね？」

真顔で訂正してくるリディの頭を撫《な》でる。

「うん。だからそれが目に見えたのが嬉しかったんだよ」

「……まあ、良いけど。フリードが嬉しかったんならそれで」

「うん」

触り心地の良い髪を存分に撫でてからリディを抱き上げる。上機嫌でベッドに向かっていると、私の首に両手を回した彼女が言った。

「しても良いけど、その前にちゃんと指輪は戻してね。でないと嫌だから」

「もちろんだよ。リディが嵌《は》めてくれるんだよね？」

「うん」

頬《ほお》を染めて頷《うなず》くリディを見て、更に機嫌が上昇した。

揃《そろ》いの指輪を外したままなのは嫌だと主張するリディが愛おしくて堪らない。

「ほら、ベッドに着いた。リディ、お願い」

リディをベッドの上に下ろし、上着の内ポケットに入れておいた指輪を彼女に差し出す。彼女は私から指輪を受け取ると、慎重な手つきで私の左手薬指に指輪を嵌めてくれた。

「……これでよし」

「ありがとう、リディ」

アメジストが光る指輪が己の薬指に戻り、安堵《あんど》する。

私とリディが夫婦である証《あかし》。これがないと落ち着かないと以前リディが言っていたが、確かにその通りだ。指輪を嵌めた瞬間、ホッとしたのは気のせいではない。

私の指をじっと見つめ、満足そうに頷くリディをそっと押し倒す。

望み通りベッドまで我慢したのだからもう良いだろうと彼女の小さな口を吸うと、リディは自ら口を開け、舌を差し出してきた。その舌を遠慮なく吸い、口内を貪りながら上着を脱ぎ、ベッドの向こうに放《ほう》り投げた。クラヴァットも緩め、シャツのボタンを二つほど外しながら彼女が弱い顎《あご》の裏側を擽ると、リディは甘い吐息を零《こぼ》した。

「フリード……」

「リディ、愛してる」

ドレスを脱がせる時間すらもどかしかった。ブルーの色合いが美しい今日のドレス。とても似合っていたが、触れ合いには少し邪魔だ。胸元を寛《くつろ》げ、胸を覆っていた下着だけを外す。

いつもと同じように、まずは王華《おうか》にキスを落とす。

彼女が私のものであるという愛しい証に口づけるのはもはや習慣のようなものだ。

ついでに強く吸い付き、いくつか赤い痕を残しておいた。王華とは関係なく、彼女の肌に私が愛した痕を残したいのだ。

愛する女を抱いている男なら、皆、大概は同じことをすると思う。とはいえ、これくらいなら明日の朝には消えているだろうけど。

乳房を下から掬《すく》い上げるように掴《つか》む。柔らかくしっとりした感触が心地よかった。

胸の中心で主張している粒を口に含む。口の中で転がすと、最初は柔らかかった実がどんどん硬くなっていった。

「んっ、あっ、ふぁんっ……」

リディの甘い声が腰に響く。下半身はとうに限界を訴え、早く彼女の中に入りたいと主張してくる。それを無視し、乳輪に舌を這《は》わせた。彼女の喘《あえ》ぎ声と、身体を震わせる姿が淫らで私を煽《あお》って仕方ない。

硬くなった蕾《つぼみ》に強く吸い付く。リディが甲高い声を上げた。

「ああっ……ひあっ、気持ち良い……」

悦《よろこ》ぶリディに気を良くし、私はドレスのスカート部分をめくり上げ、下着越しに蜜口《みつ》に触れた。そこは予想通りしっとりと濡れそぼっていて、リディが感じてくれているのがよく分かった。下着の隙《すき》間《ま》から指を差し込み、直接秘部に触れる。

「ふあんっ……」

「ああ、トロトロだ。熱いね」

ぬるりとした感触と熱さが心地よい。蜜口を指で擽ると、リディはピクンピクンと肩を揺らした。その仕草が何とも可愛《かわい》くて、耳元で囁《ささや》く。

「リディ、愛してる」

次の瞬間、ドロリと新たな蜜が溢《あふ》れ出た。どう考えても私の言葉に反応したからだとしか思えない状況に、口角が上がっていくのが分かる。

「リディ、私に愛してるって言われて嬉しかったの？　ここ、蜜でグチャグチャになってる」

花弁の間から滲《にじ》み出てくる愛液を指に纏《まと》わせ、中へと押し込む。蜜道は熱く、ドクドクと脈打っていた。

「うん……嬉し……んっ」

頷くリディが可愛く、誘われている気持ちになった。

蜜口の中に侵入した指を曲げると、リディの良い場所に当たったのか、可愛い声が返ってくる。

「リディ、ここ、好きだね」

「あっあっ……！」

膣《ちつ》壁を何度も擦《こす》り、リディの熱を更に昂ぶらせる。膣壁が収縮し始め、私の指を締め付け始めた。

それに気づき指を引き抜く。

「んっ……」

息を乱し、四肢を投げ出すリディの下穿《したば》きを脱がせる。たまにはドレスを着たままというのも悪くないと思い、下着だけを脱がせた着乱れた格好のまま、四つん這いにさせた。リディは大人《おとな》しく従い、甘い息を吐いた。

この後を期待しているのが分かり、嬉しくなる。

スカート部分をめくり上げると、リディの白い臀《でん》部《ぶ》が露《あら》わになる。ストッキングは履いたままだ。白いガーターベルトが眩《まぶ》しかった。刺激を受け、緩く開いた蜜口からは愛液が滴る。粘り気のある蜜は、リネンに落ちることなく膨らんだ淫唇《いんしん》に留《とど》まり、妙にいやらしい眺めに喉《のど》が鳴った。

「可愛い……」

乳房と臀部という性的な場所だけを露わにした情欲を誘う姿に、自分でそうしたにもかかわらず、理性が引きちぎれるかと思った。

大体、そうでなくても今日は浮かれているのだ。

リディに自分のものだと皆に宣言された事実は今も私の心を喜ばせ続けている。

「今日は、止まれる自信がないな……」

ボソッと呟《つぶや》くと、四つん這いのままリディが振り返った。

「フリードが止まったことなんてないじゃない」

その顔は赤く、今の格好を恥ずかしいと思っているのが分かる。それでも嫌がらず素直に従ってくれるのは私のことが好きだからだ。私に肉棒を挿入されるのを今か今かと待っている彼女の姿に、下腹部が痛いくらいに膨れ上がった。

耐えきれずトラウザーズを寛がせて、興奮しきった肉棒を引き摺《ず》り出す。そうして彼女の蜜口に己のものを押しつけながら囁いた。

「そうかもしれない。でも、今日は特別浮かれている自覚があるからね」

「……聞きたいんだけど、浮かれていると何か変わるの？」

振り返り、真面目《まじめ》に聞いてくるリディに少し考え、私は答えた。

「あんまり変わらないかもしれない。でも、回数は増える気がする」

「え、まだ増えるの!?」

ギョッとするリディに、私は微笑《ほほえ》みだけを返しておいた。

濡れそぼった蜜口に亀頭をグリグリと押しつけ、今からこの中に入るのだとアピールする。少しだけ泥濘《ぬかるみ》の中に肉棒を押し込むと、きゅうっと蜜道が収縮したのが分かった。

「期待してくれてるのかな。じゃあ、今夜は頑張らないと」

浅い場所を軽く突くと、リディは「ああんっ」と可愛く啼《な》いた。

「フリード、あ……もっと奥、来てっ……」

肉棒を三分の一ほど中に埋め、浅い抽挿を繰り返す。

ヌルヌルとした膣道は心地よく、浅い場所を軽く突いているのも楽しいのだが、リディは物足りないようだ。

「フリード……」

強請《ねだ》るように呼ばれた響きは甘く、聞いているだけで頭の芯《しん》が痺《しび》れてくる。

「奥まで挿れて欲しい？」

「欲しい。早く……あーっ……！」

彼女の愛らしい願いを叶《かな》えるべく、肉棒を彼女の奥深くへと突き刺していく。リディは身体を震わせ──達した。鞘《さや》道が肉棒をキツく締め上げる。あまりの心地よさに、私までイってしまうかと思った。

「ふあああ……ひぅっ……」

達した余韻で身体を震わせるリディが酷《ひど》く愛らしい。リネンに額を押しつけ、ハアハアと息を乱すリディに問いかけた。

「もうイっちゃったの？　最近、挿れただけでイくことが増えたよね」

「だって……気持ち良いんだもん……フリードのが入ってくると、こう、ゾクゾクっとして、すぐイっちゃう」

リディの中は複雑に蠢《うごめ》いている。すっかり動きたくなってしまった私はリディに言った。

「キツいだろうけど、もう動くよ」

「待って、もう少し待ってって……あああっ……」

「だーめ、私が待てないから。ごめんね」

ビクンビクンとリディの身体が痙攣《けいれん》する。リディの中は狭く、私を熱く絡め取っていた。精を搾り取ろうと襞《ひだ》が纏《まと》わり付き、竿《さお》部分を圧搾する。気持ち良いけれど、これだけではさすがにイけない。

亀頭を奥へと擦りつけ、彼女の反応を見ながら、抽挿を開始した。

「ああっ、ああっ……！」

彼女の細い腰を持ち、ひたすらに奥を突く。深い場所まで穿《うが》つと、下生え同士が擦れ、それもまた気落ち良かった。強く腰を打ち付けるとリディは甘い声で啼き、「もっと欲しい」と更なる快感を強請った。

——本当に可愛いんだから。

腰を振る度に、連動して彼女の重たくなった乳房が揺れる。片手を伸ばして乳首を抓《つね》ると、彼女は背を仰け反らせ、「あああああっ！」と叫んだ。

「やあ……イくっ……またイくから……！」

「ねえ、今日のリディも随分と感度が上がってない？　気のせいかな」

リディの感度の良さは毎日抱いているのでよく知っているが、それでも驚くような反応の良さだ。

乳首を摘まんだだけで軽くイくなんて思わず、だけどもこちらを煽るような反応をしてくれるのは嬉しかった。

リディが啼きながら頷く。

「フリードが……嬉しいって言ってくれて……私だって、嬉しかったの……そんなの、当たり前じゃない……」

リディに独占されたと喜んだことが、どうやら彼女を喜ばせていたらしい。

本当に彼女は、私の機嫌を取るのが上手《うま》すぎて困る。

指の腹で硬くなった乳首を転がし、興奮で一回り大きくなった肉棒で蜜道を抉《えぐ》る。

水音と肌を打つ音が混じる。乳房をギュッと掴みながら腰を振りたくると、彼女の中がまた熱く潤んだ。

「リディ、気持ち良い？」

「気持ち良い、気持ち良い、気持ち良いよぅ……」

後ろから突き上げられながら、リディがひんひんと喘ぐ。リディの弱い部分を亀頭で叩くと、彼女はギュウギュウに肉棒を締め付けた。

「そこやあ……！　ああっ……またイっちゃう……」

「何度でもイって。こっちも遠慮しないから」

言いながら、リディに腰を押しつけ、精を注ぐ。私の執着を孕《はら》んだ精液が彼女の中に流れ込んでいく。

「あああっ、熱い……っ」

リディが達しながら、精を受け止める。

きゅううっと膣壁が痛いくらいに肉棒を押し潰《つぶ》す。そのタイミングでまたゆるりと腰を動かした。

少し肉棒を引き抜くと、私が放った精が蜜口から零れ出た。

リディが嬉しげな声で尻《しり》を振る。

「ああんっ……」

「気持ち良いね。ねえ、奥に出されるの好き？」

「好き……熱いの好き……もっとちょうだい……」

リディの期待に応え、再度挿入し、速度を上げて抽挿を繰り返した。

彼女を気持ち良くさせたいと思い、陰核に手を伸ばし、弄《いじ》る。

強い刺激に、リディは大きな声を上げた。

「この小さい豆を弄ると、リディはすぐに気持ち良くなっちゃうね。また、中が締まったよ？」

リディの中は何度出してもキツく私を締め上げる。

コリコリと硬くなった豆を指の腹で転がしながら腰を振りたくると、彼女は随喜の涙を流しながら達した。

強い締め付けに、こちらにも吐精感が襲ってくる。彼女が欲しがっているので我慢はせずに、また深い場所へと注ぎ込んだ。

「ひあああっ……！」

どん、と音がしそうなくらいに量が出た。それを蜜壺《つぼ》は嬉しげに飲み込む。

「あんっ、あんっ……出てる……！　熱い……多いよう……」

甘い声で精を搾り取るリディに愛しさが際限なく膨れ上がった。

「これで、二回目。ねえ、リディ。今夜は何回できるかな」

三度《みたび》彼女を後ろから犯しながら上半身を倒し、耳元で囁く。本当に今夜は何度だってできそうな気がする。むしろ終われるような気配がなくて、リディには寝不足を覚悟してもらわなければならないだろう。

「愛してるよ、リディ」

「あっ、あっ、あっ……そこ、駄目え……んんっ」

肉棒の突き上げに翻弄《ほんろう》されつつも、リディは自ら腰を振った。屹立《きつりつ》を自分で迎え入れるように腰を揺らす彼女の姿が愛おしい。

ずっとずっと、リディを抱いていたいと思ってしまう。

「一生懸命腰を振って、可愛いな。もっと強くしてあげるね」

「あああっ！」

勢いよく、彼女の奥に肉棒の切っ先を押しつける。グリグリと押し回し、ついでに手を伸ばして再び陰核を弄ると、彼女は切羽詰まった声で啼いた。

「ああ！　ああっ！　……気持ち良い……イく、またイくっ！」

可愛らしい表情と声に煽られた。

「ああ……早く、孕めば良いのに……」

無意識の内に出た言葉に苦笑する。私は本当にリディが好きで仕方ないらしい。だけど同時にもう少しの間、孕まなければ良いのにとも思っていた。

リディが妊娠すれば、この楽しい交わりの時間は大幅に減るだろう。彼女の健康が一番だから、それは仕方ないと分かってはいるし、今から覚悟もしているけれど、彼女と一つになれる時間が減るのは寂しかった。

——妊娠してもしなくても、どちらでも構わない。

王太子としては失格の、この気持ちこそが今の私の本音なのだろう。

リディが私を愛してくれているからこそ思える気持ち。

子供という存在でリディを繋《つな》ぎ止める必要がない。彼女との愛の結晶は欲しいと思っているけれど、だからこそ今すぐにとは思わなかった。

——せっかく新婚で、いくらでもリディを抱けるのだ。もう少し二人きりの時間を楽しみたいと思っても罰は当たらないだろう？

こうしてリディが私を受け入れてくれる時間は、私にとって何物にも代えがたいのだから。

とはいえ、私の子を宿して、幸せそうに笑うリディを見たいという気持ちも同じくらいの強さで存在している。

──ああ、どちらを望んでいるのか、分からない。

きっと贅沢《ぜいたく》な悩みなのだろうけど。

顔が見たくなったので、肉棒を一旦《いったん》引き抜いてリディの体勢を正常位へと変える。足を深く折り曲げさせ、己のモノを再度彼女の中へと埋め込んだ。柔らかな蜜壺は肉棒を深い場所まで簡単に受け入れてくれる。

「あんっ……」

「やっぱり、リディの顔が見たいから」

「ん、私も」

リディが両手を伸ばしてきたので、それに応え、上半身を彼女の方に倒した。背中を抱き締められ、とても幸せな気持ちになる。

「リディ」

「大好き、フリード」

応えるように唇を合わせ、緩く腰を動かす。

「フリード……んんっ、あ、気持ちいい」

彼女の出す酷く甘い、強請るような声が悩ましかった。

リディの腰が私の動きに合わせるように揺れる。とろんと蕩《とろ》けた表情の彼女は扇情的で、この顔を見られるのは自分だけと思うと独占欲が満たされた。

この幸せな時間を永遠に感じていたいと願ってしまう。

「愛してるよ、リディ」

「嬉しい」

ふにゃりと緩んだ笑顔を向けられ、ドキリと心臓が高鳴った。愛情の籠《こ》もった表情に心が浮き立ち……申し訳ないことに、また下半身が熱くなる。

いつだって私はリディのことが好きで堪らなくて、毎日ドキドキして、そして彼女に惚れ直している。

「あっ……嘘《うそ》。また大っきくなった」

「……」

驚いたようにこちらを見てくるリディに、気まずさのあまりつい視線を逸《そ》らしてしまう。

「フリード?」

「……だってリディが可愛いから」

「ちょっと……んんっ」

誤魔化すように口づける。熱い口内を貪っているうちに、更に肉棒が大きくなった。

腰に熱が溜《た》まっていく。

「ごめん……我慢できない」

「きゃっ……!　あああっ!」

足を抱え直し、抽挿の速度を上げた。襞肉が敏感に反応し、屹立に縋《すが》り付く。全《すべ》てを搾り取られるような感覚が堪らなく気持ち良かった。

「リディ」

「あっ、あっ……気持ちいい、気持ちいいよぅ」

私の首にしがみ付くリディの声は甘く、蕩けていた。

リディの綺麗《きれい》な紫色の瞳《ひとみ》が欲に染まる。その表情にどうしようもないほど欲情した。

——ああ可愛い。もっと欲しい。

私に何度も貫かれ、愛らしい声を上げ続ける彼女の姿は癖になる。

帰国前日。

リディには悪いけど、今夜も眠れない夜になりそうだ。

12・死神とヴィヴォワール兄妹（書き下ろし・カイン視点）

「うっわ……マジかよ」

姫さんの護衛で夜会に潜入していたオレは、オフィリア王女との会話内容を偶然聞いてしまい、頭を抱えた。

オレの存在は、すでにイルヴァーンにも周知されている。堂々と護衛の任を果たせば良いと王太子に言われ、着たことのない夜会服に袖《そで》を通して姫さんを護衛していたのだが、とんでもないことを聞いてしまった。

もちろん、全部を聞いたわけではないが、繋《つな》ぎ合わせれば何の話をしているのかくらいは分かる。

少し前、姫さんから王女がアベルの宿を知りたがっていると聞いていたし、推測するのは簡単だ。

どうやら向こうの王女様は、よりによってアベルに狙《ねら》いを定めたようだと知り、頬《ほお》を引き攣《つ》らせた。

「知りたくなかった……」

「本当だよなー」

面倒なことになりそうだと溜息《ためいき》を吐《つ》いていると、後ろから声がした。もちろん、誰《だれ》なのかは分かっている。というか、知っている人物だからこそ放《ほう》っておいたのだ。

それでも一応、注意する。

「アレク。あのな、頼むから後ろから近づかないでくれ。間違って殺してしまったらどうするんだ」

「ん？　お前はそんなことしないだろう？」

「なんでそう言い切れるんだよ……」

後ろを振り向くと、案の定、オレと同じような夜会服に身を包んだアレクがいた。彼は「よ！」と片手を上げる。

「フリードからお前も夜会にいるって聞いてさ、探してたんだ。しっかし上手《うま》く紛れるよなあ。ずっと探して、見つけたのが今だぜ。隠れてるって感じでもなかったのに」

「プロだからな」

「その技、俺《おれ》も欲しい。夜会が始まってから次から次へと女がやってきて鬱陶《うっとう》しくて堪《たま》らないんだ。見つからないで済むならその方が有り難い」

「……あんたは目立つから無理だろ」

姫さんたちと同じく、アレクも存在自体がかなり派手だ。彼が気配を消したところで、目立つのは変わらない。例外は、姫さんの旦那《だんな》くらいだ。

彼はオレにさえ気づかせないほど存在感を消すことができる。暗殺者に察知されないレベルとか、相変わらず姫さんの旦那が人外じみていて、なかなかに恐ろしい。絶対に正面切って戦いたくない相手だ。

そういうことを告げると、アレクは然《さ》もありなんという顔をした。

「フリードは別格だからなあ」

「本当、世界は広いって思ったぜ」

「あるある。でも、他《ほか》の連中は普通だからな？」

「……そうか？」

あまり普通なようには見えないが、まあ、確かに王太子と比べれば普通かもしれない。

納得しがたいと思いながら首を傾《かし》げていると、アレクがキョロキョロと周囲を見回していた。

「ん？　何してるんだ？」

「……新たな令嬢が近寄ってこないか気になって。……よし、大丈夫そうだな」

「……あんたも大変だよなあ」

筆頭公爵家の令息という立場が令嬢たちには魅力的に映るのだろう。彼には婚約者もまだいないし。

「特定の女、作れば？　そしたら、それを理由に断れるだろ」

「それ、親父にも言われている。さっさと結婚して公爵家を継げって。でもさ、どこにそんな暇があるんだよ。リディとフリードが結婚してこの方、暇な時間なんてこれっぽっちもないんだぜ？」

「……そうだったな」

確かにアレクの言う通りだ。

同意するしかない言葉に頬を掻《か》いていると、アレクが唸《うな》りながら言った。

「だから俺は良いんだよ。俺自身は全然焦ってねえし。親父も元気だしな。それよりさっきの話だ」

「さっき？」

何のことだととぼけると、「ふざけんな、オフィリア王女のことだよ」と苛立《いらだ》たしげな答えが返ってきた。

アレクがオレにしか聞こえないほどの小声で言う。

「あいつらはぼかした言い方しかしなかったから分かる奴《やつ》は殆《ほとん》どいないと思うけど、やっぱそういうことだよな？」

「……多分」

そういえば、アレクもオフィリア王女の一件について知っている一人だった。それどころか、後始末や辻褄《つじつま》合わせを押しつけられた可哀想《かわいそう》な役どころだったはず。

納得していると、アレクは難しい顔をして言った。

「……どうすんだろうな、実際の話。裏社会にどっぷり浸《つ》かってる情報屋に惚《ほ》れるとか国王夫妻が許すはずないと思うし、アベルが王女様を受け入れるとも思えねえんだけど」

「オレもそう思う。でもオレが見る限り、王女は本気っぽい。ヴィルヘルム留学中にアベルを落とすべく動くんじゃねえのかな。そしてそれに姫さんも協力する気満々、と」

姫さんが友人の恋を応援しないはずがない。オレの言葉にアレクも同意なのか、目を覆い、嘆いた。

「うあああ……また、リディが絡むのか。あいつが絡むと大抵碌《ろく》なことになんねえっつーのに！」

「まあ……仕方ないよな。せいぜい頑張れよ」

今までの流れから駆けずり回る羽目になるのがアレクだということは分かっている。同情しつつも目を向けると、彼は大きな溜息を吐いていた。

「今からヴィルヘルムに帰るのがものすごく憂鬱《ゆううつ》だ……」

「そうだな。イルヴァーンにいる間に起こったことなら、イルヴァーンが処理してくれるもんな。

さっきみたいに」

「あれな」

　オレが何を言いたかったのか分かったのだろう。アレクが深く頷《うなず》いた。

「フリードとリディに直接突撃してくるような女がまだいるとは思わなかった。つーか、ヴィルヘルムにはもういねえぞ。他国ならではの騒ぎだよなあ」

「オレもそう思う。姫さんと王太子のあのいちゃつきぶりを知っていたら、誰も『愛妾《あいしょう》に』なんて言えないし、あの二人を一目見れば、横入りなんて絶対に無理だって分かるんだけどな」

「フリードが一方的に惚れているのかと思いきや、意外とリディの方も同じレベルで惚れてるからな」

「『触らぬバカップルに祟《たた》りなし』」

　アレクと言葉が重なった。顔を見合わせ、重々しく頷く。

「だよな。だからオレ、今回こんなことになるとは思っていなかったんだ。王太子に言われてアベルに依頼に行ったのはオレだけど、いくらなんでもさすがにあり得ないんじゃないかって。取り越し苦労になると思ってたんだ。まあ、実際はアベルが変装したその夜からあの女は通ってきたんだけど。正直、吃驚《びっくり》した」

「寝室に直接突撃とか勇気あるよな。しかも帰れって言われてるのに朝まで居座ったんだろ？　その根性をもっと別のことに活《い》かせなかったのかね」

「全くもって同意だ」

深く頷く。

王太子に姫さんのためだからと言われ、アベルに依頼に行ったは良いが、まさか本当にあの女が行動に移すとは思っていなかった。だって、誰が直接王太子の寝室に来ると思うのだ。

あの女が王太子用にと与えられた部屋の扉を叩《たた》いたのを天井から見ていた時は、その光景が信じられなくて、思わず自分の頬を抓《つね》ってしまった。

「……貴族の女って時折、すごい行動力があるんだなって思う時がある」

その時のことを思い出して告げると、何故《なぜ》かアレクが「分かる」と心の底から同意してきた。

「特にな、狙う男を手に入れようとする時のあいつらは、獰猛《どうもう》な肉食獣も真っ青になるくらい、ガンガンくるぜ。俺もフリードもそれを骨身に染みて知ってる。だからフリードも今回、偽者を用意する、なんて手に出たんだろうけど……はああ……ヴィルヘルムもイルヴァーンも女は女。どこもそう変らないってことか……こええ……」

「オレ、貴族とか関係なくて良かった。そんな経験したくない」

「幼い頃《ころ》からずっとだぜ。まともな神経をしている男は大抵は途中で一度か二度は女嫌いになる。もしくは相当の女好きになるかどっちかだ。俺とフリードは前者だったたってわけ」

「……うわ。ん？　つーことは、アレクは女嫌いなのか？」

そんな風には見えなかったと思いながらも尋ねると否定が返ってきた。

「んなわけねえだろ。嫌いっつーか、苦手なのは貴族の肉食系だけだ。ガンガンこられると、萎《な》える。その点、フリードは本気で羨《うらや》ましい。自分から惚れた女だもんなあ。相手が俺の妹だったたっていうのだけは、今でもなんでだって思ってるけど」

「なるほどなあ……」

「お前は？　そういうのないのか？」

「それこそ姫さんの護衛で忙しいし、もう少し色々落ち着かないと考える気になれないかな」

アレクの問いかけに正直に答える。

ヒユマの血を絶やす気はないので、いつかはオレも誰かと所帯を持つだろう。だけどそれは今ではないと思っている。

「大体、姫さんといると、大抵の女は刺激がなさすぎてあんまり……」

「ああ……それな。めちゃくちゃ分かる」

「姫さん、公爵家出身なのに色々ぶっ飛んでるから……」

「……あいつがああなのは、昔からだ。親父もよく、なんでああなったって頭を抱えてるけど、多分リディの場合、先天的なものだと思うんだよなあ」

「そうか？　アレクも似たようなもんだし、ヴィヴォワール公爵家の血なんじゃねえの？」

わりと本気で言ったのだが、アレクは眉《まゆ》を寄せて否定した。

「俺はあんなトラブルメーカーじゃねえ。俺があいつで苦労してるの、お前だって知ってるだろ」

「知ってるけど、姫さんがかかわってない時のあんたは、似たようなもんだぞ」

「まじかよ……」

俺の答えにアレクは絶望したという顔をした。

「俺が、あいつと同じ……？」

「いや、そんなに落ち込まなくても」

「普通に落ち込むわ！　何だよ。あんな自由気ままに生きてる奴と俺を一緒にするなよな」

「分かったからさ。落ち着こうぜ。……目立つ」

「……悪い」

テンションが上がり、声が大きくなっていたことに気づいたアレクが口を噤《つぐ》んだ。

とはいえ、特に問題はなさそうだ。途中で柱の陰に隠れるように移動したので、アレクのことがお目当ての令嬢たちにも見つかっていない。

改めて声を潜め、アレクが言った。

「で、だ。話は変わるけど、明日お前は俺たちと一緒に帰るんだよな。それで本当に良いんだよな？」

「良いって。二言はない」

「……お前がそれで良いって言うなら俺は構わないんだけどさ。親父、なんて言うかなあ」

「怒られるのはお前だけなんじゃね？　どうして今まで報告しなかったってさ」

「口止めされてんだから、言うわけねえだろ。いやでも親父なら、とりあえずは怒りそうな気もする」

「ま、頑張れよ。それと姫さんたちも会場からいなくなったみたいだから、オレも出る。じゃあな」

先ほど姫さんは王太子と一緒に会場を出ていった。王太子と一緒なら心配していないし、彼は妙に上機嫌だった。邪魔をしない方が無難だろう。

すでに二人がいなくなっていることを告げると、気づいていなかったアレクがギョッとした。

「おま、そういうことはもっと早く言えよ！」

「気づかないあんたが悪い。頑張って、一人で令嬢たちを捌《さば》いてくれ」

ヒラヒラと手を振り、会場内から出ようとすると、アレクがオレの腕を掴《つか》んだ。

「一人だけ逃げようなんて許さねえぞ。俺も連れていけ……」

恨みの籠《こ》もった低い声を聞き、思わず笑いそうになるのを堪《こら》える。

「いや、出ていくなら一人で行けよ。それこそオレを巻き込むな」

「一人になると、あいつらが絶対に話しかけてくるだろ？　お前という防波堤《ぼうはてい》がいるんだ」

「なんでオレがあんたの防波堤にならないといけないんだよ」

「友達だろ！」

「友達とは、相手を利用するものではなかったとオレは思うんだが？」

「助け合いって言葉、知ってるか？」

「オレ、あんたに助けられた覚えなんてないんだけど」

じと目でアレクを見る。アレクは手を合わせてオレを拝んできた。

「な、頼む。一緒に行ってくれ。もうさ、疲れすぎてて、一人で捌く気になれねえんだよ。これ以上しんどいことはしたくない……」

声に哀愁と疲れが滲《にじ》み出ていた。

それに気づき、嘆息する。

「分かったよ。連れていってやる。一つ貸しだからな」

建前は大事なので一応はそう言い、オレはアレクを引っ張り、彼と共に夜会会場を後にした。

「……助かる」

本気で有り難がっている様子の彼に、やはり貴族令嬢は恐ろしいものなのだと認識を新たにしつつ、文句を言った。

「あんた、それでも筆頭公爵家令息かよ」

「今、それを言わないでくれ」

「……へいへい」

幸いにも、令嬢が彼を追いかけてくることはなかった。

13・彼女と滞在最終日

イルヴァーン滞在、最終日の朝がいよいよやってきた。

昨夜は妙に盛り上がってくれたフリードのせいで、ほぼ完徹状態だ。こっそり持ってきていたデリスさん印の体力回復薬は飲んだが、眠気が解消されるわけではないので、かなり辛《つら》い。

「……眠い」

「……いつも思うんだけど、ほんとフリードは元気だよね」

しょぼしょぼする目を擦《こす》りながら隣にいるフリードを見る。彼は非常に晴れやかな表情をしていた。完徹したどころか、ずっと激しい運動（セックス）をしていたなんて誰《だれ》も思わない爽《さわ》やかさである。肌もピカピカだし、目の下に隈《くま》もない。体力だって完全回復しているように見える。

毎夜、朝方まで励んでいるのに何故《なぜ》こうなのだろう。私は常々不思議に思っているのである。

心底疑問に思いながら尋ねると、フリードは笑顔で言ってのけた。

「リディを抱くと、色々なものが回復するからね。精神もそうだし、体力なんて底なしになるような気がする」

「底なし……そ、それはさすがに気のせいであってもらいたい……」

そんな馬鹿《ばか》な話があるものか。もし、それが本当なら私の身が持たない。大体、人間は睡眠を取らなければ死んでしまう生き物だ。

長生きをしてもらうためにも、フリードには最低六時間睡眠を厳守して欲しいところなのだが、健康そのものです！　みたいな顔をされてしまうと、説得するのも難しい。

「フリードが自然の摂理に反している気がする……」

半ば本気で告げると、フリードはぷっと吹き出した。

「何それ。一応言っておくと、歴代のつがい持ちの王族は、皆、私と似たようなものだよ。真面目《まじめ》な話、つがいと交わる以上に回復する方法なんてないと言っても過言ではない。それだけ、つがいという存在は私たちにとって特別だってことなんだ」

「また新たなつがい設定が出てきたぞ……」

――つがいとエッチすれば元気になる、だと？

なんてフリードに都合の良い設定なんだと恐れ戦《おのの》いていると、彼が呆《あき》れたように言った。

「何を言っているの。教えようとした時、リディが言ったんじゃないか。その時その時で良いって」

「……そういえばそうだった」

結婚する前にフリードに言った自らの言葉を思い出し、項垂《うなだ》れた。

なるほど、これは自業自得《じごうじとく》というやつか。

とにかくフリードは私を抱いていれば元気いっぱいだと、そういう話のようだと理解した私は、「えっ、じゃあ私は？　私はどうなるの？　私は眠いし、ちゃんと疲れるんだけど」と思ってしまった。

午前は休ませてもらえるし、王華《おうか》の力で疲労もかなり軽減されているのは分かっているが、どうせなら私にもその便利なつながい設定を適用して欲しいと思うのだ。

常々、朝一から動けるフリードが羨《うらや》ましいと妬《ねた》んでいるのである。

とはいえ、言っても仕方ないことだし、フリードとの結婚は自分が望んだことなので後悔もしていない。フリードが元気なら、ま、良いかなという結論に達した私は、それ以上深く考えないことにした。そうして、部屋の中へと目を向ける。

女官も護衛たちも、皆、忙しそうに帰国の準備に追われていた。

今日の予定は朝に出発の準備と、国王たちに別れの挨拶《あいさつ》。そして来た時と同じように転移門を使って帰るということになっている。

イリヤとレヴィットが話すタイミングは、国王たちに別れの挨拶を済ませた後から帰るまでの短い間。

それ以上はヘンドリック王子が許さなかったからなのだが、時間を作ってくれただけ有り難い。

女官たちはせっせと荷造り。護衛たちの何人かは、出来上がった荷を転移門へ運ぶ作業に従事している。

長いようであっという間だったイルヴァーン滞在。こうして帰国の準備が進んでいくのを見ていると、帰るんだなあという気持ちになる。

私のお土産《みやげ》は、レイドの本とアマツキさんから購入した包丁に珈琲豆《コーヒー》。王妃様から是非持って帰って欲しいと渡された例のドレス。そして、たこ焼き機である。

せっかくアマツキさんに無理を言って作ってもらったたこ焼き機。一回作っただけで捨てることなどできるはずがない。ヴィルヘルムに持って帰って、折りを見て、今度こそ楽しいタコパをするのだと企《たくら》んでいた。

「まずは蛸《たこ》を手に入れなくちゃ始まらないんだけど……港町に行けば手に入るかなあ。でも、王都から出ないといけないから……」

「リディ。また妙なことを考えてるの？」

「うひぇっ！」

ふうっと後ろから首筋に息を吹きかけられ、飛び上がった。慌てて振り返ると、フリードがじっと私を見つめている。

「吃驚《びっくり》した……。もう、驚かせないでよ」

胸に手を当ててほうっと息を吐く。フリードは後ろから私を己の腕の中へと抱き込んだ。

「ごめんね。真剣な顔でブツブツ言ってるから気になって。リディ、何を企んでるの？」

「べ、別に何も悪いことは考えてないよ。ただ、ほら、せっかくたこ焼きをする道具があるんだから、ヴィルヘルムでもタコパしたいなあと思って」

「タコパ？」

「たこ焼きパーティーの略称」

「……そう」

微妙な顔をしつつもフリードは頷《うなず》いた。

「で、リディが困っているのは蛸のことかな？」

「うん。ヴィルヘルムでは見ないけど、気候的に捕れないわけじゃないと思うんだよね。で、確かめてみたいから港町に行きたいなと。でも、そうするなら王都を出ないといけないし、どうしようかなって」

フリードの叔父《おじ》であるガライ様が治める港町――ダッカルトは、ヴィルヘルムの海軍本部が置かれている。ガライ様はその司令官で、私も何度かお会いしたことがあるのだが、渋みがかったとても良い男なのだ。

ダッカルトに行きたいと正直に希望を告げ、彼を見上げると、フリードは難しい顔をして考え込んだ。

「そう、ダッカルトに。……確かに蛸が捕れるか確認するなら、ダッカルトがリントヴルムから一番近い場所になるとは思うけど……。リディ、まさかとは思うけど、一人で行こうなんて思ってないよね？」

じろりと睨《にら》まれ、私はとんでもないと首を振った。

「さすがにそんなことしないよ。フリードの奥さんだって自覚はあるもん」

「本当に？　カインだけ連れていけば良いとか思ってなかった？」

「思ってない、思ってない」

王都内をふらふらするくらいなら目を瞑《つむ》ってもらえても、さすがに更に外へ出るというのが許されないことくらいは分かっている。

「フリードが心配するからしない」

「そう。それなら良いけど」

キッパリと告げると、ようやくフリードはホッとした顔をした。

「ダッカルトで蛸が捕れるかどうかだけど、現地に行ってみないと分からないだろうね。そもそも蛸という名称で呼ばれているかも分からないし、食用とみなされていない可能性もある」

「だよね……。うーん、諦《あきら》めるしかないのかな。お城の中庭でお義母様と陛下も呼んで、皆でタコパしたかったのに……」

町の皆にもたこ焼きアピールをしたいが、それより先に義母たちに食べてもらいたかったのだ。

「ウィルやグレン、シオンにレナにも食べさせたかった……残念」

がっくりと項垂れる。

自由に動くことのできない王太子妃という身が嘆かわしいが、自分で選んだ道なので仕方ない。

フリードが私一人で行かせられないというのは当然だし、私だってそんな無茶をする気はないのだ。

だって万が一、私に何かあったらフリードが爆発するではないか。ヴィルヘルムの未来が危うくなりそうな真似《まね》は、王太子妃としてはできないのである。……いや、本当に。

怖い話だけど本気で心配なのだ。

少し考え込んでいた様子のフリードだったが、やがて仕方ないという風な顔で私を見た。

「……私の帰還魔術を使えば一瞬で行き来はできるから、一日時間を作れば何とかなる、かな。ただ、ダッカルトは魔術で行けるようにはしていないんだ。近いうちダッカルトに行く用事があるから、その時に準備しておくよ。そうしたら、リディと一緒に行けるから」

「えっ……良いの？」

殆《ほとん》ど諦めかけていたところでのフリードの提案に、私は顔を輝かせた。

フリードがそんな私を見て苦笑する。

「良いよ。リディがしたいことを拒否する気はないからね。できることは協力する。その日は一日、蛸を探しがてらダッカルトでデートすることにしようか」

「ありがとう！」

思ってもみなかった提案に心が浮き立つ。

帰還魔術とは、普通、ダッカルトまで飛べるようなものではないと思うのだが、それはこの際無視だ。魔力チートなフリードが行けると言うのなら行けるのであろう。

それよりも私は、降って湧《わ》いたダッカルトデートに胸を躍らせていた。

——うわあ。初めての町をフリードとデートとか嬉《うれ》しい！

ダッカルトには何があるのだろうか。とてもとても楽しみである。

蛸のことを調べるのが第一とは思っているが、同じくらいフリードとデートできるのも嬉しい。

ワクワクしているとフリードが言った。

「それじゃそろそろ用意して、国王陛下にお別れの挨拶に行こうか。その後、イリヤ妃とレヴィットの話し合いに同席するんでしょう？」

「うん」

そうだった。

用意をしてもらうため女官たちの方を振り返ると、彼女たちはすでに準備万端整えて私が来るのを待っていた。

「……ごめんなさい」

どう見ても私待ちの様子に、さすがに気まずくなり、謝罪を告げる。

女官たちはクスクスと笑い、首を横に振った。

「いいえ。殿下と楽しそうにお話をしていらっしゃいましたからお邪魔をするのは無粋かと。ただ、時間が迫って参りましたので、そろそろお声掛けさせていただこうとは思っていました」

「そうよね……お願いするわ」

「承知いたしました」

「じゃ、私も準備しておくよ。後でね」

「うん」

フリードが部屋を出ていくのを見送る。着替えがあるので女官たちは護衛たちも部屋の外へと追い出した。

◇◇◇

最初に来た時と同じ、謁見の間で私たちは国王夫妻に帰国の挨拶を行った。

国王は私たちが帰ることを惜しんでくれ、ヴィルヘルムから持ってきた以上のお土産を用意してくれた。

その内容は珈琲豆から始まり、砂金にダイヤ。サファイヤといった宝石から、珍しい布まで様々だ。イルヴァーンで採れる南国フルーツなんかもあった。

「子供たちが世話になったことを考えれば、こんなものでは足りぬかもしれないが……」

申し訳なさそうに言う国王。

まだ王太子妃一年生の私にはどの程度が平均値なのか分からないので黙っていたが、隣に控えていた兄が目を見開いていたから、かなりの量を用意してくれたのだと思う。

王妃様も壇上からわざわざ降りてきて、私の両手を握ってくれた。

「あなたがこの国に来て下さったこと、感謝いたします。あなたが来てから、オフィリアは生き生きとして、ずっと楽しそうでした。ヴィルヘルムでも娘をよろしくお願いしますね」

もちろん私はしっかりと頷いた。

「私もレイドと友達になれてとても楽しかったです。その、王妃様はお寂しいでしょうが、私は彼女がヴィルヘルムに来てくれることが嬉しくて堪《たま》りません。彼女とたくさんのことを経験して、一緒に成長できたらなと思っています」

「ええ、ええ。あなたが一緒にいてくれるのなら、安心して娘を送り出せます。オフィリアにとってあなたとの出会いは、内に閉じ籠《こ》もりがちだったあの子を良い方向へ変える起因となったのでしょう。あなたたちの友情が続くよう、今後も協力を惜しみませんからね」

「ありがとうございます」

力強い言葉を嬉しく思いながら、王妃の手を握り返す。私たちの様子を見ていた国王は何故か苦笑気味だったし、フリードも笑いを堪《こら》えているような顔をしていた。

首を傾《かし》げつつも、王妃から離れる。

もう一度、きちんと挨拶をしてから、謁見の間を出た。

廊下に出ると、緊張していたのか兄がほうと息を吐き、私に言った。

「お前、ほんっとうにイルヴァーンの王妃に気に入られたんだな……つーか、なんで僅《わず》か十日間でイルヴァーンの女性王族を全員落とすとか訳の分からねえことをしてるんだ？　これだからお前は怖いんだ……」

「失礼な言い方しないでくれる？　王妃様は、レイドと私が友達になったことを喜んで下さっているだけ。それだけだよ」

「それだけで、ああなるわけないだろ」

「別に良いでしょ。悪いことじゃないんだから」

むしろ私の使命は、イルヴァーンの女性王族と仲良くなることだったのだから、褒めてくれても良いはずである。

そう言うと兄は、「ここまでお前が上手《うま》くやるとは思わなかったんだよ」と疲れたような顔をした。

そうしてフリードに目を向ける。

「で？　お前らはこれから用事があるんだっけ？　俺《おれ》はまだ帰国の準備が残ってるから部屋に戻るが、それで良いか？」

「ああ。私はリディと行動を共にする予定だから、護衛はレヴィットだけ残してくれれば良い。あとの者たちは荷造り要員に回してくれ。人手はあった方が良いだろう?」

フリードの問いかけに兄は頷いた。

「国王陛下が山のように土産を下さったしなあ。そのチェックもしたいし、手はたくさんある方が正直助かる。お前は……そうだな。カインもどっかにいるだろうし、一人付ければ十分か。分かった、後でな」

フリードの言い分にあっさりと納得し、兄は護衛たちを引き連れて、部屋の方へと戻っていった。

残ったのは私とフリード。そしてイリヤの知り合いである獣人のレヴィットだけだ。

「……」

「どうしたの?」

三人だけになった途端、どうにも居心地悪げにし始めたレヴィットが気に掛かり声を掛ける。レヴィットはすっかり萎縮《いしゅく》した様子で言った。

「いえ、イリヤと話したいと思っていたのは本当なんですが、殿下とご正妃様にお手数をお掛けしている現実が受け止められなくて……。申し訳ありません」

仕える主人に面倒を掛けさせたというのが耐えられないのだろう。その考え方は分かるけれど、レヴィットにはイリヤのためにも頑張ってもらわなければならない。

だから私は言い方を変えることにした。

「別にあなたのために時間を作ったわけじゃないから。私は私の友人であるイリヤのために一肌脱いだだけ。あなたはそれに付き合わされているだけよ」

　フリードも同意した。

「リディの言う通りだ。お前のためではない。それをはき違えないようにな」

「ご正妃様、殿下……ありがとうございます」

　言い方を変えただけなのだが、それでもレヴィットはホッとしたような顔をした。物は言いよう。彼の気持ちを少しでも楽にできたのなら何よりだ。

　待ち合わせをしている部屋へと三人で向かう。ヘンドリック王子から指示されたその部屋は応接室の一つらしく、すでに王子とイリヤが待っていた。

「……兄様」

　部屋に入ってきたレヴィットを見たイリヤの目が輝く。それにいち早く反応したヘンドリック王子はブスくれていたが、さすがに何も言わなかった。

　フリードが私の背中を押す。

「私はヘンドリックと向こうで待ってるから。話が終わったら、声を掛けて」

「分かった。レヴィット」

「……はい」

　緊張しつつもレヴィットは頷き、私の後についてきた。ヘンドリック王子は溜息《ためいき》を吐《つ》きつつもイリヤから離れ、フリードと一緒に部屋の隅へと移動する。

「イリヤ」

「リディ、ありがとう。本当になんてお礼を言っていいのか」

イリヤに声を掛けると、彼女は目を潤ませていた。

「役に立てたのなら良かった。でも、手はずを整えてくれたのはフリードとヘンドリック殿下だから、あとで二人にお礼を言ってね」

「ええ、必ず」

コクリと頷くイリヤ。私はレヴィットに目を向け、彼に言った。

「本当は二人で話したいんだろうけど、さすがにそれは許されなかったから、私が同席するのは勘弁してね。会話に口を挟んだりはしないから」

「いいえ、ご正妃様。十分です。感謝いたします」

硬い表情ながらもレヴィットは笑い、イリヤに声を掛けた。

「改めて、久しぶりだな、イリヤ」

「レヴィット兄様。……ええ、本当に久しぶり」

懐かしいものを見るような目でイリヤがレヴィットを見る。

「島に残っている皆が兄様のことを心配していたわ。その、余計なお世話かもしれないけど、島のお父様に手紙を書いたの。……兄様を見つけたって。返事はまだだけど、多分、喜んでいると思う」

「島に……そうか」

苦い顔をしつつも、レヴィットは何も言わなかった。

その態度から、彼はイルカナム島に帰る気がないのだなと気づいてしまう。

　イリヤも同じように思ったのだろう。

「やっぱり、帰るつもりはないのね」と、残念そうに言った。

「……悪いな。俺は天職を見つけたんだ」

「そりゃあ、ヴィルヘルムは良い国だと思うし、兄様が腰を据えたくなる気持ちも分かるけど、族長の息子がいなくなって、皆、困ってるのよ」

「……イーオンが残っているから大丈夫だと思ったんだ」

　イーオンというのは、つがいを探すと言って、島を出てしまった彼らの幼馴染《おさななじ》みの名前だ。彼はレヴィットが出ていった後に島を出奔した。だから、レヴィットはそれを知らなかったのだ。

「あいつが帰ってくれれば、問題ないだろう。つがいを探しに出かけたという話だったが、あいつから連絡はないのか？」

「全く。だからすごく心配で。それにイーオン兄様はノヴァ一族の次期族長で、レヴィット兄様はノックス一族の次期族長でしょう？　イーオン兄様が戻ったからレヴィット兄様が帰らなくて良いということにはならないと思うのだけれど」

　イリヤの言葉に、レヴィットは渋い顔をした。

「そりゃあ俺だって、いつかは帰ろうと思っている。でもそのいつかは十年先かもしれないし、二十年先かもしれない。少なくとも今すぐに、なんて考えていない。俺はヴィルヘルムに、殿下に忠誠を誓った騎士なんだ。それは王太子妃という立場にあるお前にも分かるだろう？」

「……ええ」

不本意な様子ではあったが、イリヤは頷いた。

「分かっているわ。でも今、島は後継候補がことごとく姿を消して、参っている状態なの。ソルはティティ姐《ねえ》さん。アウラはフィーリヤ姉さん。ノックスはレヴィット兄様。ノヴァはイーオン兄様。ソルとアウラにはまだ小さいけど一人ずつ後継候補がいるから何とかなるけど、ノックスとノヴァは……」

「……別に、誰が継いでも構わないと思うけどな。それに親父たちはまだまだ現役だろう。急いで戻る必要はないと思う」

「それはそうだけど……」

「……お前、自分が島から関係なくなった途端、そんなことを言うんだな」

「え……」

イリヤが目を見開く。レヴィットは淡々と言った。

「どうして皆が島を出ていったのか。お前、一度でも真面目に考えたことはあるのか？　皆、色々な理由を付けるが、本音は一つなんだ。閉鎖的な島のやり方に嫌気が差しているんだよ」

「で、でもそれは……人間から身を守るために仕方なくて……」

「捕まれば奴隷に落とされるって話だろう？　それは確かにそうだ。だが、その可能性があると分かっていても皆、島を出たいと思っているんだ」

「そう……なの？」

「怯《おび》えているのは親父やじいさんの世代だけ。俺たちは昔から、いつか島を出たいって話していた。

……イーオンだけは違ったけどな。『お前たちが出るなら、仕方ないから俺が残って島を守る』って。そのイーオンも結局出ていったって話なんだが」

「……」

「俺たちの中で、一番最初に出ていったのがティティ姐さんだ。ソルは他《ほか》の部族よりも閉鎖的だったからな。自由な姐さんには耐えられなかったんだ。だから出ていった」

ティティさんの話が出て、ドキリとした。

確かにティティさんは言っていたなと思い出したのだ。

彼女は閉鎖的なソルが嫌だから、つがいに縛られるのが嫌だから出てきたのだと言っていた。レヴィットの話を聞けば、島を出ていった先駆者的存在だったのが、ティティさんなのだと分かる。

「リディが、ティティ姐さんはヴィルヘルムにいるって言ってたけど……」

「ああ。元気で暮らしているようだな。あっちは気づいていないようだったけど、ご正妃様の護衛と手伝いで和カフェに行った時に何度か見かけた。元気そうにしてたな」

「え、話さなかったの？」

「必要ないだろう」

「必要ないって……」

驚くイリヤに、レヴィットは不思議そうな顔をした。

「どちらも元気にやっているのなら、別にわざわざ話しかける必要はないだろう？　違うか？」

「……」

レヴィットのドライな考え方がイリヤには理解できないようだった。

「じゃ、じゃあ、どうして私には声を掛けたの？」

「イルヴァーンの夜会で見かけたら、しかもご正妃様と一緒にいるとか、普通に何事かと思うよな。あとは島の様子が気になった。ティティ姐さんには島のことを聞いても意味がないからな。俺より先に出ていった人だし」

「……そう。じゃあ、私が姉様のことを探すのも、余計なことって思う？」

「うん？　妹が姉を探したいっていうのは普通だろう？　別に探したいなら探せばいいんじゃないか？」

首を傾げるレヴィットに、イリヤは「そうかな」と力なく言った。レヴィットが頷く。

「頑張れよ。探したいんだろう？　俺もあいつが気にならないわけじゃないし、とりあえずフィーリヤの現状を知るというのは悪くないと思うからさ」

「……ありがとう、兄様」

笑顔を作り、イリヤはレヴィットに礼を告げた。だが、その笑顔が無理に作られたものと気づいたレヴィットが「ああもう！」と髪を掻《か》きむしり、イリヤに言う。

「分かった！　俺も協力する！　とりあえずフィーリヤはお前が探せ。お前の姉なんだからな。俺はイーオンを探しておく。さすがに行方《ゆくえ》不明っていうのは気になるし、イーオンは責任感の強い男だ。何も起きていないなら連絡を入れるか、島へ帰っているはずだからな」

「兄様」

「イーオンが島に戻っていないと、さすがに俺も落ち着いてヴィルヘルムで騎士業をやっていられない。だからこれは俺のためでもある。分かったな？」

「……ええ」

「ティティ姐さん辺りに聞いてみるかなあ……」

ぼやくように言うレヴィットに、ようやくイリヤは笑みを浮かべた。

「きっと、レヴィット兄様を見て驚くと思う」

「いや、面倒くさいから話しかけないでくれって言われそうな気がする」

溜息を吐いたレヴィットに、イリヤも「そうかもしれない」と頷いた。

「俺とお前では身分が違いすぎるから、連絡は取れない。もし大きな進展があれば、島に手紙を送ってくれ。俺も……不本意ではあるけど、島と連絡を付けられるようにはしておくから」

「分かったわ」

イリヤが頷いたところで、声が掛かった。

「そろそろ時間なんだけど、良いかな？」

声の主は案の定というか、非常に苛々《いらいら》した様子のヘンドリック王子だった。

二人が額を付き合わせて真剣に話しているのが気に入らなかったのだろう。かなり機嫌を損ねている。

イリヤがそれに気づき、慌てて頷いた。

「あ、ありがとうございます。殿下。もう、大丈夫です」

「そう。それなら良いけど。……君、レヴィットと言ったね」

「は、はい……」

ヘンドリック王子に声を掛けられ、緊張しながらレヴィットが返事をする。

ヘンドリック王子はそんなレヴィットを一瞥《いちべつ》し「ふうん」と呟《つぶや》く。

「イリヤの幼馴染みだって聞いているよ。幼い頃《ころ》のイリヤが随分と世話になったって。でも彼女の夫は僕だから。これからは僕がイリヤを守るから」

「はい、お願いいたします」

独占欲剥《む》き出しのヘンドリック王子の台詞《セリフ》に、何故かレヴィットは微笑《ほほえ》んだ。そうしてイリヤに目を向ける。

「お前、良い方と結婚できて良かったな。お前のことは心配しなくて良さそうで、ホッとしたよ」

「……ええ。殿下は、こんな私にとてもよくして下さるの」

イリヤの言葉にレヴィットは何度も頷き、ヘンドリック王子に頭を下げた。

「殿下、俺ごときが言うのはおかしいと分かってはいますが、今だけ身内として言わせて下さい。イリヤを幸せにして下さってありがとうございます。今後もイリヤのこと、よろしくお願いいたします」

「……頼まれるまでもないよ」

「はい。失礼いたしました。本日は貴重なお時間を割いていただき、本当にありがとうございました」

もう一度、深々と頭を下げ、レヴィットは護衛らしく私の後ろに下がった。

きちんと切り替えのできる様子はとても好感が持てる。次期族長と言っていたくらいだ。元々優秀な人物なのだろう。

「ヘンドリック。なかなか見苦しかったな」

フリードが軽口を叩《たた》きながらやってきた。ヘンドリック王子はぎろりとフリードを睨む。

「痛いところを突いてくるなあ。僕だってさすがに格好悪かったと思ってる」

「余裕のないお前に対し、レヴィットは礼を告げ、弁《わきま》えた振る舞いをした。私ならお前よりもレヴィットを選ぶところだな」

「ぐっ……。だから分かってるんだって。大体君なら、何があってもリディアナ妃一択でしょう。何が『私なら、お前よりもレヴィットを選ぶ』だよ。あり得ないことを言わないでくれる？」

どうなんだと目で訴えられたフリードは、クツクツと笑った。

「分かっているじゃないか、ヘンドリック。私にリディ以外の選択肢は存在しない」

「僕だって同じだよ。はあ……本当、格好悪い。イリヤ、僕のこと嫌になったりしないよね？」

心配そうに尋ねるヘンドリック王子に、イリヤは恥ずかしそうにしたものの、コクリと黙って頷いた。可愛《かわい》らしい仕草にヘンドリック王子が我慢できず彼女を抱き締める。

「イリヤ！　僕も好きだよ！」

「ひゃっ……で、殿下……」

人前で抱きつかれるのは、イリヤにはレベルが高すぎたのだろう。ふるふると震えるイリヤがなかなかに可哀想《かわいそう》だ。

「リディ、そろそろ行こうか。さすがに帰国の準備をしないと間に合わなくなる」

フリードが私の腰を引き寄せながら眉《まゆ》を寄せた。それに頷き、イリヤに言う。

「ええと……じゃあ、時間らしいから私たちは行くね。イリヤ、次はいつになるか分からないけど、また会えるのを楽しみにしてる」

ヘンドリック王子にギュウギュウに抱き締められ、羞恥《しゅうち》で顔を真っ赤にしながらもイリヤは頷いた。

「わ、私も楽しみにしてる。リディ、イルヴァーンに来てくれてありがとう。オフィリア様とのことも。その……オフィリア様はヴィルヘルムに留学されるそうだけど、帰ってこられるまでに、私ももっと彼女と話せるように色々頑張っておきたいと思うの」

「うん。レイドも喜ぶと思う。頑張って、イリヤ」

「ありがとう、リディ。フリードリヒ殿下も、ありがとうございました」

「いえ。お役に立てたのなら何よりです」

フリードが余所《よそ》行きの顔でにこりと笑う。

イリヤに手を振り、部屋を後にすると、レヴィットが「殿下、ご正妃様」と声を掛けてきた。立ち止まり振り返ると、彼は深々と頭を下げている。

「この度は本当にありがとうございました。このご恩はこれからの働きで返していきたいと思います。お許しいただけますでしょうか」

「もちろんだ」

フリードが答え、私もその隣でうんうんと頷いた。

「お前のことは叔父上からも聞いて期待している。これからも頼む」

「有り難きお言葉。誠心誠意《せいしんせいい》努めます」

臣下として、まさにこうあるべしという態度。フリードが目を掛けるのも当然だ。

今後が楽しみな騎士だなと思っていると、フリードが歩き出しながら「そういえば」と言った。

「さっきヘンドリックに聞いたんだけどね。昨日の騒ぎで、随分とリディが噂《うわさ》になっているらしいよ」

「え、私？　な、何か変なことをした？」

最後の最後で何かやらかしてしまったのだろうか。

青ざめながらフリードを見る。彼は「いいや」と笑いながら言った。

「別にリディが何か失敗をしたとかじゃないよ。悪口を言われているわけじゃない」

「悪口じゃない？　じゃあ、何？　余計、気になるんだけど」

全く検討もつかない。

一体私はイルヴァーンで何と噂されているのか不安になっていると、フリードが言った。

「うん。実はヴィルヘルムの王太子妃は、聞いていた以上に夫に惚《ほ》れているらしいぞってね、そう噂になっているらしい」

「はあああ!?　何それ！」

フリードの言葉を聞き、目を見開いた。

何。なんでそんな話がいきなり出回ったりするのだ。

「ど、どこからの情報なの!?」

私がフリードを好きなのは事実だが、どこから出てきたものなのか、噂の出どころが気になる。思わず立ち止まってフリードの服の裾《すそ》を引っ張ると、彼は「だから昨日の夜会」と実に楽しそうに言った。

「昨日、リディがあの女に『フリードは私だけのもの』って大々的に言い放ったでしょう？　あれだよ。あれで皆は認識を新たにしたらしい。ヴィルヘルムの王太子が妻を溺愛《できあい》しているとは聞いていたが、妻の方も夫をずいぶんと好いているらしいぞってね」

「！」

ケイトに向かい、フリードは自分のものだ宣言したことはもちろん覚えているし、昨夜彼からもすごく嬉しかったと随分喜ばれた。だけどまさかそれがイルヴァーンの貴族たちにまで「ヴィルヘルムの王太子妃は、どうやら相当夫に惚れているらしいぞ」と認識される結果になるとは思わなかった。

「は……恥ずかしい……」

衆人環視《しゅうじんかんし》の中、独占欲丸出しの台詞を吐いた自分が今更恥ずかしくなってくる。

「ヘンドリックには『君の妃《きさき》は、どんな状況にあっても自分の気持ちを偽らないんだね。羨《うら》ましいよ』って言われてね、私も自慢してきたんだけどって……リディ」

「ひいいいいい……」

自分の考えなしの行動に身悶《みもだ》えていると、フリードが首を傾げて聞いてきた。

「リディ、どうして呻《うめ》いているの？　皆にリディが私に惚れているって思われるのが嫌だった？　私はすごく嬉しかったんだけど……」

「嫌とかじゃない。それは事実だから別に良いの。ただ、思い出すと恥ずかしくて穴に埋まってしまいたくなるだけ……」

フリードを好きなことは事実だし、愛妾《あいしょう》を認めない、彼は自分だけのものだと思っているのも本当だから、それがバレたところで構わない。

「あの王太子妃、夫にベタ惚れなんだぜ？」と思われることも百歩譲って許そう。

単なる事実だし。

だけど、それがあの自分の独占欲丸出しの言葉『フリードは私だけのもの』発言から導き出されたというのは気づきたくなかった。

だってそれって、めちゃくちゃ恥ずかしいじゃないか。

「恥ずかしがらなくて良いのに」

「……いや、普通に恥ずかしいと思う」

「でもこれで次にイルヴァーンに来た時には、邪魔をするような者たちもいなくなると思うよ」

「……それは、うん。有り難いけど」

あんな騒ぎは二度とごめんだ。

微妙な顔をしつつも頷くと、フリードが思い出したように言った。

「あの例の彼女。正式に王宮への立入禁止命令が出たらしいよ。夜会や社交の場にも、五年の参加を禁じるって」

「……そっか」

年頃の未婚令嬢が五年社交界に顔を出せないなど、結婚の道を絶たれたも同然である。しかも彼女は国内貴族ほぼ全員がいる場で愚かな事件を起こした。

噂はあっという間に広まるだろうし、王妃の不興を買った彼女に近づこうとする者はいないだろう。いるとすれば、彼女の父親の爵位を魅力的に感じる逆玉狙《ねら》い。もしくは、彼女のことを本当に愛している男くらいだ。後者がいれば良いのだろうけど、彼女の実情を知らない私には何とも言えない。

「彼女の父親の侯爵は、娘を修道院に送るか、外国の貴族に嫁がせようと考えているみたいだね。さすがにもう手元に置いておけないって。あの場に彼女の父親もいたらしいんだけど、あまりの愚かさに、全《すべ》てが終わるまで呆然《ぼうぜん》として動けなかったんだそうだ。娘可愛さで言うことをなんでも聞いていたけど、他国の王族に対してまで愚かな真似をするとは思わなかった。目が覚めたってさ。帰ってからずっと娘に説教していたらしいけど、娘の方は未《いま》だ自分がどうして処罰されるのか分かってないようだよ。私は悪くないってずっと言ってるってさ」

「……わあ」

「朝一番で、国王の下に侯爵が謝罪に来て、娘のしでかした責任は親の私にありますって、領地の一部を返上すると申し出たらしい。その行動が評価されて、侯爵の処分はそれ以上行われなかったようだね」

「彼女の父親、娘を甘やかし過ぎたのは問題だけど、それ以外はちゃんとした感覚のある人だったんだね」

「そうみたいだね。ヘンドリックが顛末を教えてくれたんだけど、こういうことになったから、納得して欲しいってさ」

「納得も何も、イルヴァーン側がそう決めたのなら、私に文句なんてないけど」

夜会での騒ぎには辟易《へきえき》したが、フリードが事前に手を打ってくれたおかげで、被害自体は殆ど出ていない。だから処分に口出しする気はなかった。

再び歩き出す。フリードは何が楽しいのか、ずっと笑っていた。

「フリード？」

「ううん。ただ、気分が良いなあと思っているだけだから気にしないで。……皆に、リディが見ているのは私だけだって認識されるのが、こんなに嬉しいとは思わなくて、考えれば考えるほどニヤニヤしてしまうんだ」

「……それ、ただの変な人だからね。やめてよ」

「ヴィルヘルムでも皆に認識してもらえたら良いんだけど。リディは私のことが大好きだって。そうしたら毎日良い気分で仕事できる」

「皆、すでに知ってるんじゃないの？」

ベタベタしている自覚はあるし、生温かい目で見守られているのも分かっている。大概皆には、知られていると思うのだが。

そう言うとフリードは「そうかなあ。そうだと良いけど。そうしたらリディに手を出すような輩《やから》も減ると思うんだけどな」といもしない相手に、相変わらず嫉妬《しっと》していた。

14・彼女とさよなら、イルヴァーン

部屋に戻った私たちは、帰国準備を終えた兄たちに出迎えられた。

部屋の中は案内された当初と同じで、自分たちのものが何もない、家具だけの状態になっている。

十日間暮らすとそれなりに愛着が湧《わ》くもので、なんだか寂しい気分になった。

「帰るんだね……」

帰国を実感していると、フリードが私の頭をくしゃりと撫《な》でた。

「父上たちも待っているからね。仕事も山積みだし、それにオフィリア王女を迎える準備だってしなければならない。帰っても暇なんてないよ」

「そうだ、そうだった。ねえ、フリード。レイドの部屋の準備、私も手伝っていい？　レイドの趣味なら彼女の部屋を知ってるから、大体分かると思うし」

パッと手を挙げる。友人のためにできることをしたいと訴えると、フリードは頷《うなず》いた。

「構わないよ。父上には伝えておくから、女官たちにはリディが指示を出すといい」

「ありがとう、そうする！」

ヴィルヘルムにやってきたレイドが、心地よく過ごせるよう頑張ろう。そう思い、ワクワクしていると、兄がこちらにやってきた。

「そろそろ予定時刻だ。転移門のある部屋に移動しようぜ」

「そうだな。結局、最後まで予定が詰まって、余裕のない日程になったな。当初は、ここまで予定が詰まるとは思わなかったのだが」

フリードがしみじみと言うと、兄も同意した。

「本当だぜ。こんなに忙しいとは思わなかった。……っと、カインは？」

カインの姿が見えないことが気になったのか、兄がキョロキョロと辺りを見回す。

一緒に帰ることを知っているからの行動なのだろうが、兄が妙にカインと仲が良い気がするのは気のせいだろうか。

知り合い、友人となったのはほんの少し前の話なのに、ずっと付き合ってきたかのような親しさだ。育ってきた環境は全く違う二人だが、意外と馬が合うようで、最近、何かと兄はカインといることが多い気がする。カインに親しい人ができるのは大歓迎なので構わないのだけれど、時々「仲いいな!?」と二度見することがあるのだ。

以前はよくグレンとつるんでいた兄なのだが、グレンの婚約が決まってからは少し疎遠になっている。多分、兄なりに遠慮しているのだろう。

空いた時間をカインと過ごすのが今は楽しいようだった。

「……ちゃんといるって」

兄の呼びかけに、むっつりとしつつもカインが近くの柱の陰から現れた。

全員が揃《そろ》ったことを確認し、転移門がある部屋へと移動する。

部屋の中には山のように荷物が積まれているのかと思いきや何もなく、イルヴァーン国王夫妻とレイド、ヘンドリック王子にイリヤという見送りの面々しかいなかった。

「あれ、荷物は？」

「転移門を起動させて、先に荷物を送った。陛下の計らいでな」

「そうなんだ」

兄の言葉に納得する。

国王たちの側《そば》に歩いていくと、レイドが小さく手を振っていた。

私も振り返す。国王が私たちに優しい目を向けながら言った。

「――別れは先ほど済ませたからな。多くは語るまい。フリードリヒ王子にリディアナ妃、息災でな。また是非、時間ができたらイルヴァーンに来てもらいたい」

「ありがとうございます。是非」

フリードが答える隣で、笑みを浮かべる。レイドが「リディ」と私の名前を呼んだ。

「何？」

「すぐに行く。ヴィルヘルムで待っていてくれ」

「うん、待ってるね」

イリヤも小さく私を呼んだ。

「さっき、お別れは済ませたけど。楽しかった。ありがとう、リディ」

「こちらこそ。また、会おうね」

「ええ」

ヘンドリック王子がフリードに「じゃあ、僕からも」と手を差し出した。

「イルヴァーンに来てくれてありがとう。君たちが来てくれたおかげで、色々なことが判明したし解決したよ。今後ともよろしく頼む」

「お前から手紙をもらった時はどうなることかと思ったがな」

渋い顔で告げるフリードに、ヘンドリック王子はアハハと笑いながら「あれは僕も大分混乱していたから」と言った。

「それでも、本当に来てくれて感謝してる。オフィリアのこともそうだ。フリード。イルヴァーンは正式にヴィルヘルムと協定を結んだけど、僕個人としても、君とは仲良くしていきたいと思っている。友人として、今後ともよろしく頼む」

真面目《まじめ》に言われ、フリードは目を瞬かせつつヘンドリック王子が差し出してきた手を握った。

「……お前の妙な頼みは、二度と聞かないぞ」

「その辺りはねえ？　約束はできないかな。ほら、僕もオフィリアのために色々頑張らないとだし？」

「知るか」

「ま、なんやかんや言っても、君は優しいから、最後には引き受けてくれると信じてるよ」

「……はあ」

何かを企《たくら》むように笑うヘンドリック王子。フリードはやれやれという顔をしている。

これがこの二人の在《あ》り方なのだろう。国王たちも微笑《ほほえ》ましそうな顔で二人を見ていた。

「さあ、時間だ。転移門を起動させるよ」

ヘンドリック王子の声に頷き、私たちは転移門の上に移動した。

すぐに転移門は起動し、私たちは白い光に包まれた。転移する直前、ヘンドリック王子が声を上げる。

「本当にありがとう、二人とも。イルヴァーンは君たちに感謝してる。今後、何かあればイルヴァーンは全力で君たち夫婦を支援すると約束するよ！　元気で！」

ヘンドリック王子のその言葉で、私たちのイルヴァーン訪問は終わりを告げた。

視界が真っ白になり目を閉じる。


――さあ、帰るはヴィルヘルム。私たちの国へ。


転移が終わり、静かに目を開ける。

転移門が置かれている、見慣れた部屋だ。

国王に義母。ウィルやシオンにグレンの姿も見えた。

いつもの面々が出迎えてくれたことに気づき、私はにっこりと笑った。

フリードと一緒に転移門を降りる。

「リディ、お帰りなさい。頑張ったようですね」

義母が笑顔で話しかけてくれる。それに頷き、私は言った。

「はい。とっても楽しかったです。友達もできたし、私、イルヴァーンが大好きになりました」

「そう、それは良かった。また話を聞かせて下さいね」

「もちろんです。お土産《みやげ》もあるので、是非」

「それは楽しみですね」

普段通りのやり取りと笑顔に身体《からだ》の力が自然と抜ける。ヴィルヘルムに帰ってきたのだと実感しながら私はぐるりと周りを見回し、皆に言った。

「ただいま帰りました」

——ヴィルヘルムに。

その言葉に、皆は笑顔で応《こた》えてくれた。

◇◇◇

「……これくらいで良いかね」

荷造りが終わった店内を見回す。元々仕事道具以外、碌《ろく》にものを置いていなかったので、去る時は簡単だ。

工房を閉めて、商品と仕事道具を片付ければ、それで終わり。

二十年以上この地に住んでいたけれど、終わる時は呆気《あっけ》ない。

「さて、行こうか」

目的地は、ヴィルヘルムだ。

数日前、あたしの包丁を買ってくれた子がいる国。その国へ行こうと思っていた。

あたしはずっと、この国の性差別に苦しんでいた。


女の作る刃物《はもの》に価値はない。

女が職人なんて――。

女の作ったものがこんなに高いはずはない。もらってやるからタダで差し出せ。


そんな風に言われる度に、あたしは心を凍《い》てつかせ、この国に少しずつ見切りをつけてきた。

ヴィルヘルムに行ったところで、差別がないわけじゃないと分かっている。

土地勘もない。それどころか知り合いだって一人しかいない。ヴィルヘルムでの暮らしの方が厳しい可能性の方が大きいだろう。

それでも久しぶりにあたしの商品に対する価値を認めてくれた、あのリディと名乗った子が住む国に移り住みたいという気になったのだ。こんな気持ちは長い間生きてきて初めてだったが、悪くないと思っていた。

「できれば王都に住みたいが……デリスがいるからねえ。さすがに縄張りを荒らすわけにはいかないか。鍛冶《かじ》場を構えたいから水が豊富な方が有り難いし、近くの港町にでも移住してちょーっと様子を窺《うかが》うかね」

その前に挨拶をしなくては。黙って移動すれば、デリスも怒るだろう。

同じ魔女同士とはいえ、義理は通さなければならない。

彼女とは今まであまり接点がなかったが、お互い嫌い合っているわけではないし、それなりに上手《うま》くやれると思っていた。

大体、向こうは『薬の魔女』で、私は『鋼の魔女』。得意分野が全く違う。

同じ魔女がいる場所は避けるのが普通なのだが、駄目という決まりがあるわけではないし、デリスには我慢してもらおうと思う。

だってあたしは、あの子の近くに行きたいのだから。

あたしを正しく評価してくれた子。職人として敬意を払ってくれたあの子の近くに行きたいのだ。

「包丁のメンテナンスもしてやらなくちゃいけないしね」

あの子に売ってやった包丁は、ここ数年で一番の出来だ。あれをきっちり世話してやらなければ、あたしの気が済まない。

「さて、楽しくなりそうだね」

数十年ぶりに心が浮き立つ。

ヴィルヘルムで、あの子と再会することを楽しみに、あたしは久しぶりに、大きな魔法を使った。

距離なんて関係ない。自分が望む場所へと移動する、魔女たちだけが使う大魔法。

久しぶりでも間違えたりなんてしない。呪文《じゅもん》はこの身に染みついているのだから。

呪文を唱え終わる。

次の瞬間には、私の姿はイルヴァーンから消えていた——。

番外編・白百合の王妃と少しだけ前に進んだ話（書き下ろし・王妃エリザベート視点）

「静かだわ……」

自室でゆっくりとカップを傾ける。

黄金色のお茶はとても美味《おい》しかったが、私の無聊《ぶりょう》を慰めてはくれなかった。

◇◇◇

ほんの十日ほど前の話だ。

息子と義理の娘となったリディが、友好国であるイルヴァーンへ外遊に出かけた。

イルヴァーンの王太子に招かれてのことで、初めて外国に行く義娘はとても楽しそうにしていて、見ているこちらも幸せになるような笑顔を周囲に振り撒《ま》いていた。

そして、そんな義娘に息子は終始甘ったるい視線を向けていた。

誰《だれ》が見ても分かる。

己の妃《きさき》が愛《いと》おしくて堪《たま》らないという目だ。危険を感じたので一応注意はしたが、向こうでもリディを抱き潰《つぶ》してはいないだろうか。それだけが心配だ。

息子はリディのこととなると簡単に箍《たが》が外れてしまう。

リディと知り合う前はこちらが心配になるほど女性に興味がなかったのに、それが嘘《うそ》のような有様で執着している。

義娘が受け入れているから良いようなものだが、一歩でも間違えていればきっと目を背けたくなるような悲劇が起こっただろう。何故《なぜ》なら、息子は決して諦《あきら》めないから。

あの子にリディを手放すという選択肢はない。だから、本当にリディが息子を受け入れてくれて良かったと心から思っている。

そうして元気よく旅立っていった彼らを送り出した私は、数日もしないうちに形容しがたい寂しさに襲われるようになった。

義娘がいないのが、思いのほか堪《こた》えたのだ。

リディが息子に嫁いできたのはついこの間のことだというのに、あの子はすっかり私たちの新たな家族として馴染《なじ》んでしまった。

最近頻繁に開催されるようになった義娘と二人きりのお茶会。これができない現状がとても辛《つら》い。

「少し前までは、いないのが当たり前だったのに」

無意識に言葉が出る。

以前までの一人でお茶を飲み、ただ時が過ぎるのを待つだけの日々は、リディが奔走してくれたことで終わりを告げた。

殆《ほとん》ど交流がなかったどころか嫌われているとすら思っていた息子は普通に話しかけてくるようになったし、こちらから拒絶し、もう二度と関係の修復は望めないと思っていた夫などは、互いの誤解が解けた今では嘘のように愛おしげな笑みを向けてくるようになった。

全部、義娘のおかげだった。

あの子が骨を折ってくれたから今の私たちがある。私たちは皆、あの子に、リディに感謝していた。

その義娘がいないという事実は考えていたよりもずっと寂しく、何とも思わなかった一人きりのお茶が急に味気ないものに思えてくる。

私の目の前の席に座り、「美味しいですね」と笑顔で話しかけてくれるリディの存在は、私の中ではすでに失えないものになっているのだ。

「……早く帰ってくればいいのに」

そうすればまた二人でお茶を楽しむことができる。そう思い呟《つぶや》いた私に、何故か答えが返ってきた。

「何、もうすぐ帰ってくる。先ほど連絡があったからな」

「……ヨハネス様」

声が聞こえた方向に顔を向けると、そこには夫であるヨハネス様が立っていた。慌てて姿勢を正し、平静を装う。

「驚いたではありませんか。ノックくらいして下さいませ」

「ノックはした。だが、返事がなかったのだ」

「……まあ、そうでしたか」

どうやら物思いに耽《ふけ》っていて気づかなかったようだ。

気まずい気持ちになりつつ口を開く。素直になれないのはもう癖みたいなものだ。

「それは申し訳ありませんでした。ですが、返事がないからと勝手に部屋に入られては困ります」

「フリードたちの迎えにそなたも行きたいだろうと誘いに来たのだが、いらなかったか？」

「それは……ありがとうございます」

息子夫婦の迎えと聞き、調子がいいと分かってはいたが、即座に意見を翻《ひるがえ》した。今日息子たちが帰ってくることは知っていたが、時間がいつかまでは聞かされていなかったのだ。

いそいそと立ち上がろうとすると、夫が手を差し出してくれた。

「え……」

「妻をエスコートしてはいけないか？」

「いえ」

少し悩みはしたが、有り難く手を借り、立ち上がった。

夫の顔を見る。彼は頰《ほお》を染め、なんだか嬉《うれ》しそうにしている。

怪訝《けげん》な顔をすると、ヨハネス様は照れたように笑った。

「いや、その……嬉しいなと思ってな。そなたが素直に応じてくれるとは思わなかった」

「……息子夫婦を迎えに行かないなんてことはいたしません」

「ああ、そう、そうだな。すまない」

「……別に」

相も変わらず可愛《かわい》げのない返答しかできない己が恨めしい。

息子夫婦がいる時なら、少しは会話もできるようになったが、まだまだ二人きりでは沈黙が勝ってしまう。一体何を話せばいいのか分からない。どう答えれば正解なのかもさっぱりだった。

「……」

「そ、その、だな、エリザベート」

黙ってしまった私に、ヨハネス様が焦りながらも話しかけてくる。誤解が解けてからというもの、ヨハネス様は私と距離を縮めようと一生懸命頑張ってくれていた。それを嬉しいと思う気持ちはあるが、同じくらい居竦《いすく》んでしまう思いもある。

二つの相反する気持ちの中で、私は常に揺れ動いていた。

「フリードたちがいないと寂しいな」

「……はい」

迷いに迷った挙げ句、ヨハネス様が出してきたのは息子夫婦の話題だった。私が乗りやすいと考えたのだろう。その気遣いは有り難いし正解だ。

感謝しつつ、私も口を開いた。

「ちょうど今もそう思っておりました。リディとお茶ができないのが寂しいと……」

テーブルの上に置かれた空のカップに目を向ける。私が何を見ていたのか気づいたヨハネス様が納得したように頷《うなず》いた。

「そなたは最近、よく姫とお茶をしていたからな。あの明るく元気な姫がいないと、城の中から火が消えたような気持ちになる」

「……ええ、本当に。まるで最初からここにいたかのような気さえしています」

「全くだ。フリードとあれほど似合いの娘もいない。姫と出会ってからというもの、フリードはすっかり変わったな。あの仲の良さは羨《うらや》ましいばかりだ」

しみじみと告げられた言葉に、確かにそれはその通りだなと思ってしまった。

息子は夫と同じで、恐ろしいほどの絶倫のようだが、義娘であるリディは厭《いと》うことなくそんな息子に付き合っている。

息子に素直に愛を告げ、微笑《ほほえ》み合う姿は城内ではもはや癒《い》やしとまで言われている。

息子と一緒にいる義娘はいつも幸せそうで、互いに深く想い合っているのが見ているだけでも伝わってくる。

二人の姿を思い出していると、ヨハネス様がこほんとわざとらしい咳《せき》払いをした。

「それで、だな。息子たちに倣《なら》い、私たちもそろそろ前に進みたいと思うのだが」

「……は?」

凍えるような声が出た。

何を言っているのだろう。この人は。

一瞬、言葉の意味が理解できず、まじまじとヨハネス様を見つめてしまった。

「……」

美しい青い瞳《ひとみ》が私を見ている。その目に期待が滲《にじ》んでいるのが言われなくても分かった。

口を開かない私に、ヨハネス様が焦《じ》れたように言う。

「エリザベート。私はそなたを愛している。初めて見た時から今もずっと。その気持ちが変わったことは一度だってない」

「……はい」

以前の私なら信じられなかったが、今は彼の言葉を疑っていない。

少しずつ、私も前に進んでいるのだ。その歩みはとてもゆっくりとしたものだけれど、それでも確実に前へと踏み出している。

「エリザベート、そなたも私を愛してくれているのだろう？」

「……」

答えを求められている。

それも「はい」という言葉のみを。

彼の一歩進みたいというのは『そういうこと』なのだろう。私たちの関係をもっとはっきりとさせたい。そう、ヨハネス様は望んでいる。

「……」

ヨハネス様の望みは分かったが、私は頷けなかった。だって私の気持ちはまだそこまでたどり着いていないから。

『私も愛している』と答えるのが正解だと分かってはいるけれど、それを口にしようとしても声にならないから、まだきっとその時ではないのだと思う。

思っているよりも傷は深く、未《いま》だ私の心は薄いかさぶたで覆われているだけの危うい状態なのだ。

「……すまない。急いだな。さて、フリードたちを迎えに行こうか」

何も言わない私を見て答えを察したのか、ヨハネス様があからさまにがっかりとした顔をする。

その顔を見て、妙に申し訳ないと思う気持ちが湧《わ》き上がってきた。

初めて感じた己の気持ちに戸惑うも、気づいてしまったものは仕方ない。

「……」

私に背を向けるヨハネス様を見つめる。

色々ありはしたが、それでもずっと私を愛してくれている彼。その彼に、今の私にでも返せることはあるだろうか。

そう考え、勇気を奮《ふる》い起こした私はそっと彼の手を握ってみた。

我ながら大胆なことをしたものだと思う。

だけど行動に移せたのは、多分、義娘のおかげだ。リディがよく息子と楽しげに手を繋《つな》いでいるから、あの姿を覚えているからやってみても良いかもしれないと思えたのだ。

「え……」

私に手を握られたことに気づいたヨハネス様が勢いよく振り返る。その顔は驚愕《きょうがく》に彩られていた。

「エリザベート?」

あまりにも驚かれ、なんだかすごく馬鹿《ばか》なことをした気持ちになってきた。つい、きつく言ってしまう。

「……な、なんですか。嫌なのでしたら無理にとは言いませんが」

「い、言うわけがない！　是非、このままでいてくれ！」

「わ、分かりました。……少しの間でしたら」

食い気味に言われ、頷いた。

気持ち的にはもういっぱいいっぱいで放してしまいたいところだったが、ここまで必死に言われると、もう少しだけなら頑張ってみてもいいかもしれないと思ってしまう。

「……」

夫の手は大きく温かかった。

じんわりと伝わってくる手の感触に、むず痒《がゆ》い気持ちになってくる。

自発的に夫に触れたのなんて、どれくらいぶりだろう。もしかしたら初めてかもしれない。

それに気づき、妙に気恥ずかしくなってしまった。

パッと手を放す。

夫が「あっ」と残念そうな声を出した。

「もう、終わりか？」

「……終わりです」

思っていたよりも素っ気ない声が出てしまった。

しまったと思ったが、出た言葉は取り消せない。焦ったが、夫が気にしている様子はなかった。それどころか、妙に食い下がってくる。

「もう一度、お願いできないか？」

「もう一度、ですか？」

「そうだ、少し短かったように思う。そなたの手の感触を覚えておきたいから是非、もう一度頼む」

「は？」

……何を言っているのだろう。この人は。

思わず変なものを見る目で夫を見てしまった。だが、夫は嫌になるほど真剣な顔をしている。だから私は答えにもならないようなことを口走った。

「きょ、今日は品切れです」

「……それなら、明日なら良いのか？」

「そういう話ではありません」

一体なにを話しているのだと思いながらも言葉を返す。

夫がとても悔しそうに言う。

「もう少しそなたの手の感触を味わいたかった。とても柔らかったし、すべすべで気持ちよかったのに」

「そういう言い方はおやめ下さい」

なんだかいやらしく聞こえる。

夫から目を背けつつ答えると、夫は「エリザベート」と私の名前を呼んだ。

「なんでしょう」

「こちらを見てくれ」

「？」

夫の言葉に従い、彼を見る。ヨハネス様はにこりと笑うと少し屈《かが》み、私の額に口づけてきた。

ほんの一瞬の出来事。

だけど予想外の行動に私は全く反応できず、固まるばかりだ。

「ヨ、ヨハネス様？」

声がひっくり返る。

目を見開く私をヨハネス様が愛おしげに見つめてくる。

「どうせ抱きたいと言っても許してくれないのだろう？　だから順序を踏んでみた。今、手を繋いでもらったからな。次は額にキス、くらいが妥当だと思うのだがどうだろう」

「どうだろうって……」

「本音を言えば、唇にしたかった。それとも許してくれるか？」

「無理です」

即座に答えた。唇になんて無理に決まっている。

だって口づけられた額が今も熱を持っている。額に軽く触れられただけでこれなのだ。唇にキスなんてされたら、気絶してしまうのは間違いないだろう。

「……そうか。残念だ」

そう言いながらもヨハネス様は、妙に機嫌良さそうだった。

いつもなら断ればもっと悲しそうにしているのに何故だろうと思っていると、ヨハネス様が笑顔で言った。

「そなたが私を意識してくれていることが分かったからな。今日はそれだけで満足だ」

「は？　意識、ですか？」

「なんだ。気づいていないのか？　顔が真っ赤になっているぞ、エリザベート」

「〜〜!!」

咄嗟《とっさ》に頬に手を当てる。驚くくらいに熱かった。

「牛歩のごとくの我らだが、それでも確実に進んでいるのだな。それが分かって嬉しいぞ」

「っ！　……リ、リディたちを迎えに行くのでしょう。参りますよ、ヨハネス様」

「おお、そうだったな。そのためにそなたを迎えに来たのだった」

なんとか上手《うま》く話を誤魔化し、ホッと息を吐く。

だけど恥ずかしい。今すぐ寝室に走り、ベッドの中に潜り込みたい気分だ。

ヨハネス様が再度エスコートしてくれようとしたが、さすがに今度ばかりはその手を取る気になれなかった。

申し訳ないと思いつつも無視すると、ヨハネス様は「エリザベートは恥ずかしがり屋だからな」と気にした様子もなく手を下ろしてくれた。

二人で部屋を出る。こうして並んで歩く機会も以前に比べ、格段に増えた。

前はもっと距離が開いていた。こんなに近くを歩くことなんてなかったのに。

「そういえばフリードたちは無事、与えられた使命を果たしてきたらしいぞ。協定を結び、一週間後には向こうの王女もこちらに留学に来るとか。久々の外交としては及第点以上だな」

「本当ですか？」

「ああ、昨日連絡があった。フリードによると、どうやら姫の力が大きいようだ。向こうの王妃と王女、そして王太子妃とずいぶん仲良くなったらしいな。国王からも末永く頼むと、転移門経由で手紙が来たぞ」

「まあ……」

驚きはするが、意外には思わない。

私とヨハネス様のこじれにこじれた関係を修復にまで持っていけるような義娘が、それくらいできないはずがないと思うからだ。

「さすがはリディ。私の義娘ですね」

嬉しく思いながら大きく頷く。

腹を痛めて産んだ我が子というわけではないが、息子に嫁いできたわけだし、義娘として愛しているのだ。自慢に思って何が悪い。

口元を綻《ほころ》ばせていると、ヨハネス様も上機嫌で言った。

「ルーカスの娘をフリードの結婚相手にと選んだ私の目に狂いはなかった。これはこの先も期待できるな」

「ええ、本当に」

「あれだけ仲が良ければ、すぐに跡継ぎもできるだろう。ヴィルヘルムの未来は明るいな」

「そうですね。そう思います」

穏やかな気持ちで同意する。だがそこで、ヨハネス様がとても余計な一言を言った。

「……早く私たちもああなれると良いのだが」

「……」

何故、話題を戻したのか。せっかく逸《そ》らしたというのに台無しである。

ヨハネス様の視線を感じたがあえてそちらは見ないようにする。答えにくい質問はしないでもらいたい。

——私だって、そうなれたらいいと思っているわ。

心の中でだけ、呟く。

ヨハネス様はずっと変わらず、私を愛してくれていた。そして私はその事実を嬉しいと思った。

それがどんな感情から来るものかなんて、子供ではないのだから気づかないはずがない。

だけど、そこから先が難しいのだ。

長年ひねくれてきた私が、今更そう簡単に素直になれるはずがない。

日々、私なりに頑張っているつもりだが、ヨハネス様の望む関係にはほど遠いことくらい分かっている。

——もう少し、ヨハネス様に近づきたい。

ずっと私に手を差し伸べ続けてくれたこの人に応《こた》えたい。そうは思うけど、まだまだ私には難しい。

だって心は傷ついたままだから、愛してると告げるまでは時間が掛かる。だから申し訳ないけれど、もう一度話題を変えさせてもらうことにした。

「リディのいない十日間はとても退屈でした。帰ってきたら、また二人でお茶会をしたいものです」

「その、だな。たまには私も茶会に招いてくれてもいいのだぞ。ほら、仕事はいくらでも調整するし」

「……」

期待した目で見つめられたが、さすがにそれはお断りだ。

リディとのお茶会は私の癒やし。

同じ王族の妻という立場である義娘とのお茶会は気負わずに済み、とても楽しいのだ。いくらヨハネス様といえど、邪魔はされたくない。

「ヨハネス様にはフリードリヒがいるでしょう。男は男同士でお楽しみ下さい。私たち女同士の楽しいお茶会の邪魔はなさらないでもらいたいですわね」

「……フリードと茶をしてもだな。大体、フリードも私とではなく姫と茶会をしたいと言うと思うぞ」

「そうでしょうね。私もリディとお茶会をする方が楽しいと思いますもの」

ズバリ言うと、ヨハネス様はとても情けない顔をした。

少し意地悪が過ぎただろうか。

以前は何とも思わなかったことが、今ではとても気になってしまう。様子を窺《うかが》うと、彼は全くめげることなく、別の提案をしてきた。

「で、ではまた今度、姫の和カフェに一緒に行くというのはどうだ？　エリザベートも姫の働いている姿を見るのは好きだろう？」

「そう……ですわね」

それは悪くない。

前に一度、義娘の経営する和カフェに行ったがとても楽しい時間を過ごすことができた。

城内ではなかったからか、ヨハネス様とも普段よりも少し素直に話せたような気がするし。

「……ヨハネス様の時間がある時に、でしたら」

「本当だな!? 約束したぞ！」

「ええ、嘘は吐《つ》きません」

ツンとした態度を取りながらも頷く。

ヨハネス様は「やはり、姫を搦《から》めていくのが一番手っ取り早い」などと呟いていたが、それには肯定も否定もしない。

何故なら、城の外でならもう少しヨハネス様に近づけるかもなどと考えていることを知られたくないから。

嬉しそうにしているヨハネス様を見て、少し考えてから彼の手をもう一度握る。

二度目だったからか、先ほどよりも簡単に行動することができた。

「えっ……」

まさか二度目があるとは思わなかったのだろう。ヨハネス様がビクリと身体《からだ》を揺らす。

「先ほど、短いとおっしゃっておられましたから。それともいりませんか」

「い、いる！　いるぞ！」

こちらを見たヨハネス様が慌てて手を握り返してくれた。焦っている様子がどうにも愛おしく思えてしまう。

「……そうですか。言っておきますが、転移門のある部屋に着くまで、ですからね」

「わ、分かっている！」

ヨハネス様の声が上擦っている。

少しだけ思った。

こうして手を繋いで歩けば、少しは私たちも義娘たちのように仲良く見えたりするのだろうか。羨ましいと思い、いつも見ていた彼女たちの姿を少しは再現できていたりするのだろうか。

「そ、その、だな。エリザベート」

「はい」

上擦った声のままヨハネス様が声を掛けてくる。それに返事をすると、ヨハネス様は私を見つめながら口を開いた。

「……ありがとう」

「いいえ」

礼を言われるようなことではない。

言わなければならないのは、私の方なのだ。

本来なら、私にこのような我が儘《まま》は許されない。

だってヨハネス様はこの国の国王で、私の夫だ。

夫である彼には、私の寝室に自由に出入りし、私を好きに抱く権利がある。

手を握るくらいで、礼を言う必要などないのだ。

ヨハネス様が譲ってくれているから、意思を尊重してくれているから、今の状態があるのだと分かっている。

ずるいのは私の方なのだ。

——だけどもう少し。

もう少しだけ、この、本来なら結婚前にするはずだったこそばゆいやり取りを楽しみたいと思ってしまう。

私たちが得られなかったことを最初からやり直していきたいと願ってしまうのだ。

そうすればきっと、いつかは傷も癒え、ヨハネス様が望む場所にたどり着けると思うから。

——お慕いしています。

まだ、言葉にできないけれど。

だけどいつかきっと、私はそれを口にするのだろう。

その時、私たちの関係がどう変わってしまうのか、少し怖い気もするけれど。

居竦んでばかりはいられない。

私には味方となってくれる義娘もいる。実は見守ってくれている息子だっているから。

そんなことを思いながら廊下を歩く。

「ふふ……」

転移門のある部屋が近づくにつれ、どんどん楽しい気持ちになってきた。足取りが軽くなるのが自分でも分かる。

もうすぐ義娘たちが帰ってくる。それがこんなにも嬉しかった。

疲れて帰ってくるだろう義娘に「お帰りなさい」と言って、笑顔で迎えてやろう。

そしてよくやった、頑張ったとたっぷり褒めてやりたいと思うのだ。

お茶会をして、お土産《みやげ》話もたくさん聞かせてもらって、この十日間で開いてしまった穴をしっかりと埋めたい。

「ああ……あの子のお土産話を聞くのが楽しみです。きっとキラキラと目を輝かせながら話してくれるのでしょうね」

義娘の姿を思い浮かべる。

そんな私を見ながらヨハネス様が、「一番のライバルはもしかして姫か？」などと言っていたが、あまりにも馬鹿らしかったので無視することにした。

義娘が帰ってくるまで、あと少し。

楽しいお茶会はきっとすぐにでも始められるだろう。リディの笑顔と共に。

それが私にはとても嬉しく幸せに思えていた。

文庫版書き下ろし番外編・男装王女とエピローグ（レイド視点）

こちらに向かって手を振るリディに、同じように返しながら笑みを浮かべる。

本当に楽しい十日間だったと素直に思えた。

転移門が白く光り、別れの時間がやってきたことを知る。光が収まった時、彼女たちの姿はすでにそこにはなかった。

リディたちは自国であるヴィルヘルムに帰ったのだ。

少々寂しい気もするが、来週には私もヴィルヘルムに向かう。しかも留学という形で二年間。それを思い出せば、寂しいなんて気持ちは吹き飛んでいくというもの。

「いやあ、急に静かになったような気がするね」

しみじみと告げたのは、私と同じくリディたちを見送っていた兄だ。その隣には義姉《あね》もいる。

父たちは執務があると、先ほど部屋を出て行った。兵士たちは外に待機させているので、部屋の中には私と兄、そして義姉の三人だけ。

文字通り身内しかいない中、軽口が出るのも当然と言えた。

兄に目を向ける。その表情はひどく柔らかい。

「この十日間、すごく楽しかったからさ。急に火が消えたように感じるんだよ」

「それは分かる気がします」

兄の言葉に同意した。彼女たちが滞在した十日間は目が回るような忙しさだったが、それ以上に驚きと新鮮に満ちた素晴らしい時間だったのだ。

私なんて、心を許せる友人ができた。そんな存在ができるとは思ってもみなかったから望外の喜びだ。兄が感慨深げに言う。

「フリードが来てくれてさ、久しぶりにただ楽しいと思える時間が過ごせたんだよね。ほら、僕たちって王族だからさ、終始気を張っていないといけないだろう？　でも、フリード相手だと別に気張らなくていいからさ、めちゃくちゃ楽なんだよね。言いたいことだって言えるし」

「それでは駄目なんですけどね」

兄が元からヴィルヘルムの王太子と友人関係にあることは知っているので苦笑で留める。

兄も同じような表情をしながら私に言った。

「まあね。でもオフィリアだって似たようなものじゃないか」

「……それは」

「リディアナ妃と仲良しだよね～。ずっとご機嫌でさ。僕のこと言えないと思うんだよ」

「う……」

分かっているぞという顔で見つめられ、目を逸らす。

本当は他国の王族相手にそれではいけない。いくら友人と言っても、ある程度の緊張感を持って接しなければならない。だが、彼女といると構えているのが馬鹿らしくなるのだ。

初対面の時、私はリディを試した。私の男装姿を見た彼女がどう反応するのか見たかったのだ。結果はご覧の通り。彼女は男装する私を当たり前のように受け入れてくれた。格好良いと言ってくれた。そんな、今まで誰もしてくれなかった対応を見せてくれた彼女に私が陥落するのは早く、親友と呼ぶようになるまで大して時間は掛からなかった。

「……仕方ないじゃないですか。リディは天性の人たらしだと思うんですよ」

言い訳するように呟くと、兄も同意した。

「確かにリディアナ妃ってそんな感じだよね。フリードを見ていたら分かるよ。だって、あの彼が今やたったひとりの女性に骨抜きにされてるんだもん。以前は、なーんにも興味ありませんみたいな顔をしていたくせにさ、別人のようにデレデレで妃に付き纏ってるんだよ？　リディアナ妃が束縛嫌いの女性でなくて良かったよね。普通に嫌になるレベルでべたついているし」

「リディは多分、兄上が思っている以上にフリードリヒ殿下のことが好きですよ」

彼女と一緒に過ごせば嫌でも分かる。彼女がどれくらい自らの夫のことを想っているのか。多少束縛されたところで、リディなら平然と「嬉しい」と答えるだろう。

そういう女性なのだ。

私の言葉に、兄上も頷いた。

「まあね、それは僕も否定しないよ。だって昨日の夜会。あれを見てしまったあとじゃあね。他国の王侯貴族そろい踏みの場で『フリードは私の』って言ってのけたんだ。並の神経ではできないと思うよ。フリードもすごく嬉しそうだったしさ。彼女の後ろでずっとにやけていたの、見た？　あいつ、すっごくだらしない顔をしてたよね。威厳もへったくれもなかったよ」

「フリードリヒ殿下のお顔のことは知りませんが、リディのあの台詞は確かに圧巻でしたね」

愛妾としてヴィルヘルムへ連れて行けと言い出した我が国の令嬢に対し、彼女は毅然と『夫は自分のものだ』と言ってのけたのだ。フリードリヒ王子がリディを愛しているのは噂もあったし、初日の夜会で皆が分かっていたことだったが、まさか妃であるリディの方も同等の熱量で夫を想っているとは誰も思わなかったようで、わずか一日でこの話はイルヴァーンの貴族たちに広まった。

兄が羨ましそうに言う。

「良いよね。あんな皆のいる前で自分のもの宣言とかさ。は～。僕もされてみたい。さっきフリードにも羨ましいって直接言ったんだけど、すっごいドヤ顔されてムカついたんだよね。『私はお前と違って、妃に愛されているからな』だってさ。僕だって！　イリヤに愛されてますけど！　ね、イリヤ！」

話を突然振られ、義姉がギョッとした顔になる。その頬があっという間に真っ赤に染まった。

「わ、私は……」

「うん、分かってるよ。イリヤは僕のことが大好きだって。疑ってないからそこは気にしないで。ただ羨ましいだけなんだ」

「そ、そうですか」

「うん。だからさ、いつかでいいからリディアナ妃みたいに皆の前で『殿下は私のもの』って言ってくれる？」

「えっ」

「僕、イリヤに所有宣言されたいな～」

耳まで真っ赤になった義姉に窺うように尋ねる兄。うまく言いくるめようとしているのが丸わかりだ。普段ならそんな兄に義姉も流されるのだが、今度ばかりは羞恥が勝ったらしい。はっきりと首を横に振った。

「む、無理です」

「そこをなんとか」

「あ、あれはリディだからできるんです。私には無理です」

「えー、イリヤは恥ずかしがりやさんだなあ！　そんなところも可愛いけど……くう！　やっぱりフリードが羨ましい」

地団駄を踏む兄を、呆れ顔で見つめる。しばらく子供っぽく駄々を捏ねていた兄だったが、誰も構ってくれないことにようやく気づいたのか、ムスッとしつつも大人しくなった。

「ちえっ……まあいいけど。またほとぼりが冷めた頃を狙うから」

「諦めないんですか」

「え、オフィリア。まさか僕が諦めるとか、本気で思ってる？」

「思わないですね」

つい、真顔で返してしまった。確かに兄が義姉関係で諦めるとかあり得ないなと思ったのだ。それくらい、兄は義姉に執着している。ある意味、フリードリヒ王子といい勝負だ。

兄に呆れつつ、夜会のことを思い出す。昨日の夜会には、私が惚れた男も来ていて、驚いたことに彼はフリードリヒ王子に化けていたのだ。

アベルという名の彼が、変装技術が優れていることはリディから聞いて知っていたが、聞きしに勝るとはまさにこのこと。あんなにそっくりに変身するものだとは思わなかった。

彼の変装術は完璧で、誰の目から見てもフリードリヒ王子に瓜二つだったのだ。実際、彼に言い寄っていた令嬢もフリードリヒ王子と彼に変装したアベルを見分けることができなかった。

あの中でフリードリヒ王子を完璧に見分けたのは、妻であるリディひとりだけ。リディがフリードリヒ王子にかなり惚れ込んでいるようだと広まったのは、彼女が夫を正確に見極めたその現場を目撃したからというのもある。

――まあ、私も気づいていたんだけどな。

口にこそ出さなかったが、実はあの時、私もアベルを見分けることができていた。フリードリヒ王子を判別できたのではない。アベルがどちらなのか分かったのだ。

何をもって見極めたのかと言われても困る。なんとなくとしか言いようがないからだ。

だけど実際間違えることはなかった。そしてその事実に私は喜びにも似た感情を抱いていたのだ。

――ああ、良かった。やはり私は彼のことが好きなのだ、と。

正直、まだ半信半疑だったのだ。

私を助けてくれたアベル。彼を好きになったという自覚はあったが、それでも長く拗らせた兄への想いが、そう簡単に消えるものなのかと。

もしかしてこれは一時的な感情ではないかと、ほんの少しだけ心配していた。

だけどそれは杞憂だった。

分かったのだ。私は彼が――アベルのことが好きなのだ、と。

アベルを愛したからこそ、私は彼を見分けることができたのだろう。そう確信できる。

ずっと好きだった、諦めることさえ困難だった兄を見る。彼は妻にちょっかいをかけ、実に楽しそうにしていた。

――ああ、幸せそうだな。

素直に思えた。

これまでの私なら、そんな兄の様子を見れば胸が痛んだだろう。だが今は違う。

仲が良くて結構なことだと、優しい気持ちで見守ることができる。

そう思えることが、とても嬉しい。

実らない、実らせてはいけない恋。諦めるしかなかった恋。それがようやく昇華され、新たな恋へと進むことができたのだ。今度の相手は、なんの遠慮もしなくていい。『好きだ』と素直に伝えることができるし、結婚だって望むことが可能。

それは今まで耐え忍ぶしか選択できなかった私にとっては信じられないほど幸運な話で、アベルには悪いけれど、私に惚れられたのが運の尽きとでも思って諦めて欲しい。

せっかく新たな恋を得ることができたのだ。なんとしても彼を得たいし、結婚まで持ち込みたい。

リディから聞いた話では、彼はヴィルヘルムにしばらく滞在する予定だという。せっかくチャンスが巡ってきたのだ。この機を生かし、必ずや彼を口説き落としてみせる。

「オフィリア」

密かに決意していると、兄が私の名前を呼んだ。先ほどまでが嘘のように真剣な顔をしている。

「なんでしょう、兄上」

「ええとさ……まだこれは考えの段階でしかないんだけど、一応お前には言っておこうと思って」

「はい」

一体何の話だと首を傾げながらも兄の隣にいる義姉を見る。何か知らないかと思ったのだが義姉も分からないようで首を横に振っていた。

「……僕の我が儘で、結果としてお前に王位を押しつけることになっただろう？」

「？　ええ、はい、そうですね。今更ですが」

兄が王位を継げないから、代わりに妹である私が王配を迎え、王位を継ぐ。

今回、義姉が獣人だと両親に知られたことで、その話は確定した。

近い将来、私は女王になる。

母は王配を私が選んだ男にしてもいいと言ってくれた。その件はその後父からも了承を得ることができて、だからそれで私は納得したのだ。

好きな男と結婚できるのなら、王位だろうがなんだろうが継いでやる、と。

「兄上、私は納得していますよ。だからもう謝ってもらう必要は――」

きっと兄は私に王位を継がせる結果になったことを、もう一度謝罪するつもりなのだろう。そう思ったのだが、兄は思いのほか真剣な目を向けてきた。

「違う。その話じゃない。そうじゃなくて――」

「はあ」

違うのか。それならなんだと眉を寄せると、兄は言いづらそうに視線を逸らした。

「……最初はさ、お前に王太子の座を譲ったあとは、国を出てイリヤとふたりでどこかで過ごすのも良いかな～なんて考えていたんだ」

「……まあ、そうでしょうね」

申し訳ないが、兄の考えそうなことだと思ってしまった。頷いた私を見た兄が苦笑する。

「あ、お前もそう思った？　当たり。でもさ、今はそんなこと考えてないよ。今の僕はさ、できる限りお前を支えてやりたいって思ってる」

「え……」

支える？　予想もしていなかった言葉に目を瞬かせた。

「少なくとも国を出ようとは思っていない。王太子でなくなっても、僕がお前の兄であることは変わらないだろう？　僕の我が儘で、お前に責任を押しつけるんだ。そのフォローくらいはちゃんとする。……いや、したいって思ってるんだ」

「兄上、何か変なものでも食べましたか？」

もしくは私の耳がおかしくなったか。真顔で尋ねると、兄からは反論が返ってきた。

「違うよ！　僕だって、色々考えてるんだってこと！」

「はあ……」

「もちろんイリヤが許してくれれば、だけどさ。できれば僕は――」

「わ、私も！　私もオフィリア様のお役に立ちたいです！」

夫の言葉を遮る勢いで義姉が叫んだ。私も兄も驚きながら彼女を見る。

「イリヤ」

「義姉上」

「も、元はといえば、私が獣人だから。私のせいなんです。だからせめてオフィリア様のお役に立ちたいって……」

必死に訴える義姉に、兄が首を横に振る。

「……君は悪くないよ。君を好きになったのは僕なんだから」

「違う……違うんです。私だって、殿下のことが好きだから」

「イリヤ……」

目を丸くして己の妃を見つめる兄。その兄を珍しくも義姉は真っ直ぐに見返した。

「殿下、私は殿下と一緒にオフィリア様を助けたいって思います」

「っ～～！　ああ、もう駄目だ」

我慢できなくなったのか、感極まった様子で兄が義姉を抱きしめた。

「きゃあ！」

「可愛い！　僕の嫁がこんなにも可愛くて健気！　オフィリア、聞いた⁉　今の可愛い言葉！　僕の嫁って最高だなって思わない？」

カッと目を見開き、私に妻の素晴らしさをアピールしてくる兄に、心底呆れながらも同意の言葉を紡いだ。こういう時の兄には逆らわない方が良い。

「はいはい、そうですね。分かりましたから義姉上を放して差し上げて下さい。潰れかかっていますよ」

「え……あ、本当だ。ごめん」

「きゅう……」

強すぎる力で抱きしめられた義姉が目を回している。そんな義姉を優しく抱え直し、兄は言った。

「ええと、まあそんな感じ。無事イリヤの賛同も得られたわけだから、僕たちはお前の補佐をしていくことにするよ。お前に王太子の座を譲るまでは、その座に相応しい振る舞いをすると約束する。片付けられることは片付けておくし、できるだけお前に苦労はかけないよう努力するよ」

「そんなことをなされば、私に王太子の座を譲るとなった時に、国民からの反発がかなりのものになると思いますが」

兄が王太子として相応しい振る舞いをすればするほど、国民は兄に期待する。その兄が王太子の座を降りると聞かされて、彼らは納得するだろうか。しかも後釜に座るのは妹——つまりは女の私である。

イルヴァーンは女性が王位を継ぐことを禁じてはいないが、それでも良い気分にはならないだろう。優秀な兄がいるのならなおさら。どうして兄では駄目なのだと、国民が思うのは当然だ。

兄が困ったような顔で言う。

「うーん。実はさ、僕的にはいっそ、イリヤのことを大々的に公表してもいいんじゃないかって思ってるんだよ。僕の妃は獣人で、だから国王にはなれないってね。そうしたら皆、納得はしてくれるだろう？」

「それは、そうですが……」

「母上は反対してるし、父上も懐疑的だけどね。それに僕だっていたずらにイリヤを傷つけるような真似はしたくない。だけどさ、これはひとつの賭けでもあるんだ。多分、皆はそれなら要らないって言うと思う。王妃が獣人なんて許せないって。でも、もしかしたらそうならないかもしれないだろう？　全部を分かった上で、それでも僕が良いと言ってくれるかもしれない」

「兄上……」

「夢物語だけどさ……」

兄が私を見る。その表情は穏やかだ。

「でも、皆がそこまで望んでくれるのなら、僕は即位したいって思う。国王になって国民を守るために頑張れる。全てを擲《なげう》って職務を遂行すると誓える。……お前にはまた迷惑を掛けることになってしまうけど」

申し訳なさそうに言われ、つい笑ってしまった。

「私に悪いと思っていただく必要はありませんよ。本来、兄上が継ぐのが正しいのですから」

国王になりたいと思ったことは一度もない。今回偶然こういう形となったが、それも仕方ないと受け入れただけなので、兄がやるというのなら喜んで譲る。私の言葉を聞き、兄が身体から力を抜いた。

「ありがと。ま、実現する可能性は限りなく低いと思うけどね。それに僕は子供を作らないから結局、お前に王位を譲るという話になるだろうし。それなら僕が王位を継ぐのは却って邪魔になるっていう父上たちの判断は決して間違っていないとも思うんだ」

「獣人の妃がいることを許す国民なら、その妃が産んだ子のことだって、その……もしかしたら認めるんじゃないですか？　兄上が子を持つという選択肢もあり得るのでは？」

仕方ないこととはいえ、子を作らないと言い切る兄が悲しく思えた。だからこそつい言ってしまったのだが、兄は気にした様子もない。とうに腹を括っているからだろう。こういうところ、兄は妙に強いのだ。その兄が真顔で言う。

「お前だって分かっているだろう？　そういう問題は、また別に深い溝があるんだよ」

「確かにそれは否定しません」

兄が国王になることを望んでも、その子——獣人とのハーフが次の王になることをきっと皆は拒絶する。母上もそう言っていたし、私もその意見は概ね正しいのだと思う。そんなに甘いものではないと分かっている。何もかもがまだ早いのだ。

だけど、だけどだ。

「だけど私は、そんな世界を変えたいって思っているんです。無理だと、まだ時代じゃないと最初から諦めてしまいたくない」

リディにも告げた己の野望を口にする。兄はひどく驚いた様子で、まじまじと私を見つめてきた。

「それがお前の野望？」

「はい。そのためになら国王になってもいいかなと」

正直に告げると、兄は楽しそうな顔になった。

「いいね。僕も同じ思いだよ。この国に残るのなら余計にそう思う。イリヤのためにもこの世界を変えたいってね。獣人だから、なんて言わせたくないんだ」

「はい」

「どちらが国王になっても目指すところは同じ。うん。お前が国王になるのなら、僕とイリヤはその補佐をするし」

「兄上が即位されるのなら、私が兄上を手伝います」

そうなれば、どんなに素晴らしいだろう。来る未来を想像したのか、義姉も嬉しそうに笑っている。

兄が楽しげに口を開いた。

「ね、僕たちの今の話を聞いたら、フリードたちは何と言うかな？」

「きっと喜んで協力してくれると思いますよ」

「うん、僕もそう思うんだ」

私と同じように差別のない国を作りたいと言ったリディなら、その夫のフリードリヒ王子ならきっと喜んでくれるだろう。それが確信できる。

兄が義姉の腰に手を回し、ウインクをしながら言った。

「じゃあ、やる気が出てきたところで、僕は早速仕事でもしようかな。より良い未来のためにと思えば、頑張ろうって思えるからね。どうなるかは分からないけど、とりあえず王太子業に励むよ」

「ええ、頑張って下さい。それでは私も部屋に戻りますね」

身内だけの秘密の会談を終え、部屋の前で別れる。そのまま動かず、寄り添って歩く兄夫婦の背中を見送った。その背中を見て感じるのは、私も頑張らなければならないという強い気持ちだけだ。

――来週のヴィルヘルム行きがますます楽しみだな。

自分の未来がどうなるかはまだ分からないが、そのための準備は完璧にしておかなければならない。国王になっても大丈夫なようにしっかり勉強をしてその時に備える。それが今の私にできること。そして何より重要なのは、望む伴侶を捕まえることだ。未来がどうなろうと、その側に彼がいてくれるのならきっと私は笑っていられる。そう思うから。

浮き立つ気持ちを抱えながら、自室に戻る。

部屋に入り、ふと、机の上を見た。

そこには書きかけの原稿用紙が置いてある。

ずっと続きが書けなくて放置していた原稿。近くに転がっていた羽根ペンを無意識に手に取った。

「……」

無言で椅子に腰掛ける。少し考え、最初の一文字を書いた。あとはもう、今までが嘘のようにすらすらと文字が続く。

「はは……ははは」

今までどうしても出てこなかった言葉たちが際限なく飛び出してくる。

しばらく夢中になって書き、きりのいいところで羽根ペンを置いた。

天井を見上げ、ほうっと息を吐く。

なんだか妙に泣きたい気分だった。

「――こんなに、簡単なことだったんだな」

全く、馬鹿みたいだ。

今までの苦しみは一体なんだったのか。毎日、血反吐を吐く思いで机に向かっても一文字も書けなかったというのに。

長きに亘り私を苦しめていた呪縛。それが今、完全に解けたのだと理解していた。

それはきっと、私が前に進むことを決めたから。

この国を変える。そのために努力をすると目標を定めたから。そして本当の意味で兄から卒業することができたから、だからこそ、今までどうあっても解けなかったこの呪いから解放されたのだろう。

久方ぶりに感じる開放感に身を委ねる。

なんとなく外に目を向けた。

白い小ぶりの鳩が飛んでいく。自由な空へと向かって。

それはまるで今の私の心境を表しているかのようで、飛び去っていく鳩へと私はゆっくり手を伸ばした。

あとがき

※ご存じかと思いますが、メタネタ注意報。書籍読了後に読むことをお勧めします。

リディ↓リ　フリードリヒ↓フ

リ「こんにちは！　リディアナですっ！　この度は『王太子妃編四巻』をお買い上げ下さりありがとうございます！」
フ「夫のフリードリヒです。ありがとうございます」
リ「色々あったけど、なんとかヴィルヘルムに帰ってこられたね。十日間だけのはずなのにものすごく長かった気がする……！」
フ「二巻分あったからね。でも、予定では一巻で収めるつもりだったらしいよ？」
リ「え、嘘でしょ？　どう考えても二巻でギリギリじゃない。中身詰まりすぎて、抜くとこなんてないような状態……というか、足りないくらいだよね？」
フ「それがね……恐ろしいことに本気で一巻分のプロットだったらしいんだ」
リ「……びっくりなんだけど」
フ「本当にね。ええと、ところで今回の話についてだけど」

リ「あ、駄目駄目！　その前にカバーについて語るべきだと思うの。だって今回のカバーも素晴らしいから！」
フ「確かにリディの言う通りだね。甘えた感じで拗ねているリディがすごく可愛い、最高の表紙絵だよ」
リ「私はフリードの表情が好きなの。でもね、見てると、こっち向いて！　って気持ちにもなる」
フ「ふふ、私はいつだってリディだけを見ているよ。リディこそ、もっと私の方を見て欲しいな。表紙だけでなく、いつも、ね」
リ「み、見てるもん」
フ「本当に？」
リ「うん。私、フリードのこと大好きだし」
フ「私もだよ。さてリディ、そろそろ内容について話そうか」
リ「はーい。ええと、四巻は……全部上手くいって、大団円！」
フ「……ぶっちゃけたね。まあ、そのとおりなんだけど」
リ「レイドもヴィルヘルムに来てくれるし、私としてはこれからが楽しみって感じ」
フ「リディはイルヴァーンでも色々フラグを立てていたからね。そのあたりの回収もしないとね」
リ「立てたつもりはないんだけどなあ。でも楽しいからいいよね……って、あ！」

フ「どうしたの？」
リ「イルヴァーンでフリードが正装してくれた機会があったのに、軍服祭りをするのを忘れていた！　私としたことが！　なんたる失態！」（ドンと床を叩くリディ）
フ「……」
リ「どうせ毎日してたんだもん。祭りもお願いすれば良かった……」
フ「……ええと、自室で良ければ着るけど」
リ「本当？（がばっ！）じゃあ、近いうちお願いするから。これはフラグと思ってくれていいよ！　なんなら今、全力で打ち立てた次第だから！」
フ「いいけど、リディは私の正装のことになると本当にいつも目の色が変わるね」
リ「だって軍服だよ!?　フリードの魅力が全面に押し出された魔の衣装。あれを定期的に補充しないと私のやる気が……心の栄養が……」
フ「はいはい。リディのお願いならいつでも」
リ「わーい！　次巻は久しぶりの軍服祭りだ～」
フ「(今日もリディが可愛い）ところでリディ、他に次巻の予告はないのかな？」
リ「軍服祭りの他に？　なんかあったかな？　ええと、以前助けた狼。ついにあの子が出てくるかな。あと、レイドがやってくるでしょう？　もちろんアベルとのアレコレもあるだろうし、今回はデリスさんのところでも何かが起こるかなあ。あと、和菓子もお披露目予定！」

フ「盛りだくさんじゃないか」
リ「意外とね！　ということで、次巻もお付き合い下さると嬉しいです」
フ「それではまた次巻で。本日はありがとうございました」
リ「ありがとうございました！」

◇◇◇

こんにちは。月神《つきがみ》サキです。

この度は、『王太子妃編四巻』をお求めいただきありがとうございます。

なんとか無事、イルヴァーン編を終わらせることができました。

次巻は主にヴィルヘルム城下町での出来事。お楽しみ頂ければと思います。

蔦森《つたもり》えん先生、今回も素晴らしいイラストの数々をありがとうございました。

カバーは見た瞬間、冗談抜きで三つくらいSSが思い浮かびました。イチャイチャしているふたりがとても可愛いです。最高です。

最後になりましたが、この作品にかかわって下さった全ての皆様。そしてお読み下さっている読者様方に感謝を。いつもありがとうございます。

それでは次巻。またお会いできますように。

月神サキ　拝

王《おう》太《たい》子《し》妃《ひ》になんてなりたくない!!
王《おう》太《たい》子《し》妃《ひ》編《へん》4

月神サキ

2021年10月5日　初版発行

著者　月神サキ

発行者　野内雅宏

発行所　株式会社一迅社
〒160-0022 東京都新宿区新宿3-1-13 京王新宿追分ビル5F
電話 03-5312-7432（編集）
電話 03-5312-6150（販売）
発売元：株式会社講談社（講談社・一迅社）

印刷・製本　大日本印刷株式会社

DTP　株式会社三協美術

装丁　AFTERGLOW

ISBN978-4-7580-9399-6

MELISSA
メリッサ文庫

●本書は「ムーンライトノベルズ」（http://mnlt.syosetu.com/）に
掲載されていたものを改稿の上書籍化したものです。
●この作品はフィクションです。実際の人物・団体・事件などには関係ありません。